主な英傑の出身地

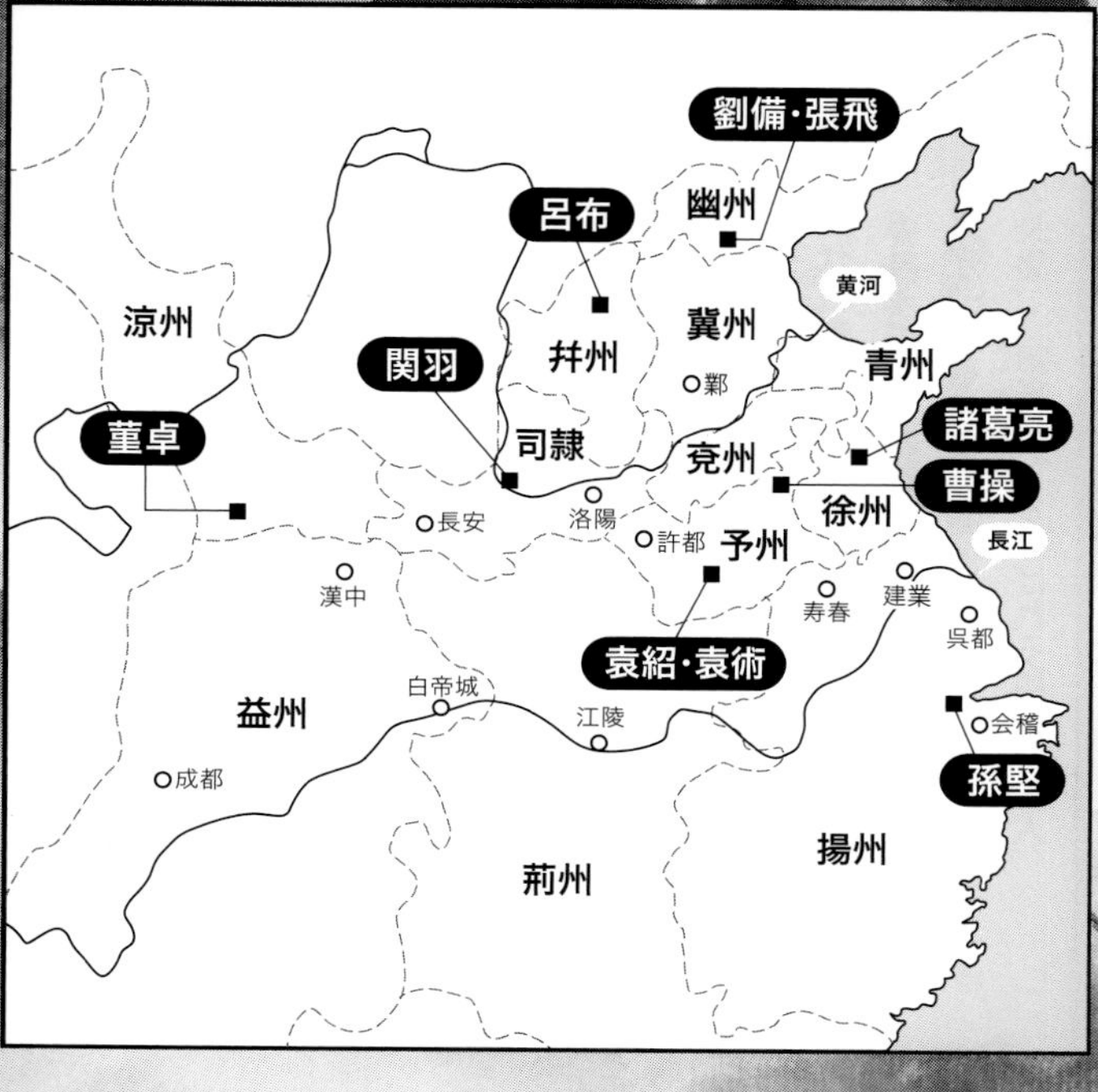
劉備・張飛
幽州
呂布
黄河
涼州
冀州
関羽
并州
青州
鄴
董卓
諸葛亮
司隷
兗州
曹操
徐州
長安
洛陽
許都
予州
長江
漢中
寿春
建業
呉都
袁紹・袁術
白帝城
益州
江陵
会稽
成都
孫堅
揚州
荊州

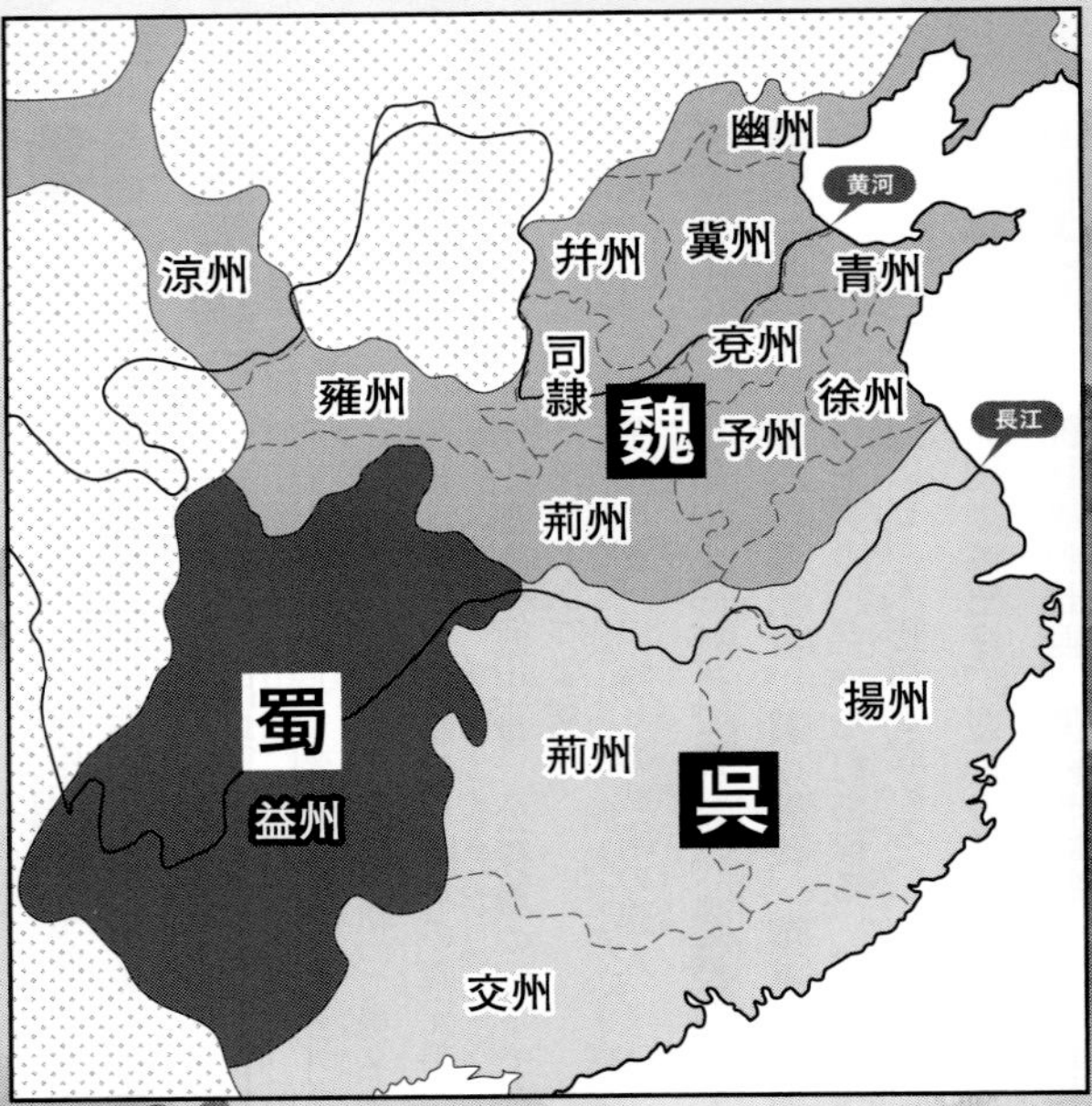

三国時代

三国志

六の巻 陣車の星

新装版

北方謙三

時代小説文庫

角川春樹事務所

目次

新装版

三国志

六の巻

陣車の星

＊編集注　本文中の距離に関する記述は、中国史における単位に従い、一里を約四〇〇メートルとしています。

辺境の勇者

1

木が、なにか言った。

声ではない。言葉でもない。しかし、はっきりと馬超《ばちょう》の心になにか訴えてくる。斬《き》らないでくれ。そう言っているようだった。もう五十年、自分はこの荒野で生き続けている。地にしみたわずかな水を吸い、冬の寒さに耐《た》え、夏の暑さで死ぬこともなかった。それがなぜ、ここで意味もなく斬られなければならないのか。

命があるからだ。馬超も、声にせずに答えた。芽のうちに、踏み潰《つぶ》されて死ぬものもいれば、十年、二十年生きるものも、五十年生きるものもいる。百年、二百年と生き続けるものもいるだろう。しかし、命があれば、いつかは死ぬ。命とは、そういうものなのだ。

馬超《ばちょう》は、剣を構えている。剣の先は、微動だにしない。いや、馬超の全身が、石像のようにかたまっている。石像でないことは、抑えきれない気迫が全身から滲《にじ》み出していることで、ようやくわかる。

俺《おれ》と出会った。そして、俺が斬ろうと思った。つまり、そういう縁《えん》だ。

木は、沈黙した。馬超も、それ以上は木と語ろうとはしなかった。

全身に、気力を漲《みなぎ》らせた。剣。無意識のうちに、振りあげ、振り降ろしていた。ほとんど、手応《てごた》えはなかった。鞘《さや》に剣を収め、束《つか》の間《ま》、馬超は立ち尽していた。ゆっくりと木が倒れ、土煙《つちけむり》があがった。

涼州《りょう》から、さらに西へ一千里（約四百キロ）ほどのところである。五千の軍を率《ひき》いて、敦煌《とんこう》からほぼひと月かかった。

西域長史府《せいいきちょうしふ》がある。といっても、辺境である涼州の、そのまた辺境である。

かつて涼州に駐屯《ちゅうとん》していた董卓《とうたく》は、ここで匈奴《きょうど》とのかなり激しい戦《いくさ》をくり返した。無論、都の威光など及ばず、都がどこなのかも知らない者ばかりだった。

この地域にいるのは、匈奴だけではない。眼《め》が碧《あお》く、髪が茶色で、彫りの深い顔をした少数民族もいる。そのすべてをまとめているのが、西域長史府ということになっていた。

さらにその西へ行けば、どこまでも砂漠が拡《ひろ》がっているという。砂漠の端の道なき道を通って、ここへは西からの隊商がやってくる。涼州の人間はみんな、その隊商が運んでくるのは西域のものだと思っているが、ほんとうは、西域のさらに西から運ばれてくるのだった。

西域長史府は、毎年五千の兵を涼州に送ってくる。董卓のころから、それが決まりとなっていた。兵役は十年で、それを終えて帰っていく者は、一千にも満たなかった。

五千が十年だから、たえず五万の西域の兵がいる勘定になるが、実際は四万程度だった。戦で、死ぬ者も多いのだ。

ふだんは、涼州を背にして、雍《よう》州との州境あたりに駐屯していることが多い。つまり、長安《ちょうあん》を睨《にら》むという恰好《かっこう》である。董卓が洛陽《らくよう》から長安に都を移し、雍州、涼州の力を背景にしたが、すぐに滅びた。それからは、雍州の西部から涼州にかけては、都を誰《だれ》が制しているかなど関係はなく、別の国のようにしてやってきた。父の馬騰《ばとう》と韓遂《かんすい》が、いつからか力を分け合うようになっていたのだ。

西域から五千の兵を調達することは、三年前からは馬超の仕事になっていた。行く時は五千で、帰りは一万を率いてくる。途中で調練《ちょうれん》を重ねるので、涼州に入るまで三月《みつき》かかった。

父の馬騰《ばとう》は、この二、三年ですっかり老いていた。かつて父の義兄弟で、やがては互いに殺し合いを重ねた韓遂《かんすい》は、いまだ元気で馬を駆《か》っている。韓遂は涼州《りょう》の東部の方にいて、一応は棲《す》み分けはできていた。

馬超《ばちょう》が幼いころの父は、それこそ仰《あお》ぎ見るほど大きく、強かった。若いころ、木材を切り出しては担いできて売っていたという躰《からだ》は、それこそ大木のようで、馬超がいくらぶつかっても、動きもしなかった。

その父と、肩を並べるようになったと思ったのは、いつごろからだったのか。父は羌《きょう》族の血を受け、馬超の母もまた羌族の女だった。馬超の躰には、羌族の血が濃く流れている。その母は、韓遂との戦で殺された。

いま韓遂と闘えば、間違いなく勝てる、と馬超は思っていた。しかし、かつて義兄弟だった仲を復活させた父が、それを許さなかった。ある時から、父はあまり戦を好まなくなった。分別という、昔ならおよそ似つかわしくない言葉が、ふさわしいような老人になってしまっている。

馬が近づいてきた。十騎ほどで、先頭には末弟の馬鉄《ばてつ》がいる。

「また、木を斬り倒したのですか、兄上」

砂地に突き出ている幹の斬り口を、馬鉄は呆《あき》れたように見つめた。こんな技《わざ》は、誰ひとりとしてできない。力だけでは、剣は木の幹に食いこんで抜けなくなる。

「どうかしたのか？」

「長史府から、輜重《しちよう》が水を運んできました。兄上に、挨拶《あいさつ》をしたがっております」

「そうか」

長史府が差し出す五千の兵は、志願した者が多くなっていた。戦で手柄《てがら》を立てれば、恩賞は公平に与えられる。涼州では、食物も不足していない。だから、五千の兵は若者が多かった。

「水とは、ありがたいな」

西域《せいいき》の秋の行軍で、問題になるのは水である。春先には流れている川が、夏には細々としたものになり、秋には消えてしまっている。雨が集まって作る川ではないからだ。

西域は、西へ行けば行くほど、雨が降らなくなる。それでも川があるのは、南に連《つ》らなる山々に、大量の雪が降るからだ。そこからの雪解けの水が、夏の盛りまでは砂地に川を作っている。しかし秋には、水脈のあるところを掘らないかぎり、水は得られなくなるのだ。匈奴《きようど》や羌族は、その水脈を実にうまく探り当てる。

「涼《りょう》州全土の兵力は、十五万に達します、兄上」

「なにを言いたい？」

「その中の十数万は、われらに従っています。韓遂《かんすい》はわずか三万ほど。雍《よう》州の兵を入れて、やっと八万です」

「韓遂とは闘うな、と父上も申されておる」

「それはわかっておりますが、必ずしも戦をするなとは、父上は言ってはおられません。兄上は、先年、一万の兵を率いて、匈奴《きょうど》の叛乱《はんらん》を討《う》たれたではありませんか。曹操《そうそう》のためなら、戦をしていいのですか？」

馬鉄《ばてつ》は、ようやく二十歳《はたち》になったばかりだった。次弟の馬休《ばきゅう》が二十三である。馬《ば》超《ちょう》は、三十一になっていた。

「先のことまで、父上は考えておられる」

「曹操の臣下になる、ということですか？」

「違う。曹操も、帝《みかど》の臣下なのだ。われらは、涼州で勝手に振舞ってきたが、曹操と同じように帝の臣下であることには変りない。官位を、父上は戴《いただ》いておられる」

「そんなもの、涼州ではなんの役にも立ちません。このまま放《ほう》っておけば、曹操はいずれ天下を取り、帝になってしまいますぞ」

「おまえは、曹操と天下を争おうとでもいうのか?」

「曹操が天下を取るにしたところで、われらの力を見せつけておくべきなのです。言われるまま、大人《おとな》しく兵を出したりせずに」

幕舎《ばくしゃ》を張った陣にむかって、馬を並べて戻った。

かつては長安《ちょうあん》をすら荒らした父が、このところ帝という言葉を口にすることが多くなっていた。なぜだかは、わからない。官位こそ与えられたが、帝になにかして貰《もら》ったことなどないはずだ。

心が、なにか拠《よ》りどころを求める。老いると、そういうことがあるのかもしれない、と父を見て馬超は思っていた。ひとりきりでいる、というのが不安なのか。それとも、国のありようというものに、眼がむいてしまうようになるのか。

馬超が一万の兵を率いて曹操軍に加わったのは、曹操が黎陽《れいよう》を攻めている時だった。鍾繇《しょうよう》という幕僚《ばくりょう》が、司《し》州へ侵入してきた匈奴を討伐《とうばつ》しようとしていた軍に加わったのだ。父が、鍾繇に説得されて、そう決めた。

鍾繇は、曹操の幕僚といっても、もとからの部将ではなく、廷臣《ていしん》の立場にいる者のようだった。父が説得された理由は、それが大きい、と馬超は思っている。廷臣らしく、戦はうまくなかった。率いている軍勢も、それほど強くはなかった。あの戦は、馬超《ばちょう》が先陣で闘って、決まったようなものだ。

あのころから、父は自ら戦場に出ることをしなくなった。そして、帝という言葉もしばしば口にするようになったのだ。

涼州《りょう》で、自由に生きていく。馬超には、それで充分だった。都に行って、帝のために働こうと考えたことなどない。涼州を、外から制してこようとする者がいたら、闘うだけだ。その思いは、父には伝えてある。

木を、斬り倒す。父を超えるというつもりで、それをやってきた。幼いころからだ。戦場では槍《やり》を遣《つか》うが、長く親しんできた武器は剣だった。いまは、父を超えようという気はない。歳月は、いやでも父に老いを運んできた。昔の父ではないのだ。

それでも木とむかい合い続け、いつか木と語り合うようになったのだ。そんなことをしているとは、誰にも喋《しゃべ》ったことはない。

「兄上、今度の新兵には、匈奴《きょうど》と羌族《きょう》が混じっているようですが。それも、およそ半々です」

「気にするな。涼州軍に加われば、一体なのだ。いままでも、そう扱ってきた」

羌族の者は、躰《からだ》が大きく、力の強い者が多い。匈奴は、剽悍《ひょうかん》である。自分には羌族の血が濃いが、匈奴の血も入っている、と馬超は思っていた。羌族も匈奴も、馬には幼いころから親しんでいる。

　馬超の幕舎の前に、輜重《しちょう》が十台ほど並んでいた。

　具足《ぐそく》を直し、兜《かぶと》を被《かぶ》って馬超は使者の前に出、挨拶《あいさつ》を受けた。

「五十樽《たる》の飲み水とは、ありがたい」

「今年、兵役を終えて戻った者で、金を持っている者が多くおりました。手柄があれば、恩賞が同じように頂ける。これは、実にありがたいことでございます。涼州で家族を持ち、戻らぬ者があることを、長老たちは心配しておりますが」

「涼州に留《とど》まりたいと申す者に、無理に西域《せいいき》へ戻れとも言えぬ。留まった者でも、惨《みじ》めな暮しをしている者は少ないと思う」

「それは、わかっております。長老たちは、ただ淋《さび》しいのでございましょう」

　それから、使者は今年の西域の気候の話をした。馬超の眼にはいつも変らぬ気候のように見えるが、暮していると、いろいろな変化はあるようだ。明後日、長史府《ちょうしふ》に到着すれば、長老たちからは、中原《ちゅうげん》や河北《かほく》の情勢などを尋ねられるだろう。

　この一年で、曹操《そうそう》はほぼ河北の平定を終えていた。北の烏丸《うがん》族の中に逃げこんだ、袁尚《えんしょう》、袁熙《えんき》の兄弟を討てば、平定は完了と言っていい。

　次には、荊州《けい》にむかうのか。それとも揚州《よう》か益州《えき》か。いずれ、涼州にもその力は及んでくるだろう。匈奴《きょうど》や羌族《きょう》の長老は、その時西域《せいいき》がどうなるか、訊《き》きたいに違いない。

翌日、使者は先行して戻り、翌々日、馬超《ばちょう》は長史府《ちょうしふ》に到着した。

馬超や幕僚の数名が、長老たちの宴《うたげ》に出ている間に、馬鉄《ばてつ》を中心とした十名ほどが、新兵の登録をし、大きく五つの隊に分ける作業をやった。

それは、一日で終った。若く、たくましい兵が多い、と馬鉄が報告に来た。ただ、暴れ者で手に負えない者が、やはり数百人混じっているという。そういう男たちや罪人を、兵役に出してしまうということは、当然やるだろう。厄介払《やっかいばら》いになるのだ。

反抗的な者たちの中で、中心的な十数名を、馬鉄はすでに調べあげていた。

翌日、砂丘の斜面に、新兵の五千を整列させた。対峙《たいじ》するように、率いてきた五千がいる。全員が注視する中で、馬超は具足を脱ぎ、上半身裸で砂の上に立った。手には、剣と同じ長さの棒を持っているだけである。

馬鉄が名を呼んだ十二名が、前に出てきた。

「ひとりずつ、打ちかかってこい」

全員に届く声で、馬超は言った。

「武器は、好きなものを選んでよい。私を殺したからといって、罰せられることはない。私に勝った者は、はじめから百名の隊の隊長である」

毎年、やっていることだった。長老たちは、止めようとはしない。馬超が望んでやっていることだから、たとえ死んでも責めを負わされることはない、と判断しているのだろう。死ぬことを、望んでいる者もいるかもしれない。

十二名が、それぞれに武器を執《と》った。槍の者が多い。まだ兵装はしていないので、着ているものはばらばらである。

「来い」

右端の者に声をかけた。

進み出て、槍を構える。かなりの自信はありそうに見えた。馬超は、ただ立っているだけである。

突っこんできた。軽くいなし、手首を打った棒を返して、足を払った。

「次」

砂の上に這《は》いつくばった男にちょっと眼をくれ、馬超は言った。

次も槍、その次は剣、そしてまた槍と続く。汗もかかず、馬超は十二名を叩《たた》き伏せた。

「よし、全員、一度にかかってこい」

土煙《つちけむり》があがった。躊躇《ちゅうちょ》する者はいなかった。馬超《ばちょう》も、砂を蹴《け》った。ひとしきり駈《か》け回った時、十二名はまた砂に倒れていた。

「調練は、厳しい。それは、おまえたちが生き残るための調練だ」

棒を砂上に捨て、馬超は言った。

「馬の乗り方はうまいといっても、隊列を組んでの調練はしておるまい。槍と剣を遣う者が、並んで闘うこともできん。これから敦煌《とんこう》までの旅の間に、おまえたちのすべてを見極める。敦煌に着いた時は、立派な軍勢になっているはずだ。死ぬ者は、その時までに死んでしまえ」

背後に、気配を感じた。槍が二本、背中に突き立てられてくる。それをかわし、二人にむき合うと、剣、と従者に声をかけた。抛《ほう》られてきた剣を摑《つか》んだ刹那《せつな》、馬超は鞘を払っていた。

首。二つ宙に舞いあがった。同時に、胴も腹のところから二つに離れていた。どよめきがあがったのは、馬超が剣を鞘に収めてしばらくしてからだった。

「反逆は死。十年闘って生き残れば、それなりのものが手にできる。家族のもとへ帰りたい者は、大きなものを持って帰ることもできる。私の話は、これで終りだ。すぐに進発《しんぱつ》の用意をせよ」

二人の屍体《したい》には、馬超は眼もくれなかった。午後には、二千ずつ五隊に分かれ、進発した。その後方に、十台の輜重《しちょう》が続く。

すぐに、見送る者の姿もなくなった。敦煌までは、砂と小石の荒野である。ところどころに、木があり、草原もある。馬には、そこで草を食《は》ませる。これから、いっそう水が少なくなる季節だった。

涼州《りょう》か、と馬超は呟《つぶや》いた。

やがては、曹操《そうそう》の天下ということになるのか。ならば当然、涼州も曹操は呑《の》みこんでくるだろう。帝を擁《よう》しているかぎり、父は曹操に従うに違いない。しかし、なぜ帝なのか。

馬超は、曹操に屈したいとは思っていなかった。それでも、父と争ってまでという気はない。涼州から西域《せいいき》まで巻きこんで、曹操と闘うべきだという考えだけは、伝えてみるつもりだった。

それでも駄目ならば、父は好きなようにすればいい。自分には、家族を連れて西域に行くという道がある。西域まで曹操の力が及んでくるのは、もっとずっと先のはずだ。

この国には、独立した勢力がかなりあった。董卓《とうたく》が死んでから、特に長安《ちょうあん》以西の独立性は強くなった。しかし、徐々に曹操《そうそう》の力がそれを呑みこんだ。河北《かほく》を手にした曹操の勢いは、さらに強くなるに違いない。長く幷州《へい》で独立した勢力を保っていた黒山《こくざん》の張燕《ちょうえん》は、袁紹《えんしょう》にすら屈しなかったのに、曹操には闘わずして降《くだ》った。いまは、漢中《かんちゅう》に五斗米道《ごとべいどう》がいる。そして、涼州《りょう》を中心に、父と韓遂《かんすい》が勢力を分け合っている。その程度しか、独立した勢力はなかった。

時代が、涼州にも流れてくる。

馬超《ばちょう》は、抗《あらが》い難いその流れに、どこかで抗いたかった。鍾繇《しょうよう》の軍を援《たす》けに、幷州へ行った。あの軍は、曹操の軍でもあった。そして、どこか馴染《なじ》めない、と馬超に思わせたのだ。

それだけで、曹操には屈したくなかった。

2

冀州《き》は、ほぼ思った通りの姿になっていた。幽州《ゆう》、幷州、青州《せい》も、落ち着いている。

冬の間、曹操は河北四州を駈《か》け回った。移動は、平定戦の時以上だった。供《とも》は、許褚《きょちょ》の三千騎だけで、一日に二百里（約八十キロ）駈けることも、しばしばだった。

それぞれの城の守兵は、いきなり曹操の訪問を受けることになる。

必要以上に、厳しくしようとは思わなかった。それでも、九つの城の守将の首を刎《は》ねさせた。八人は、兵に降格した。曹操の眼《め》には、甘すぎると見えた者たちだ。

「丞相《じょうしょう》、河北四州は、恐怖で凍りついておりますぞ」

鄴《ぎょう》に戻った時、荀彧《じゅんいく》がたしなめるように言った。

それは、わかっていた。しかし、河北四州を奪《と》ったとはいえ、まだ戦《いくさ》が終ったわけではないのだ。揚《よう》州、荆《けい》州、益《えき》州、そして涼《りょう》州。制しなければならない地域は、いまだ国土の半分は残っている。全軍が、戦備えであるのは当然だった。その緊張を欠いた者は、処断されて然《しか》るべきなのだ。

「夏には、北へ軍を出す。袁尚《えんしょう》と袁熙《えんき》が生きていれば、河北四州にいつ叛乱《はんらん》が起きるともかぎらん。同時に、烏丸《うがん》を徹底的に叩《たた》いて、二度と逆らえぬと思わせなければならん」

「その準備は、着々と整っております。幽州に、物資輸送のために掘った運河も完成しておりますし、軍の整備も夏侯惇《かこうとん》殿のもとで終り、調練《ちょうれん》に入っております。あまつさえ、鄴では南征《なんせい》に備えての、水軍の調練さえなされているではありませんか」

「かたちさえ、整えばいいというものではない。戦が兵ひとりひとりの気持であることを、私ほど知っている者はいないはずだ。寡兵《かへい》で闘い続け、わが軍はこの国で最大最強になったのだからな。しかし、気持が緩《ゆる》めば、ただの数だけの軍になってしまう」

「丞相《じょうしょう》のお気持は、夏侯惇《かこうとん》殿をはじめとする将軍たちは、みんなわかっておりましょう。しかし、急ぎすぎておられます」

「もういい、荀彧《じゅんいく》。おまえは、河北《かほく》、中原《ちゅうげん》の民政をよく見ておれ」

「一応は、私が申しあげます。幕僚《ばくりょう》の誰《だれ》もが、丞相にはなにも言えない。それは、よいことではないと思いますので。時には、お耳だけでも、お貸しください」

「わかっている。思うことがあれば、夏侯惇にもはっきり言うように申しておけ」

荀彧がいたから、いままで苛《か》酷《こく》な戦を闘い抜けた。そしていまも、自分が動きたいように動ける。それは、曹操《そうそう》にはよくわかっていた。

鄴《ぎょう》に戻って数日すると、曹操は頭痛に悩まされはじめる。情欲も、抑えきれなくなる。側室を呼び、侍医の華佗《かた》を呼ぶ。

相変らず、華佗はほんとうに頭痛がひどい時しか、鍼《はり》を打とうとはしない。打つ場所は、その時によって違った。掌《てのひら》を当てていると、躰《からだ》の血の流れの澱《よど》みがわかるらしい。

側室は、十数名に増えていた。特に可愛《かわい》がっている側室はいない。名もよく憶《おぼ》えていないほどで、そこに女体があればいい、という感じだった。

曹丕《そうひ》が、甄《しん》夫人を正室とし、館《やかた》でともに暮していた。鄴を落とした時に手に入れた袁熙《えんき》の妻で、着飾っていると、さすがに河北一の美女の名に恥じなかった。夫の袁熙と引き離された悲しみからか、表情に憂いがあるのが、曹操をさえもぞくりとさせた。

惜しいことをした、と時々思った。曹丕は、鄴攻めの時は、驚くほど素速かった。曹操が先に甄夫人を見つければ、絶対に魅《ひ》かれると思ったのだろう。つまり、曹丕は自分を出し抜いたのだ、と曹操は思った。いまいましさと同時に、なかなかやるではないか、という気分も滲《にじ》み出してくる。

後継が誰か、まだはっきりと指名してはいなかった。曹丕と曹植《そうしょく》。このどちらかということになる。いまは曹操の力が絶対的に強いので、どちらが家臣を引きつけているのか、見えてはこない。もし自分が死ぬことがあれば、家臣団は二つに割れるだろう。

人望の点では曹植か、と曹操は思っていた。詩をよく作るし、闊達《かったつ》であるし、人に対するやさしさも持っていた。そう見えるのは、自分が曹植《そうしょく》の方を好んでいるからだ、とも思えた。

曹丕《そうひ》には、暗いところがある。周囲の人に対して、峻烈《しゅんれつ》なところもある。ただ、よく人は見ている。戦も、下手《へた》ではない。

二人の兄弟に、自分の後継を争うという意志があるのかどうか、曹操《そうそう》にはよくわからなかった。二人とも、その意志を露骨には見せず、肚《はら》の底に隠しているのかもしれない。

張繍《ちょうしゅう》が死んだ。かつて淯水《いくすい》のほとりで、自分を死の直前まで追いつめた男だ。長男の曹昂《そうこう》も、典韋《てんい》も、その時に死んだ。

自分の兄を殺した、と曹丕にしばしば言われて自殺したのだ、という噂《うわさ》があることは曹操も知っていた。張繍の参謀《さんぼう》であった賈詡《かく》が曹操の幕僚に入ってからは、待遇こそはよかったが、大した働きはしていない。曹操も、ほとんどの戦線に伴うことはしなかった。孤独だっただろう、ということは想像できる。

年が明けると、曹操は張遼《ちょうりょう》に一万騎をつけて北へやった。烏丸《うがん》との戦は、騎馬戦が決め手だろう。呂布《りょふ》以来の騎馬戦の伝統を受け継いだ、張遼の騎馬隊を主力にして闘うのが最上である。幽《ゆう》州には、守兵とは別に、外征に備えた三万の兵を集結させてある。兵糧《ひょうろう》も充分だった。

それでも、曹操は抜き打ちで河北《かほく》の諸城を回ることをしばしばくり返し、すぐには外征にかからなかった。揚《よう》州の孫権《そんけん》と、荊《けい》州にいる劉備《りゅうび》の動きも気になったのだ。孫権は、江夏《こうか》の黄祖《こうそ》をまず討《う》とうとするだろう。荊州の劉表《りゅうひょう》は、病《やまい》がちだという。両方とも、ひとまずは安心できるが、孫権のところには、周瑜《しゅうゆ》がいる。この男こそが手強《てごわ》いというのは、ここ数年揚州を見ていて、よくわかったことだった。意表を衝《つ》いて北へ出てくる、ということもやりかねない男だ。

そして、劉備。自分が外征している時に、鄴《ぎょう》か許都《きょと》を攻めるべきだという主張を、間違いなくするだろう。それに賛同する、劉表の幕僚も少なくないと思える。劉備を動かさないために、なにか手があるのか。州境付近に兵力を集めてはいるが、そこを迂回《うかい》して鄴か許都を衝くのは難しいことではない。

蔡瑁《さいぼう》という男が、劉表軍の中では力を持っている。程昱《ていいく》が接触を続けているが、劉表が死ぬまでは、寝返りは無理だろうという見方をしていた。劉表には二人の息子がいるが、蔡瑁の姉が産んだ劉琮《りゅうそう》を後継にしようと考えているらしい。その時に家中が乱れれば、曹操を頼ってくるはずだ。

蔡瑁と劉備をぶつからせる工作を、程昱は何度も仕掛けていた。しかし、そのたびに劉備《りゅうび》が身をかわしている。そのあたりは、さすがに劉備は読みが深かった。

劉表《りゅうひょう》が死んだあと、劉備が荊《けい》州を奪《と》るということだけは、避けたかった。力をつけさせると、厄介《やっかい》な相手だ。

南を討ってから北伐《ほくばつ》ということも考えたが、北よりも南はずっと手強い。時がかかりすぎると、北で袁尚《えんしょう》と袁熙《えんき》が力を盛り返しかねない。やはり、北伐だった。そのためには、南からの侵攻を防ぎきるように、領内がひとつにまとまっていなくてはならない。

曹操《そうそう》は、領内視察を続けた。はじめは不穏《ふおん》な空気が感じられるところだけを回っていたが、いまは五錮《ごこ》の者にまず調べさせ、問題があると思える地域をまとめて回る。

刎《は》ねた守将の首は、十二になった。

河北《かほく》も中原《ちゅうげん》も、戦時の厳しさに満ちてきた。強敵がいない。それこそが、いまの曹操軍には強敵なのだと、たえず自分に言い聞かせた。

「雨の時季を狙《ねら》って、北伐を開始したいと思います」

郭嘉《かくか》が、やってきて言った。

「私は、春か秋かと思っていたのだがな。雨の多い季節は、幽《ゆう》州の北は泥濘《でいねい》になって進軍は困難をきわめる」

「だからこそです」

北伐の参謀は、郭嘉と決めてあった。軍事についての力もあるが、いずれは荀彧《じゅんいく》のあとを任せようと曹操は思っている。荀彧ほど、この国で帝《みかど》が絶対だという思想にとらわれていない。これからは、使いやすい男になるだろう。まだ、三十八の若さもあった。

「意表を衝く、ということか？」

「ただ意表を衝くためだけに、泥の中の危険な進軍はできません。方法が見つかったのです」

「ほう」

「現在、烏丸《うがん》は昌黎《しょうれい》郡の柳城《りゅうじょう》に前線基地を置き、わが軍が幽州に入れば、そこを本拠として守り抜こうという姿勢《りょうせい》でいます」

幽州を奪ったといっても、遼西郡のあたりまでで、それより東は独立勢力という感じがある。特に、遼東《りょうとう》の公孫康《こうそんこう》は、袁紹《えんしょう》、公孫瓚《こうそんさん》、劉虞《りゅうぐ》と、三代にわたる幽州の支配者の中で、ずっと独立性を失わずにここまできている。烏丸攻めは、公孫康を自分の方へ引きこむ機会にもしたい、と曹操は思っていた。

「柳城《りゅうじょう》へは、海沿いの泥濘《でいねい》の中を進む道しかないと思われていましたが、間道《かんどう》が見つかりました」

「間道が、あるのか」

郭嘉《かくか》は、黙々となにかやっていたが、間道の有無を探っていたということなのか。間道を辿《たど》って柳城を攻めれば、烏丸《うがん》を東へ追いやることができる。その時、東にいる公孫康《こうそんこう》は、どういう態度に出てくるのか。

「よかろう。雨の季節か」

「南を、心配されておりますか？」

「している」

「劉表《りゅうひょう》が生きているうち。私は、そう思います。その間に、北を片付けてしまうことです。孫権《そんけん》は、江夏《こうか》を落とさないかぎり、大きくは動けません」

「劉備《りゅうび》が、劉表軍の半分でも手に入れれば」

「劉表との軋轢《あつれき》は避けるでしょう、劉備は。特に、劉表が病の間は。それが、劉備という男の、これまでの生き方でした。劉表が許都《きょと》か鄴《ぎょう》を攻める気になれば別ですが」

劉表は、動かない。それは見えていた。ただ、いままでそうだったからといって、劉備が節度を守って、今度も動かないとはかぎらない。いくらか、賭《か》けの要素は出てくる。これまで、何度も挑んできた賭けと較《くら》べると、小さなものだ。

「兵力は十万。それ以上は割《さ》けぬ」

「充分でございましょう」

領内で叛乱《はんらん》を起こさせないためには、まだ力が必要だった。だから、各地に兵を配置しておかなければならない。北の結着がつけば、動員できる兵力は飛躍的に大きくなる。

「北が終れば、すぐに南でございます」

「そんなに、私を急がせるのか？」

「丞相《じょうしょう》は、以前から水軍の調練を命じられているではありませんか」

「荀彧《じゅんいく》は、私が急ぎすぎるという」

「いまは、勢いがあります。それに、北へ兵をむけても、領内が疲弊《ひへい》するなどということはありません。力を蓄《たくわ》えれば、相手も同じように蓄えるということです。そのあたりの見切りでございましょう」

痩《や》せて頰《ほお》が削《そ》げ、眼《め》が熱を帯びたように光っている。そういう郭嘉の表情は、曹操に昔の幕僚たちを思い出させた。いまはみんな、どこか穏《おだ》やかな眼になっている。

荀彧《じゅんいく》や荀攸《じゅんゆう》がそうである。夏侯惇《かこうとん》をはじめとする、部将たちもだ。

「南は、周瑜《しゅうゆ》を強敵と見ます」

「水軍は、すでに整っている」

「実戦を重ねてはおりません。そこが難しいところでございましょう」

「いきなり、最強の水軍にぶつかるか」

「揚《よう》州は、陸から攻めた方がよい、という気もいたします。水軍は、あくまで主力とせずに」

「郭嘉《かくか》、おまえは確かに軍人としての資質を豊かに持っている。しかし、民政も忘れてはならん。若い幕僚の中で、荀彧に代る者が出て欲しいと思っている」

「天下のことが、定まってからの話ではございませんか」

「そして、すぐに定まる」

曹操《そうそう》は、言って口もとだけで笑った。熱を帯びた眼で見つめ、郭嘉は軽く頭を下げた。

二月に入ると、曹操は徐《じょ》州、予《よ》州を駈け回った。さすがに、首を刎《は》ねられるほど気を緩《ゆる》ませた守将はいなかった。三人ほどを、兵に落としただけである。恐怖に近いものが、軍を支配していた。それも、仕方のないことだ。あとわずかの間なのだ。

鄴《ぎょう》に戻ると、徐庶《じょしょ》が出仕していた。

荊州《けいしゅう》で劉備《りゅうび》と対峙《たいじ》した時、曹仁《そうじん》に与えた、八門金鎖《はちもんきんさ》の陣を、見事に破ってみせた男だ。母親を鄴へ呼ぶことで、劉備と離れさせた。流浪《るろう》を好み、仕官などしない男だという。程昱《ていいく》が一緒にいた。

「私に仕《つか》える気は、あるのだな、徐庶？」

「はい。母が、鄴での穏やかな老後を望んでいるようですので」

眼に、怯《おび》えはない。人を食ったような態度をしている。曹操は、ひたすら拝伏するよりも、こういう態度をとる男の方が好きだった。

「劉備に仕えていた、という話だが」

「仕えてはおりません。荊州には、伊《い》籍《せき》と申す者がいて、若いころからの友人です。伊籍が劉備殿と親しく、それで私も食客《しょっかく》になったことがある程度です」

「食客の返礼が、八門金鎖を破ることだったわけか？」

「劉備殿は、見きわめのつかぬ陣に、無謀《むぼう》に踏みこむようなお方ではありません。ですから、私がなにも言わなければ、ただの対峙で終ったでしょう。破る法をお教えしたのは、伊籍の友人としていささかいい顔ができると思ったからですかな」

「どこで、軍学を学んだ？」

「独学で、と申したいところですが、水鏡《すいきょう》先生のもとで」

「司馬徽《しばき》か」

学問を好む者たちは、郡境や州境を越えて交流する。幽《ゆう》州と荊《けい》州の学者が、書物を交換したりしていることもある。面識がなくても、竹簡《ちくかん》(竹に書いた手紙。紙は高価であった)のやり取りなど、当たり前のことだ。そして、学問だけでなく、情報もそれに乗って拡《ひろ》がる。

水鏡先生と呼ばれている司馬徽の名は、以前から曹操《そうそう》も知っていた。長者の家に生まれ、仕官など考えずに、ただ学問に励んできた人物だという。すでに老齢で、荊州に隠棲《いんせい》していることも知っていた。

「私へ仕官することは、承知だな?」

「はい。母が、なぜか鄴《ぎょう》が気に入ってしまった様子なので」

「剣もよく遣《つか》うそうだな。軍の指揮をすることが望みか、それとも民政に関《かか》わってみたいか。希望を申してみよ」

「できれば、役所で小さな仕事を」

「私のそばには、いたくないということか?」

「いえ、私は流れ歩いておりました。母の思いをくんで、穏やかにひっそりと暮したい、というだけです」

「そうか」

眼には、頑迷な光がある。無理に軍を指揮させたところで、凡庸《ぼんよう》な指揮しか執《と》ろうとしないだろう。つまりは、亀《かめ》が甲羅《こうら》に首をひっこめてしまったようなものだ。

こういう男の使い方は、時をかけて考えるしかなかった。

「人の使い方は難しいな、程昱《ていいく》」

徐庶《じょしょ》を退《さ》がらせてから、曹操は言った。

「仕方ありますまい。母親を人質に取って仕官させたようなものなのですから。劉《りゅう》備《び》から引き離しただけで、よしとなさらなければなりません」

「わかっている」

能力があるのに、それを遣おうとしない。曹操には、そういう人間の気持がよくわからなかった。首を刎《は》ねれば、噂が人に伝わり、自分のもとに人材が集まってこないということになる。だから、腹が立っても、首は刎ねられない。徐庶も、それを知っていて落ち着いていたのだろう。

「これから、もっと人が必要になるのだ、程昱。部将は、少しずつ育ってきている。しかし、これはという男はおらん。民政には、いずれ郭嘉《かくか》を回したい」

「文官も、育っております。ただ、丞相《じょうしょう》が望まれるほどの能力を持っている者がいない、ということだけで。あまり多くを、望まれますな。ひとりで駄目なら、二人でやらせればいい。そんなふうに、大きく構えることです。いずれ、才能は集まります」

「私が、大きく望みすぎているというのか？」

「丞相は、軍事でも民政でも、抜きん出た力をお持ちです。御自身と同じものを、部下に求められてはなりません。外からは、それが窮屈《きゅうくつ》に見え、内の者は萎縮《いしゅく》いたします」

荀彧《じゅんいく》のような男は、なかなかいないということなのか。

鄴《ぎょう》に戻ると、すぐに頭痛が襲ってくる。この程度では、華佗《かた》は鍼《はり》を打ってはくれないだろう。あと三日か四日は、耐《た》えなければならない。

戦が少なすぎる、と曹操は思った。

3

春には、江夏《こうか》を攻めるつもりだった。

しかし、いざとなると孫権《そんけん》は慎重《しんちょう》に構えはじめた。兵の調練《ちょうれん》を、もっとしっかりやっておきたいというのだ。自身で水軍を調練することもはじめた。

周瑜《しゅうゆ》はそれを、黙って見ていた。兄の孫策《そんさく》とは、かなり性格が違うのだ。確実に勝てるとならなければ、戦《いくさ》はやらない。

大将として、それは悪いことではなかった。ただ、劉表《りゅうひょう》のように、優柔不断《ゆうじゅうふだん》な人間になられたら困る。決断が必要な時は、果敢《かかん》さを見せてもらいたいとも思う。

孫権が戦に慎重になっているので、周瑜は揚《よう》州内にいくつか手を打つことができた。

まず、建業《けんぎょう》から巴丘《はきゅう》までの、水上輸送路を充実させた。大型の輸送船を四隻《せき》投入し、常時、予章郡《よしょう》との物流が途絶《とだ》えないようにした。それによって、途中の港も栄えてくる。

水路は、予章郡までの本線だけではなく、支線もかなりのばした。軍事的な意味だけでなく、民間でも使用することで、田舎《いなか》だった地域にも物が運べるのだ。船には、人も乗ることができる。

同時に、長江《ちょうこう》の河口に港を作り、海上輸送の拠点《きょてん》にした。どういう船を使うかという難しさはあるが、海の物流が安定すると、揚州はさらに豊かになる。

曹操《そうそう》は、二倍以上に拡《ひろ》がった領内を、しっかりとまとめていた。曹操自身が、領内を駈《か》け回り、相当厳しい視察をしているという。

「なんのために、そんなことをしているのだ、周瑜《しゅうゆ》?」

「まずは、北伐《ほくばつ》を無事に終らせるためでしょう。北からの脅威《きょうい》が消えれば、曹操が南にむけられる兵力は、飛躍的に増えます。だから、北伐を完璧《かんぺき》にやってのけたいのでしょう」

「江夏《こうか》さえ落としておけば、曹操の圧力にも耐《た》えられる。だから、確実に落としたい。落としたものを、しっかりと保持しておきたい。決して、怯懦《きょうだ》ではない。怯懦で戦をしないわけではない」

「毎日、水軍の調練の指揮をされている殿を見ていれば、それはわかります」

「周瑜が、私に江夏攻めを任せてくれるといった。それで気が楽になった。江夏攻めは、曹操の北伐の直後ということにする。それで、曹操の邪魔も入らず、余計なことを考えなくて済む」

「北伐の直後ですか。それはいい」

孫権は、慎重だが決断力に欠けるわけではない、と周瑜は思っていた。

いずれ、荊州《けい》を奪《と》り、益州《えき》も奪る。それによって、はじめて曹操と対等の力を持つことになる。つまり、天下を争えるのだ。

それはまだ、口にできないほど遠いことだった。そうなる前に、必ず一度は曹操の南進にたちむかわなければならないだろう。そして、追い返す必要がある。

孫権《そんけん》の旗本《はたもと》も、周泰《しゅうたい》のもとで太史慈《たいしじ》が率《ひき》いていたころより、一層精強《せいきょう》でまとまった軍になっていた。国は富んでいる。人材も少なくない。

ただ、曹操はあまりに大きい。

水軍の勝負。そこに持ちこむしか、周瑜には勝ちが見えなかった。たとえ陸上から攻めこまれても、最後は水上に持ちこむ。長江《ちょうこう》全域を砦《とりで》とするほどのつもりがなければ、とても曹操を追い返すことなどできはしまい。

「水軍のみでの、決定的な勝利というのが、あり得るのだろうか、周瑜？」

「黄祖《こうそ》を相手でしたら。陸上戦は、水上戦の勝利をふまえての掃討《そうとう》というかたちに持っていくべきです」

「曹操が相手では？」

「できるだけ、水上で決定的な勝機を摑《つか》むことです」

それだけしか、周瑜には言えなかった。実際に、水上で曹操を討《う》ち果せるとは思えない。

「まだ袁紹《えんしょう》と対峙《たいじ》している時に、曹操《そうそう》を討とうと、兄上が言われた。いまになって、あの言葉の意味がよくわかる」

「孫策《そんさく》殿は、考えるというより、それを感じることができた天才でした。われらは、孫策殿とわが身を較《くら》べるべきではない、と思いますぞ、殿」

「わかっているが、やはり思い出す。曹操の背後を襲《おそ》って、そのあと、兄上はどうなされるおつもりだったのだろう」

孫策は、いつも言葉にするよりずっと先のことを考えていた。言葉にするのは、自分以外の人間にわからせなければならない時だけだった。

孫策がなにを考えていたか、いまではわかることではない。わかろうとすることに、意味もない。

「とにかく、黄祖《こうそ》です、殿」

「曹操は、いつ北伐を開始するだろうか？」

「私が見るところでは、夏までには。秋には終りましょう」

「すると来年の春か」

「春まで、待たれますか？」

意外な気がした。北伐の直後なら、秋でもいい。

「慎重だと思うだろうが、曹操にこちらの考えを読まれたくない。だから、ちょっと遅れて春なのだ。それで、曹操もどこかで私を甘く見る。違うだろうか？」

確かに、そうかもしれなかった。しかし、どこか違うという気が、周瑜《しゅうゆ》はした。どこが違うのか、言葉にはできない。

攻める、というより、守るという思いの方が強い性格なのかもしれない。つまり孫策と対照的な性格で、兄弟二人が内と外にむかうというかたちをとれば、揚《よう》州はまた違った姿を見せていただろう。

自分も、どちらかというと、守りを先に考える性格の人間だ、と周瑜は思っていた。だから、守ることを意図的にあまり考えないようにする。そうしても、考えの底から、守りは消えていかないのだ。

孫権《そんけん》のこの性格が、いい方に働くのかどうかは、その時の状況によるだろう。曹操に対する慎重な態度はいいにしても、黄祖はいまならばひと呑《の》みにできる。微妙なところだった。孫権が、はじめて自ら指揮する大きな戦、ということで、周瑜は余計な議論をやめた。明らかに間違っていることだけ、修正してやればいい。そしていまのところ、それはない。

建業《けんぎょう》にいる時、周瑜は忙しかった。すでに構築している、北への防衛線を強化するだけでも、かなりの手間と時を割《さ》かれた。民政がしっかりしているので、そこで阻害《そがい》されることがないのは、救いだった。

魯粛《ろしゅく》がいる。留守《るす》の間は周瑜《しゅうゆ》の意をくんで動いてくれた。それでも、戻ってくると仕事が山積していた。

孫権《そんけん》のもとを辞去すると、すぐに水軍府の陣舎《じんしゃ》にむかった。

すでに、手の者は待っていた。周瑜は、孫権が使っている潜魚《せんぎょ》とは別に、間諜《かんちょう》をなす者を雇《やと》っている。幽《ゆう》と名乗り、周瑜もそう呼んでいた。剣をよく遣《つか》う、端整な顔立ちの若者だが、実は女だった。部下は二十名ほどいる。

「やっと、洗い出せたか」

「六名まででございます。それ以上潜《ひそ》んでいることは、充分に考えられます」

「もう、時であろう。今夜、やれ。私の麾下《きか》の兵を、三百名ほど待機させてある」

「それほどの人数では、事が大きくなります。ひとりに、十名もいれば」

「わかった。やり方は、おまえが選べ」

表面の闘いとは別に、間諜の闘いもある。曹操《そうそう》の間者《かんじゃ》が、かなりの数入りこんでいることは、数年前からわかっていた。潜入《せんにゅう》し、なにかを探り、出ていく者はまだいい。見つけ次第、討ち取ればいいのだ。厄介《やっかい》なのは、役所や、軍営に入りこみ、そこで働いている者たちだった。

その調査を、半年前に幽に命じてあった。

曹操や、劉表《りゅうひょう》の陣営を探る。それは、潜魚がやっていて、報告は周瑜にも入る。しかし国内の間諜を探り出すところまで、潜魚の手は回らないのだ。

水軍府の居室で、周瑜はひとりで待った。

いやな仕事だった。だから、自分がなすべきことだ、とも思っていた。

待つ間、ほとんどなにも考えなかった。幽の部下が知らせを持ってきたのは、深夜だった。

従者《じゅうしゃ》を五人ほど連れただけで、周瑜は水軍府の前に並んで停泊《ていはく》している艦《かん》にむかった。二隻は桟橋《さんばし》で、一隻だけ錨《いかり》を打って遠くにいる。そこまで、小船で渡った。

艦上にいるのは、麾下の兵だけである。周囲には、さりげなく小船が停泊しているが、そこからも麾下の兵が水面に眼《め》を凝《こ》らして見張っている。

「六名全員を、連れてきております。特に大きな騒ぎにはなりませんでしたが、明日のうちには、知る人も多くなるという気がいたします」

「仕方がないな。とにかく、はじめよう」

周瑜は、幽と艦の底の部屋へ降りていった。ふだんは、船の安定を保つために、兵糧《ひょうろう》や水など重いものを積む場所である。積んだものが揺れで動かないように、いくつもの部屋に小さく区切ってあった。この造りは、ほかの水軍には見られないものだ。

六人が、縛られて並んでいた。若い男から、中年の男までいる。見たことがある顔も、二つあった。

「名だけ、訊《き》きたい。こちらへ投降する意志があるかどうかは、その後の話し合いだ」

六人の眼を見、ひとりに剣を引き抜きざまに突きつけた。若い男だった。わずかに眼が動いた。中年の小男にむいたように、周瑜《しゅうゆ》には見えた。

「連れていけ」

中年の小男を剣で指し、周瑜は言った。

しばらくすると、叫び声が艦内に響いた。周瑜は、五人を見つめていた。怯《おび》えた眼をしたひとり。剣で指す。残りの四人も、それぞれ別の部屋に移した。

「ここからは、私が。殿が手を染められてはなりません。上の部屋で、お待ちくださいますよう」

「わかった」

短く言い、周瑜は梯子《はしご》を昇っていった。

しばらく、甲板にいて風に当たった。時々、悲鳴や叫びが、甲板にまで届いてくる。

曹操《そうそう》は、五錮《ごこ》の者と呼ばれる、間諜の集団を使っていた。浮屠《ふと》（仏教）にゆかりの者たちだというが、詳《くわ》しいことはわからない。劉表《りゅうひゅう》が放《はな》ってくる間諜より、ずっと手強《てごわ》かった。探るだけでなく、人の心に食いこんで、その人間を動かすことまでやる。暗殺も、多分やるのだろう。

これも戦だ。洩《も》れてくる呻《うめ》きを聞きながら、周瑜は思った。

幽《ゆう》が部屋へ昇ってきたのは、夜明けだった。

「陳旅《ちんりよ》と馬成《ばせい》。この二名は、確実だと思います。名前はなかなか一致せず、また教えられてもいないかもしれないのですが、面相、住んでいる場所などを重ね合わせて、二名の名が出てきました」

「わかった。夜が明けきる前に、兵をやって捕えさせる。まだ、気づいてはおるまい」

麾下《きか》の兵を指揮している者を呼び、手短に命令を伝えた。

「もう一度、行ってみようか」

「おやめください」

「おまえが手を汚す。それは、私が手を汚すことでもある。それから、眼をそらせたくはない。心配するな。なにを見ても、驚かぬ」

艦の底へ降りた。

虫の息になっている六人が、並んで横たえられていた。

「灯《ひ》を、近づけよ」

「殿」

「構わぬ」

灯に照らし出された六人は、かろうじて人のかたちをとどめているだけだった。手足の指の爪《つめ》が全部剝《は》がれ、歯を抜かれたのか、口のまわりが血だらけの者もいた。手足の指が、全部切り落とされている者もいる。中年の、この中では頭《かしら》らしい男は、裸にされ、全身の皮膚を半分ほど剝《む》かれていた。

それを確かめてから、周瑜《しゅうゆ》は幽《ゆう》の方に眼をむけた。幽は、無表情である。

「上へ行く」

周瑜は言い、梯子《はしご》を昇った。

部屋へ入ると、周瑜は幽の躰《からだ》を抱き竦《すく》めた。着物を剝《は》いでいく。意外に豊かな乳房が、むき出しになった。

「私の代りに、手を汚した。これから先も、何度もあることだろう」

幽の表情が、かすかに動いた。

もともと、山越《さんえつ》族で、長い時をかけた平定戦の時に、出会った。その時は、兵の身なりをしていた。

「私のために、やりたくもないことをしてくれている。そして私は、おまえの躰をむさぼるだけだ。せめて、ともに手を汚したのだ、とだけは思いたい」

かすかな呻《うめ》きを、幽が洩《も》らした。周瑜は、幽の躰に回した腕に力をこめた。

二人の豪族が、いきなり捕えられた。

建業《けんぎょう》の騒ぎは、相当のものらしい。周瑜は、沖の艦から動かなかった。捕えた六人の間諜は、すでに殺して沈めてある。

陽《ひ》が高くなってから、小船で魯粛《ろしゅく》がやってきた。

「二名は、曹操《そうそう》と通じていたという話だが、周瑜将軍は、どこでそれを摑まれた？」

「私の手の者が、摑んできた。誰《だれ》とは言えぬのだ。魯粛殿」

「なるほど。そうですか」

「さらに、詳しく取調べてはみるが、館《やかた》から出てきた、曹操の幕僚《ばくりょう》たちの竹簡《ちくかん》などから、ほぼ間違いはない、と思っている」

「そうでしょうな」

「曹操《そうそう》に通じている者を、看過《かんか》はできぬ」

「二人を助命せよ、などと私は言いにきたのではないのですよ、周瑜《しゅうゆ》殿。水軍をまとめ、川沿いの守りを固め、殿の相談役までされている周瑜殿が、なにゆえそちらの方までなさるのか、と思ったのです」

「手が汚れることだからな、魯粛《ろしゅく》殿」

「まさに、あなたらしい、周瑜殿」

魯粛とは、古い知り合いだった。孫権《そんけん》に推挙したのも、周瑜である。穏《おだ》やかだが、芯《しん》には強いものを持っていた。なにより、情勢を判断する力量が並みではなかった。話していて教えられることが、周瑜には何度もあった。魯粛がいるからこそ、建業《けんぎょう》を留守にしても心配はない、と思っている。

「ひとりで、なにもかも背負ってはならん、周瑜殿。それでなくても、あなたの肩には重い荷がかかり過ぎている」

魯粛は、じっと周瑜を見つめてきた。

「手が汚れることは自分が、などと考えていたら、身がもちませんぞ」

「しかし、殿に手を汚させるわけにはいかん。魯粛殿に押しつけることもできん」

「それをやる部下を、育てるのです。周瑜殿。育つまでは、私が代りをしよう。戦に出ても、それほど役には立たぬ。そういう私こそが、手を汚すのに適任でありましょう。なに、私にとっては大したことではない。戦で、斬《き》ったり斬られたりということではなく、ちょっとばかり手が血に汚れるだけなのですから」

周瑜は、かすかに頷《うなず》いた。この男は、自分のつらさを見抜いているようだ、と思った。そういう男だからこそ、なにがなんでも孫権と会わせ、仕官させたのだ。信ずるに足る友だ、とは思い続けてきた。しかし、底の底まで、見せ合ってはいない。それは、周瑜の方が拒んでいるところがある。

孫策《そんさく》が死んだ時、真の友はいなくなった、と心の深いところで思った。その思いは、いまも消し難く続いている。

「まあ、すぐにとは言いません、周瑜殿。こういうことは、少しずつ進められていけばよい。私が必要な時は、躊躇《ちゅうちょ》せずに声をかけてください」

「礼を言う、魯粛殿」

「曹操の幕僚のもとに、ひとり潜《もぐ》りこませてある。これは、いずれ役に立つかもしれません。いまは、それだけお教えしておこう」

曹操《そうそう》の幕僚のもとには、幽《ゆう》も部下を潜りこませようとしたことがある。それで四人失い、いまだ果してはいない。五錮《ごこ》の者とは、それほど手強《てごわ》かった。

「とにかく、陳旅《ちんりよ》と馬成《ばせい》は私に任せてください。いや、これから先のことは、殿への報告も含めて、お任せいただきたい。数日中に、二人は処断いたしましょう」

「しかし」

「周瑜《しゆうゆ》殿は、戦の指揮をされる。そういう方が、悪役に回ってはならないのですよ。陳旅と馬成を探り出せなかったのは私の怠慢《たいまん》でもあります。恨まれ役を、任せていただきたい」

「ほんとうに、いいのか、魯粛《ろしゆく》殿？」

「よいのです。揚《よう》州は、周瑜殿によって支えられているのですから」

黙って魯粛の申し入れを受けるべきかどうか、周瑜は束《つか》の間《ま》迷った。こういうところが自分の欠点なのだ、と周瑜は思った。黙って、受ければいいことだ。

周瑜より、二つ三つ魯粛の方が年長だった。ただ、孫《そん》家へは新参であることを気にしているのか、言葉遣いはいつも丁寧《ていねい》だった。

「恩に着る」

「そういう言葉もいずれは吐かず、魯粛頼む、と気軽に言っていただけるようになりたいものです」

　魯粛が、にこりと笑った。

　周瑜は、艦を降りると、そのまま自分の館にむかった。

　息子の周循《しゅうじゅん》が、庭で侍女たちと戯《たわむ》れていた。館は、周瑜の留守が多い分だけ、女の匂《にお》いが強いように感じられる。

「父上のお帰りだ」

　周循が、門を入ってきた周瑜に気づき、声をあげた。駈け寄ってきた周循を、周瑜は抱き、天にかざすように差しあげた。

「女子《おなご》とばかり遊んでいては、いい将軍にはなれぬぞ、循」

「ならば、父上が遊んでください。私はいつも、父上と遊びたいのです」

「わかった。館にいる時は、遊んでやろう」

　赤子を抱えた小喬《しょうきょう》が庭に出てきて、周瑜を呼んだ。侍女たちの、華やかな笑い声もそれに重なってきた。

4

敦煌《とんこう》は、涼州《りょう》の西の端《はし》だった。

東の端に楡中《ゆちゅう》があり、父の馬騰《ばとう》はそこにいることが多かった。馬超《ばちょう》の妻子も、楡中である。さらに父は雍《よう》州へいくらか入った襄武《じょうぶ》にいることも多い。そこからなら、長安《ちょうあん》がすぐで、その東の中原《ちゅうげん》も遠くない。

涼州がどちらにむいているのか、馬超はしばしば考えることがあった。西域《せいいき》の方にむいているのか。それとも、中原にむいているのか。長安や洛陽《らくよう》や許都《きょと》や鄴《ぎょう》。そういう場所から見れば、涼州は明らかに西の端だ。

しかし、涼州の正門は、ほんとうは西にむいているのではないのか。だから敦煌が正門で、楡中は東にある裏門である。涼州の人間だけを見ていると、そう考えたくなってくる。匈奴《きょうど》も多ければ、羌《きょう》族も多い。それは中原や河北《かほく》では考えられないことだ。

馬超は、東に眼《め》をむけたくはなかった。

曹操《そうそう》が好きになれそうもない、という理由だけではなかった。東では、たえず覇《は》権《けん》を争う戦《いくさ》である。曹操が全土の覇権を手にすると、やがて次の帝《みかど》になり、曹操の政事《まつりごと》の下で人は生きることになるのだろう。

そうなれば、人の暮しもよくなる、とは誰《だれ》も考えてはいない。戦など、起こるところではいつも起こる。

涼州は、いまのままがよかった。韓遂《かんすい》との棲《す》み分けがはっきりしてくると、戦もなくなった。西域から、物が運ばれてくる。それを買い、東に売る。それだけで、人の暮しは豊かになる、という気がする。やがてひとつにまとまれば、二十万からの軍を擁《よう》することも夢ではないので、たやすく他国に攻められることもない。

もっとも、馬超はなんとなくそれがいいと思っているだけで、そのためにどうすればいいかなど、深く考えたことはなかった。

父は、帝だという。そう言いはじめたのは最近のことで、それまでは戦が好きな男としか思えなかった。実際に戦はうまく、武器を遣《つか》わせても人後に落ちなかった。なぜ、帝なのだ。曹操の人形のような男ではないか。父が帝と言うたびに、馬超は必ずそう思った。思うだけで、口に出してはいない。口に出せば、父は怒る。怒るだけでなく、多分傷つく。

父は、樵《きこり》から身を立てた。材木を切り出し、担《かつ》いできて売るという生活を、馬超は知らない。もの心がついたころ、父はすでに一隊を率《ひき》いる隊長で、やがて涼《りょう》州の大将になった。その父が言う、帝という言葉には、抗《あらが》い難い重さもあった。涼州で、妻子が無事に暮していられればいい。馬超《ばちょう》は、そうも思った。やがて、老いるのだ。それは、父を見ていると痛いほどわかる。

馬超が五百ほどの麾下《きか》を連れて楡中《ゆちゅう》にむかったのは、二月に入ってからだった。自領の中の行軍である。輜重《しちょう》などは必要としない。軽装の騎馬だけで、きわめて速かった。敦煌《とんこう》から楡中まで、およそ二千五百里（約一千キロ）。途中で二度馬を替えるが、馬超はそこを毎年十五日以内で駈《か》け抜けている。

西域《せいいき》からの兵を、涼州の各地に配すると、毎年父へ報告に行く。それが習慣になっていた。その間は、末弟の馬鉄《ばてつ》が、敦煌にいる。次弟の馬休《ばきゅう》は、襄武《じょうぶ》にいることが多いが、馬超に合わせて楡中へやってくる。一族全部というわけにはいかないが、従兄弟《いとこ》なども集まってくるのだ。

この旅が、馬超は好きだった。

敦煌はまだ緑が少なく、砂漠《さばく》や石くれの荒野が多いが、次第に緑が増えてくる。日ごとに、草が、樹木が増えてくるという感じになるのだ。畠《はたけ》も、そこで働く人の姿も多くなる。いい土地だ、と馬超は思う。西域ほどではないにしても、雨は少ない。それでも水が少ないわけではなく、川はたっぷりと水を湛《たた》えている。西の山なみの雪解け水が、尽《つ》きることなく流れてくるのだ。西域では、これが夏を過ぎると尽きる。

楡中に近づくころには、森も多くなる。山ではなく、平地にも森があるのだ。

十二日で、馬超は楡中に到着した。襄武の馬休は、まだ来ていなかった。

一年が、これほど長いのかと息をつきたくなるほど、父は老いていた。白髪になり、髭《ひげ》も白く、痩《や》せていた。骨格のたくましさだけがかえって際立《きわだ》ち、枯れた木が着物を着ているようにさえ思えた。かつては、大木を切っては、担いで売り歩いていた躰《からだ》である。

「父上は、御健勝の御容子《ごようす》で、なによりです」

「しかし、歳《とし》をとった」

「そうとは見えません」

「隠すな。老いぼれた、と思っているであろう。自分でも、そう思うのだ」

「しかし、病などとは縁《えん》がなさそうではございませんか」

「まあな。それだけは、孫たちにも自慢している」

館《やかた》に入り、妻や子供たちに会うと、またすぐに父に呼ばれて酒になった。酒量も、やはり昔よりはずっと減っている。

「考えていることがあるのだ、超《ちょう》」

ひとしきり涼州《りょう》の西部や西域《せいいき》の話を馬超《ばちょう》がしたあと、不意に父が言った。

「寿命《じゅみょう》が尽きる前に、したいことがひとつある」

「ひとつとは、また。父上は、いくつでもまだおできになります」

「いや、したいことは、ひとつだけだ」

「それは?」

「帝への、御奉公」

「と言いますと?」

「なにかは、はっきりとは決めておらぬ。いま、鍾繇《しょうよう》殿と書簡《しょかん》のやり取りをしておってな」

鍾繇とは、面識があった。父に命じられて曹操《そうそう》の戦を扶《たす》けた時、その戦場の指揮官が鍾繇だった。戦は知らず、ただ匈奴《きょうど》を討《う》てとだけ命じた。曹操の軍は、装備がよく、調練《ちょうれん》も積んでいた。しかし、どこか好きになれなかった。

鍾繇のせい、だったのかもしれない。

今後、曹操につけば、それなりの栄達が望めること。帝から、官位を戴《いただ》けること。

そんなことを、無知の者に言い聞かせるように、ひと晩喋《しゃべ》られたのだ。

鍾繇は、もともと朝廷の臣で、帝が長安《ちょうあん》を脱出した時、一緒に逃げ、そのまま曹操の幕僚《ばくりょう》に加えられた男だという話だった。

「献上物でもなさいますか。鍾繇殿ならば、快く取り継いでくれましょう」

「物などでは、心を尽せぬ。この身をもって、御奉公したい、と思っておる」

「この身と申されても、許都《きょと》か鄴《ぎょう》に行かれるとおっしゃるのですか？」

朝廷は許都にあるが、帝は鄴にいることが多いらしい。官位を与えたりする儀式が、鄴で行われているのだ。

「行かれるのですか？」

「まだ、決めてはおらん。御奉公の方法が、ほかにあるかどうか考えているところだ」

「父上は、これまでも朝廷に対して忠節を尽されました。官に就《つ》くだけでなく、その職を全うされた、と私は思っています」

「止めるのか、超？」

「いえ。理由がよくわからぬだけです」

「この国は、帝の国だ」

父の表情が、不意に柔和《にゅうわ》なものになった。

「わしは常にこの地にあって、気ままに生きてきた。韓遂《かんすい》と語らって、叛乱《はんらん》を起こしたこともある。官位こそ頂戴《ちょうだい》したが、帝の臣たるに足る仕事は、なにもしておらん」

「戦もしばしばなさいましたが、それは涼《りょう》州のためでありました。私はそう思っております。涼州の民のためであったと」

確かに、父は民に慕われていた。韓遂との戦をくり返した時は、涼州を荒れた地にしたが、それ以後は、また民は豊かになった。それは、とどのつまり帝のためと言うことはできないのか。

「帝とは、それほどのものなのですか、父上？」

「おまえにも、いずれわかるだろう。帝は、国の中心なのだ。帝の国だと思えばこそ、人はこの国を大事にする。栄えさせる。そうやって、民は富んだ国を作るものだろう」

「いまの帝は」

「だから、わしのような男が必要なのだ。御奉公をしようという男がな。誰か出てくる前に、自分からそうすべきなのだ。わしは長い間戦をし、この地さえ守っていればいいと思っていた。国のありようが見えてきたのは、ここ数年のことだ」

「そうですか。私には、わかりませんが」

「この国に、帝がおられる。ある時、そう思った。それは、ほとんど驚きに近いものであった。わしも、理由は説明できぬ。帝がおられる。わしに帝がおられるように、おまえにも、孫たちにも、民にもおられる。わしはただ、それに気づいたのだ」

父がどう言葉を並べようと、わかることではないと馬超《ばちょう》は思った。父の歳まで生きれば、あるいはわかるのかもしれない。いまは、そう思うしかなかった。

「帝のそばには、曹操《そうそう》がおりますが」

「誰がおろうと、構わぬ。わしは曹操の臣下になる気などないし、下風《かふう》に立とうとも思わぬ」

元気なうちに、好きなことをさせることだ。いまの父なら、戦は別として、材木の一本ぐらいはまだ担げるだろう。

「韓遂殿とは、会われるのですか？」

「年に一度というところかな。わしがどれだけ老いぼれたか、見物にやってくる。わしにおまえがいることが、韓遂には羨《うらやま》しいらしいのだ。おまえの話を、よくする」

韓遂《かんすい》は、母を殺した。しかしそれは、戦の中でのことだ。父が忘れるというなら、それもいいと馬超《ばちよう》は思っていた。

わずかな酒で父は酔いはじめ、やがて居眠りをはじめた。馬超は従者《じゆうしや》を呼び、抱きかかえて寝台に運んだ。父はやはり大きく、ひとりで抱きあげると、無理な恰好《かつこう》をさせることになる。

妻や子のところへ戻った。

馬超にとって、家庭はここだけである。敦煌《とんこう》には羌族《きよう》の女を三人置いているが、側室だと思ったこともない。

二日後に、馬休《ばきゆう》が襄武《じようぶ》からやってきた。

父の骨格を受け継いだのか、堂々とした体躯《たいく》だった。ただ、どこか気が弱いところがある。小柄な馬鉄《ばてつ》の方が、鼻っ柱は強かった。

「親父《おやじ》が老いこんだと思いませんか、兄者？」

「そうだな、韓遂殿などと較《くら》べると、いささか老いこんではいる」

韓遂は、楡中《ゆちゆう》から百里（約四十キロ）ほどのところにある、金城《きんじよう》を拠点《きよてん》にしていた。六年ほど前からだ。このあたりになると、関中《かんちゆう》からの圧力をたえず意識させられることになるらしい。なにかあれば、かつての義兄弟は近くにいた方がいい、と老人二人で話し合ったのだろう。

敦煌《とんこう》にいるかぎり、関中や中原《ちゅうげん》からの、曹操《そうそう》の脅威《きょうい》など感じることはあまりない。

「雍《よう》州は、どうなのだ、休《きゅう》？」

「曹操は、いまのところ北伐《ほくばつ》にかかりきりですね。それが終ったら南征《なんせい》で、南征が終るまでに、われらも態度をはっきりさせればよい、と思います」

馬休が言う態度とは、曹操の軍門に降《くだ》るということだった。闘おうという気は、はじめから持っていない。どういう条件で、と考えているだけだ。

「間者《かんじゃ》は、うろついているようです。なかなか、尻尾《しっぽ》は摑《つか》めませんが」

「尻尾が摑めなくて、曹操の間者だとどうしてわかるのだ？」

「ほかに、誰が間者を送ってきます？」

「いそうだがな。揚《よう》州も荊《けい》州も益《えき》州も、こちらを窺《うかが》っているのではないか？」

「どこも、曹操にどういう態度をとるか、懸命に考えているというところでしょう。間者など、涼《りょう》州や雍州に出す余裕はありません」

「そうか。俺《おれ》たちも軽く見られている、ということか」

「兄者、間者ではないのですが、おかしなのがひとり付いてきましてね」

「おかしいなら、斬《き》ってしまえ」

「それが、腕が立つのですよ。二人連れで、ともに腕が立ちます。別になにかを探っているわけではなく、城郭《まち》の中を歩き回っているだけで、旅の最中のように見えます」

「それなら、旅人だろう。いずれ、どこかへ去っていく」

「実は、ちょっとばかり訊問《じんもん》してやろうと思って、その時、ひどく腕が立つことがわかったのですが、いまは楡中《ゆちゆう》にいるのです」

「ほう」

「兄者に会いたがっていて、私に付いてきたというわけで」

「名指しで、俺に会いたがっているのか？」

「そうです」

「それでは、おまえがここに連れてきたことになるではないか」

「付いてきたのですよ、勝手に。馬超《ばちよう》という男を見てみたいと言って」

このところ戦は少ないが、数年前までは、しばしば羌族《きよう》と闘ったり、雍州《よう》や涼州《りよう》の叛乱を討伐《とうばつ》したりしていた。麾下《きか》の五百騎ほどで、二千や三千の軍はたやすく打ち負かした。多少、名は売れているのかもしれない。

「いずれ、現われると思いますよ。もしかすると、決闘でもしたいのかもしれない。

ひとりで、城郭の中は歩かない方がいいと思います」

　いかにも、馬休が言いそうなことだった。幼いころの臆病《おくびよう》さは、まったく変っていない。長じてからは、それが腹立たしいとも思わなくなった。

　翌日には、その二人連れが眼の前に現われた。

「馬超殿だな？」

「訊《き》く前に、名乗れ」

「俺は張衛《ちようえい》。これは高豹《こうほう》。錦《きん》馬超と会って、その腕が噂《うわさ》通りのものか見てみたかった」

　錦馬超と呼ばれていることは、知っていた。羌族や匈奴《きようど》を相手にすることが多いので、具足《ぐそく》が派手である。それでそう呼ばれているのだろう、と馬超は思っていた。二人とも、腕は立つ。むき合って立つと、それはよくわかった。ただ、人並みよりいくらかましという程度だ。だから、むき合っただけで、相手に腕が立つと思わせてしまう。

「見たなら、もういいだろう、張衛と高豹」

「槍《やり》を遣《つか》えば、戦場では一騎当千。剣を遣えば、並ぶ者がない。それがほんとうかどうか、試してみたいとも思っている」

「よせよ。死ぬぞ」

「やってみなければ」

言いかけた張衛《ちょうえい》が、口を噤《つぐ》んだ。高豹《こうほう》が、飛び出すように前に出てくる。馬超《ばちょう》は、指一本動かさず、ただ殺気を放《はな》っただけだった。

「これは」

「死ぬと言ったろう。脅《おど》かしたわけじゃない。ただ教えただけだ」

「錦《きん》馬超、噂以上の腕だな」

「張衛が主人で、高豹が家来か」

動きで、そうとわかった。二人とも、否定はしなかった。武芸を売り物に、流れ歩いている主従。馬超は、二人に対する関心を失った。自分より腕が立つ相手なら、関心を持ってやってもいい。眼の前にいる二人は、いくらか強いというだけのことだ。

馬休《ばきゅう》も、この程度の男たちを、追い返せなかったということか。

「消えろ。次には、なにも教えない。顔を合わせたら、死ぬぞ」

「待ってくれ。私は、漢中《かんちゅう》の張魯《ちょうろ》の弟だ」

「五斗米道《ごとべいどう》？」

「六万の五斗米道軍は、私が指揮している」

かなり精強《せいきょう》な軍勢なのだと、耳にしたことはある。益《えき》州の牧《ぼく》（長官）である劉《りゅう》璋《しょう》が、何度大軍を出しても討伐できず、かえって追い散らされている、という話も聞いた。

「その五斗米道が、俺になんの用だ？」

「話が、したかった。涼《りょう》州をひとりで制している、馬超という男と」

「なんの話を？」

「ただ、会って話す。それで悪いか？」

「別に。しかし、暇なやつだ」

「ほんとうは、剣の勝負をしてみたいという気もあった。二人がかりでも、かなう相手ではない。むき合って立って、すぐにそれがわかった。剣については、おぬしの方が強い。それも、格段に強い」

「それを、別に自慢しようとも思わん」

「私は、剣で負けても、人間で負けているとは思わない」

張衛が笑った。五斗米道という言葉が馬超に与える、薄気味の悪い感じはなかった。闊達《かったつ》な、武人らしい男だと思えた。

「涼州《りょう》は、漢中《かんちゅう》と近い。場所が近い、というだけではない。ずっと、中央の支配を受けずにやってきた」

「確かにな」

「わかり合えるところが、必ずあるはずだと思っている」

この男が、張魯《ちょうろ》の弟の張衛《ちょうえい》だということは、多分間違いないだろう、と馬超《ばちょう》は思った。だからといって、特別な感情も起きてこない。自分の前に立って、しっかりと名乗った。それに、いくらかの好感を持っただけである。

「并州《へい》黒山《こくざん》に、張燕《ちょうえん》という老将がいたことは知っているだろう。并州の張燕と、涼州の馬超と、そして漢中。この三つが協力し合えば、決して曹操《そうそう》などが手を出せない地域になった、と私は思っている」

「張燕は、曹操に降《くだ》ったぞ」

「歳をとりすぎていたし、并州という位置も苦しかった。もっと早くから手を結んでいれば、といまは後悔している」

「俺と手を結んでも、対曹操では、それほどの利点もないな。第一、涼州は、曹操と闘うと決めてはおらん」

「そうだな。だから私は、ただ涼州の馬超と話したかっただけなのかもしれん」

「俺を、五斗米道《ごとべいどう》の信者にでもするつもりか？」

「まさか。私は、信者以外の人間と、話したかった。わかり合いたかった。それだけのことだ」

「やはり、暇なやつだ」

「漢中を、雪が閉ざしている時は、暇なのだよ。私は、しばらく楡中《ゆちゆう》にいるつもりだ。まだ、何度か喋《しやべ》る機会もあるだろう」

「俺に、暇があればだ」

馬超は歩きはじめた。

どこか、さわやかな印象の男だった。こういう男には、久しく会わなかったという気がする。名ぐらいは、憶《おぼ》えておこうと馬超は思った。

馬休《ばきゆう》の従者が、走ってくるのが見えた。

従弟《いとこ》の馬岱《ばたい》が到着したので、呼びにきたのだろう。

一族は、二十名以上集まることになっている。

わが名は孔明

1

曹操《そうそう》の、北伐《ほくばつ》の時期が迫っていた。

鄴《ぎょう》や許都《きょと》を探っていた応累《おうるい》の手の者が集めてきた情報を、まとめてひとつにするとそれが見えてくる。

毎日、ひとりで考えこんでいる劉備《りゅうび》を、関羽《かんう》は静かに見守っていた。

自分が、なにかを言うべき時ではない、という思いがある。敵がこう動いたので、こちらの軍はこう動かす。それならば、言える。国の動き全体を見て、だからどう動けばいいのか、ということについては、考えるとわからなくなる。城に籠《こも》ってじっとしているのがいいのか、逃げるべきなのか、それとも正面からぶつかるべきなのか。

敵が、大きすぎた。というより、いままで闘ってきた戦《いくさ》とは、まるで質が違うという気がしてくる。何万であろうと、敵は敵。これまでは、そうだった。

荊《けい》州の中に、敵はいるのか。曹操とむかい合った時、揚《よう》州はほんとうに敵なのか。曹操は、こちらを滅ぼそうとしているのか。それとも、屈服《くっぷく》させようとしているのか。

曹操という男のもとには、しばらくいた。劉備や張飛《ちょうひ》が感じないところまで、自分はあの男について感じているだろう。

度量は、大きかった。劉備とは、また違う大きさだった。自分にないものに、敬意を払うことも、知っていた。たとえば、自らの手で滅ぼした呂布《りょふ》の、あの騎馬隊に対しては、敬意を払っていた。荀彧《じゅんいく》や荀攸《じゅんゆう》という、文官の力にも敬意を払っていた。

自分も、曹操に敬意を払われたことがあるかもしれない。劉備への忠節。自分を幕下に加えようとしていた曹操にとっては、最も邪魔なものだったろう。それでも、曹操は自分を解き放《はな》ってくれた。劉備への忠節に、敬意を払ったからだ、と関羽は思っている。

そして、曹操は、これが総大将かと思ってしまうほど、戦では果《か》敢《かん》だった。自らが兵を率《ひき》いて、最も危険な場所へ駈《か》けるのを、関羽《かんう》は目《ま》の当たりにしたのだ。ただ、劉備《りゅうび》のように、茫洋《ぼうよう》とした深さはなかった。包みこんでくる眼《まな》ざしではなく、すべてを見通している、という眼《め》に耐《た》えなければならない。

新野《しんや》は、まだ穏《おだ》やかな日々だった。北伐のあと、曹操《そうそう》はすぐに南進してくる、と読んで危機感を募《つの》らせているのは、劉備軍の幕僚《ばくりょう》だけだろう。新野だけでなく、荊《けい》州全体が、大きな戦とは縁《えん》のなかった十数年の、平穏な時がまだ続くという思いの中にいる。

荊州へ来てから七年、劉備は蔡《さい》一族の妨害に耐えながら、ひたすら荊州の豪族のもとを回ることを続けてきた。

いずれ、劉備は荊州を奪おうと思っている。口に出さなくても、関羽にはそれがわかっていた。張飛《ちょうひ》も趙雲《ちょううん》も、わかっているはずだ。

だから関羽は、劉備が訪ねた豪族たちと、できるだけ親しくなるようにつとめた。趙雲がまず訪問し、次に劉備が相手と会い、関羽がその関係を持続させる。

かなりの、忍耐が必要となる仕事だった。荊州軍を蔡一族が牛耳《ぎゅうじ》るのを苦々しく思いながらも、まったくのよそ者である劉備を、たやすく受け入れようとしない者も多かった。

その時の惨《みじ》めさを、人に語る気はなかった。張飛も趙雲も、それぞれのつらさに耐えているのだ。

劉備は、劉表《りゆうひよう》が生きている間に、荊州を奪《と》ろうとはしないだろう。徐《じよ》州の陶謙《とうけん》の時も、そうだった。徳の名で生き抜いた時もあるが、徳が劉備を縛ったこともあった。

要するに、いまは劉表が長生きしすぎている。いつ死のうと、息子二人の後継の争いは起きるだろうが、二年前なら、長男を劉備が後見するというかたちで、蔡瑁《さいぼう》を誅《ちゆう》し、荊州もかためられたはずだ。

劉備の館《やかた》の居室に呼ばれたのは、雪の日だった。

伊籍《いせき》が来ていた。

「北伐から戻った曹操には、抗し得ぬ。われらだけでなく、荊州の全軍も、揚《よう》州の軍もだ。ひとつだけ活路があるとすれば、北伐中の曹操の領土を、乱れさせることだ」

劉備の声は、沈んだ調子だった。なにか、不可能なものにむかおうという、悲壮感すら感じられる。

「曹操が北伐に行っている間に、荊州全軍で許都《きよと》を衝《つ》く。そうすれば、揚州の孫権《そんけん》も動くだろう。河北《かほく》四州は得ても、中原《ちゅうげん》は乱れる。そういうことになる」

「許都《きょと》を衝ければ」

「そうなのだ。荊州《けい》軍が動けば、ということになる。劉備《りゅうび》軍は、当然先鋒《せんぽう》をつとめる」

「劉表《りゅうひょう》殿に、それを?」

いくら献策したところで、無駄だと関羽《かんう》には思えた。昨年の冬の病から、劉表はすっかり弱気になったという。もともと、強気のかけらもなかった老人が、弱気になってしまったのである。いまは、ほとんど寝たきりで、身のまわりのことは蔡《さい》夫人に頼りきっているらしい。

「ひとつだけ、劉琮《りゅうそう》殿の行く末を、劉表殿は案じておられる。蔡瑁《さいぼう》だけでは駄目だ、とどこかでは気づいておられよう。それをもって、説得するしかない」

「劉琮殿のため、と言うのですか?」

「ほかに、説得の材料がない」

「なにか、腹立たしい話ではあります。いっそ、荊州内で義軍を募ってはいかがでしょうか。三万は、集まるかと」

「三万で、許都は衝けぬ。十万を超える兵力が、どうしても必要であろう」

「しかし、劉表殿は」

半分死んでいる、という言葉を関羽は呑《の》みこんだ。

「明日、伊籍《いせき》殿とともに襄陽《じょうよう》へむかう。おまえも、供をせよ」

「趙雲《ちょううん》ではなく、ですか？」

「うむ、張飛《ちょうひ》も連れていく。趙雲が、全軍をもって留守を守る」

「わかりました」

それだけ言い、関羽は伊籍とともに退出した。

「私は、無理だと思うのだがな、伊籍殿」

「劉備様も、無理だと思っておられましょう」

「それでも、なお？」

「劉備様は、隆中《りゅうちゅう》まで足をのばそうとお考えなのです」

「隆中といえば、徐庶《じょしょ》殿が言っていた、あの男がいるところか？」

「そうです。諸葛亮孔明《しょかつりょうこうめい》」

「先日、伊籍殿は殿を、司馬徽《しばき》殿のもとへ伴《ともな》われましたな」

「はい。水鏡《すいきょう》先生にお会いになることは、悪いことではない、と思いました」

劉備は、学者などとはあまり会いたがらなかった。乱世で、学問を語ったところで仕方がない、と言っていたことがある。

「そこで、許都《きよと》を衝くという話が出たのですか？」

「まさか。水鏡《すいきよう》先生は、軍学に詳しい方でもありませんし。ただ、人は集まってきます。各地の、俊才と呼んでもよい人々が。劉備《りゆうび》様が水鏡先生と話されるのは、その点で悪くはない、と私は考えたのです」

「それで？」

「なかなか、心が動くような御対面でありました。水鏡先生は、飄々《ひようひよう》とされておられましたが、劉備様は熱っぽく、自らが思い描く国のありようを語られました」

その姿は、なんとなく眼に見えるような気がした。誰《だれ》にでも、劉備はそれを語るわけではない。かつて、徐《じよ》州で陶謙《とうけん》の臣であった麋竺《びじく》に語った。麋竺はそれで、劉備の臣となったのだ。

水鏡先生と呼ばれる司馬徽《しばき》に、劉備はなにか感じたのだろう。

「水鏡先生は、なんと？」

「笑いながら、聞いておられました。最後に、臥竜《がりよう》と鳳雛《ほうすう》の話を、されました。臥竜が、諸葛亮孔明《しよかつりようこうめい》であったのです」

喋《しやべ》りながら、新野《しんや》の城門のところまで来ていた。関羽《かんう》の姿を見た衛兵が、緊張して居住いを正した。調練《ちょうれん》に出た張飛《ちょうひ》の騎馬隊が戻る刻限なのか、衛兵は全員、門のそばと城壁に立っている。

「劉備様は、曹操《そうそう》も羨《うらや》むほどの勇将を、三人も抱えておられる。文官にも、麋竺殿をはじめ、有能な方が揃《そろ》っている。ただひとつ、軍師に恵まれていないのです」

「それは、私も前々から感じていた。その場の闘いは、私にもできる。しかし、一年後、二年後、五年後を見据えて、どう闘えばいいのかは、私にはわからん。徐庶《じょしょ》殿がいなくなったのが、残念だ」

「徐庶も、やはりその場の軍師です。いくらかは先を見通しておりますが、たやすく母親を人質に取られたりする。諸葛亮《しょかつりょう》は、戦がすべてとは考えておりません。政《まつり》事《ごと》と戦は一体のもの。ゆえに、五年後、十年後を見据えて戦をしなければならぬ、という考えでしょう。まあ、徐庶の話によると、なかなかの軍師らしくはありますが、水鏡先生の話はもっと深かったような気がします」

「伊籍《いせき》殿も、会ったことがないのだな？」

「襄陽《じょうよう》の眼と鼻の先、わずか二十里（約八キロ）の隆中《りゅうちゅう》にいるそうですが、その名を耳にしたこともありませんでした」

「殿は、自ら会いに行かれるつもりだな」

「徐庶《じょしょ》も、そう言っていたではありませんか」

襄陽《じょうよう》まで呼べばいい。そんな気もする。しかし、口には出さなかった。劉備玄徳《りゅうびげんとく》といえば、名の知られた将軍ではあるが、蔡瑁《さいぼう》と較《くら》べてさえ、その力は明らかに弱い。

それでも、なにか悲しかった。二十年以上、ずっと劉備とともに生きてきた。劉備の生き方が、間違っていると思ったことは、一度もない。曹操《そうそう》をはじめ、さまざまな武将を見てきたが、劉備が劣っていると思ったこともない。それでも、この非力だった。そばにいる自分が悪いのかもしれない、としばしば思う。もっとしっかりと補佐していれば、いまごろは州のひとつやふたつは支配していた、という気もする。

張飛《ちょうひ》の騎馬隊が、駈けこんできた。相変らず荒っぽい。帰城する時も、城攻めの調練でもしているのかと思いたくなる。

「おう、小兄貴。それに、伊籍《いせき》殿か」

張飛と王安《おうあん》だけが馬を止めた。

「なんという駈け方をさせているのだ、張飛。雪を蹴立《けた》てるのは、城外だけで充分であろう。歩いている者をひっかけでもしたら、どうする気だ」

「機嫌が悪いな、小兄貴。なにかあったのか？」

「なにもない。明日、兄上とともに襄陽に発《た》つ。おまえも一緒だ。わかったな」

それだけ言うと、関羽《かんう》は踵《きびす》を返した。趙雲《ちょううん》は、と張飛が叫んでいる。私も一緒です、と伊籍が言っているのが聞えた。

関羽は、ひとりで館《やかた》に戻った。

新野《しんや》に七年もいると、馴染《なじ》みの女もできた。その女が子を産み、いまは関羽の妻という恰好《かっこう》になっている。

父親になってもまだ、流浪《るろう》の軍だった。張飛には、二人の子がいる。劉備も、夏には父親になるはずだ。七年、新野に逼塞《ひっそく》し、得たのはそれぞれの子だけなのか、という自嘲《じちょう》的な思いに関羽はとらわれた。

這《は》って近づいてきた子を跨《また》ぎ、関羽は寝台に横たわった。

翌朝、百騎の供回りで出発した。

新野から襄陽まで、百七十余里（約七十キロ）。一日駈け通せば、到着できる。

雪は、途中でやんだ。原野は白一色だが、それほど雪の多い土地ではない。三人で並んでいると、久しぶりに兄弟で駈けているという気分になる。張飛は嬉《うれ》しそうだった。

夕刻前に、襄陽《じょうよう》に入った。

百騎なので、蔡瑁《さいぼう》もそれほどの警戒心は見せなかった。鼠《ねずみ》のような顔を、ちょっと歪《ゆが》めて見せただけである。笑ったつもりのようだ。

劉表《りゅうひょう》の館には、まず伊籍《いせき》が入り、それから呼ばれて劉備《りゅうび》と関羽《かんう》が入った。張飛《ちょうひ》は、あくまで門前で警固をする気らしい。

劉表は、上体だけ起こしていた。痩《や》せている。顔も躰《からだ》も、縮んだように見えた。眼は、かすかな意志の光を放っている。それが、逆に憐《あわ》れに感じられた。

ゆっくりと、劉備が語りはじめる。

曹操《そうそう》が、北伐を開始すること。それが終れば、すぐに南征《なんせい》してくること。劉備の喋り方は、子供になにか言い聞かせているようだった。

「曹操が北伐に出た虚を衝《つ》けます。許都《きょと》を攻め、鄴《ぎょう》を脅《おびや》かす。曹操はまだ、河北《かほく》を力で抑えているにすぎません。許都を落とされれば、叛乱《はんらん》も続発するでしょう。曹操を討つには、いま許都を攻めるしかないのです」

劉表は、宙を睨《にら》んだ眼を、じっと動かさなかった。劉備が、また同じことをゆっくりと喋った。皺《しわ》の中で、劉表の眼がちょっと動いたような気がした。

皺としみに覆《おお》われた手が、劉備の言葉を遮《さえぎ》るように動いた。

「出さぬ」

低い、聞き取りにくい声だった。

「兵は出さぬ」

「しかし、劉表殿」

「兵を出さぬことで、いままで荊州《けい》を守ってきた。これからも、そうやって守る」

「曹操は、来ます。抗《あらが》いようもないほどの、大軍を率いて」

「兵は、出さぬ。こちらから、戦など仕掛けてはならぬ。ひたすら、荊州を守るのだ」

「守るために、攻めるのです」

「劉備殿は、いずれ樊城《はんじょう》に移ってくれ。曹操がいよいよ攻めてくるという時は、樊城で、襄陽の楯《たて》になってくれ」

それが正しいかどうかは別として、はっきりした意志を、劉表は語っていた。

蔡《さい》夫人に、追い出されるようにして、病室を出た。そのまま、門まで歩く。

「まだ、劉表殿のそばにいるのか、伊籍殿？」

「そう、決めています、関羽殿」

「それで、いいのか？」

劉表《りゅうひょう》と、亡くなった前の夫人に恩を受けた。それが、伊籍《いせき》が劉表の幕客《ばっかく》となっている理由だった。馬鹿げている、とは思わなかった。それも、男らしい生き方である。

「そばにいても、つらいだけではないのか？」

「許都《きょと》を攻めるべきだ。また、私から申しあげてみます」

「蔡《さい》夫人に、嫌われるぞ」

「もう嫌われています。ただ、私が劉表殿のことを考えているとは、蔡夫人にもおわかりいただいているようです」

劉備《りゅうび》は、ただ頷《うなず》いていた。

「帰るぞ、張飛《ちょうひ》」

「えっ、泊っていかないのですか？」

「泊りたいのか。夜中に、蔡瑁《さいぼう》がやってくるぞ。とにかくここを出て、今夜はどこかに夜営する。その方が、泊るよりずっとましだろう」

「俺《おれ》たちはいいさ、小兄貴。俺は、ちょっとばかり大兄貴のことを考えただけだ」

陽《ひ》が暮れかかっている。張飛が、供の兵に声をかけた。百騎が、動きはじめる。

見送る伊籍にちょっと声をかけ、関羽《かんう》も馬腹を蹴《け》った。

2

樊城《はんじょう》のそばの夜営地を出発した時は、晴れていた。

ここで襄陽《じょうよう》の楯《たて》になれ、と劉表ははっきりと言った。それは、いずれ軍令というかたちで、新野《しんや》に届くだろう。樊城は確かに襄陽の楯のような城だが、曹操《そうそう》に対した時、その楯にどれほどの意味があるのか、と関羽は思った。

隆中《りゅうちゅう》までは、ひと駈《か》けだった。供の兵は、王安《おうあん》が率《ひき》いて、ゆっくりと進んでいる。隆中で諸葛亮《しょかつりょう》という男に会っても、すぐに追いつけるだろう。

開墾《かいこん》をしている、農民の一団に出会った。すでに畠《はたけ》はかなり広く拓《ひら》かれているが、土中に邪魔な石がいくつかあるらしい。

「ほう、あんなものを」

劉備が、馬をとめて言った。

掘り起こした石を、耕牛が曳《ひ》く車に載せるのに、櫓《やぐら》を組んでいた。その櫓を穴の真上に移動させ、梃子《てこ》で持ちあげた石を、腰の高さほどのところに渡した丸太に載せる。それから、車を櫓のそばに持ってくる。

うまく手を加えれば、投石にも使えそうな櫓だった。

「なかなか、考えるもんだな。俺《おれ》なら、石を転がしてどかすぐらいだ」

感心したように、張飛《ちょうひ》が言った。指図をしているのは、痩《や》せた長身の青年だった。

農民が、これほど熱心に開墾しているところが、荊《けい》州にあるというのが意外だった。

曹操《そうそう》は河水沿いで屯田《とんでん》をしているというが、兵だけでなく、捕虜《ほりょ》にした者も使っているらしい。それも、新しい開墾の方法だった。

「行きましょう」

見とれている劉備《りゅうび》に、関羽《かんう》は言った。

「隆中《りゅうちゅう》は、すぐそこです」

劉備が頷《うなず》き、馬腹を蹴《け》った。

隆中で訊《たず》ね、諸葛亮《しょかつりょう》の家を、ようやく捜し出した。村からもだいぶ離れた、小さな一軒屋だった。訪《おとな》いを入れたが、留守《るす》のようで返事はなかった。

「待とう」

劉備が言った。

馬を三頭並べて繋《つな》ぎ、門前でかなりの時を待った。

馬蹄《ばてい》が聞えてきた。竹林を縫うようにして、一騎が駈けてくる。関羽は、とっさに青竜偃月刀《せいりゆうえんげつとう》を構えた。並みの乗手ではない、と思えたからだ。張飛も、蛇矛《じやぼう》を握り直している。門の正面にきても、手綱《たづな》を絞る気配はなかった。

馬上の青年に、見憶《みおぼ》えがあると思った。ただ、剣を佩《は》いている。

馬は門前まできて方向を変え、その時には青年は跳び降り、三人とむき合って立っていた。殺気はない。じっと見つめてくる眼《め》は、澄んでいた。

開墾の指図をしていた青年だった。

「誰《だれ》だ、おまえ？」

張飛が言った。

「私も、同じことを訊《き》きたい。私の家の門で、なにをしておられます」

はっとしたように、劉備が張飛を押しのけて前へ出た。

「これは、諸葛亮先生でしたか」

「確かに、諸葛亮孔明《こうめい》と申します。私を訪ねてこられたのですか？」

「新野《しんや》に駐屯《ちゆうとん》する、劉表《りゆうひよう》殿の客将で、劉備玄徳《げんとく》と申す。この二人は関羽と張飛」

「そうですか。御用件をうかがいます。中へお入りください。といっても、火のもてなしぐらいしかできませんが」

諸葛亮《しょかつりょう》の手が、泥にまみれていることに、関羽《かんう》ははじめて気づいた。

門内に入ると、家のそばの小川で、諸葛亮は手を洗った。

「さきほど、開墾の指図をなされておりましたな」

関羽が言うと、小川のそばにしゃがみこんでいた諸葛亮が、ふり返ってにこりと笑った。白い歯が、なぜか眩《まぶ》しいほどに感じられ、関羽は束《つか》の間《ま》戸《と》惑《まど》った。

「熱心に、見物されていましたね」

「石を持ちあげる、あの櫓には感心しました」

「なに、農家の人たちが、人力で石を動かそうとしているので、ちょっとばかり工夫してみただけです。あの開墾地は石が多いのですが、もうほとんど取り除かれています」

洗った手を拭《ぬぐ》いながら、諸葛亮は家の中に三人を導いた。少し高い床が作ってあり、真中《まんなか》に穴のようにして炉《ろ》が切られていた。その炉に火を入れ、諸葛亮は小枝を燃やしはじめた。

「熱は、上に行きます。それを考え低いところに炉を切り、床の下に熱が流れるようにしてあります。だから冬は、床の方から温かくなってくる。夏は、床と同じ板で閉ざしてしまえばいいのです」

「なるほど。これもよく考えてある」

張飛《ちょうひ》が、石で囲った炉を覗《のぞ》きこんで言った。

「ここで、煮炊きもできます。無精《ぶしょう》な私には、便利なものですよ」

どうしてそうなるのかわからないが、煙も床の下に流れていくようだった。

「いや、突然お訪ねして、御世話をおかけします。諸葛亮先生のお名前は、司馬徽《しばき》先生や徐庶《じょしょ》殿から聞かされておりました。一度、お話をしてみたかったのです」

「ほう、徐庶が、新野《しんや》にいるのですか？」

「いまは、多分、鄴《ぎょう》に」

「母親を、曹操《そうそう》が捕えたのですか？」

「御存知《ごぞんじ》でしたか？」

「いや、知りません」

「捕えられたというほどではないようですが、孝行のために鄴に行ったのは確かです」

「徐庶という男の弱みは、母親だけです。鄴に行ったとなれば、曹操に母親を押さえられたからでしょう。流浪《るろう》を好み、鄴などというところは、最も嫌う場所ですから」

「しかし、なぜ曹操《そうそう》と思われました？」

「人材には眼がない、という話です。徐庶《じょしょ》は、曹操が欲しくなるような人材です。どこかで、うかつにもその片鱗《へんりん》が曹操に伝わったのでしょう」

関羽《かんう》と張飛《ちょうひ》は、黙って二人の話を聞いていた。

「八門金鎖《はちもんきんさ》の陣。先年、曹操が荊《けい》州を侵《おか》した時、そういう陣を組みました。私は、どうしていいかわからなかった。その時、陣の破り方を徐庶殿が教示してくれたのです。そうでなければ、私は攻めることができず、ただじっとしていたでしょう」

「徐庶も、つまらぬことを。ほんとうは、劉備《りゅうび》殿の方が正しかったと思います。放《ほう》っておけばよいのです。攻めのための陣ではないのですから。放っておかれたら、なにもできないのですよ。つまらぬことで、徐庶は、鄴《ぎょう》という地に縛られることになったのですね」

「諸葛亮《しよかつりよう》先生の、軍学も素晴しい」

「先生は、やめてください。水鏡《すいきよう》先生のような、老齢になった気がします」

諸葛亮が、声をあげて笑った。

小枝が熾《おき》になり、そこにまた小枝が足された。床から、じわりと温かさが伝わってくるのを、関羽は感じていた。外から声がかけられた。

「孔明《こうめい》さん、お昼御飯だよ。お客人がお見えのようだからって、村の長《おさ》が鍋《なべ》一杯くれたよ。野菜を入れた粥《かゆ》で、岩塩もあるよ」

「おう、ありがたいな。ついでに、椀《わん》と箸《はし》の用意もしてくれないか、陳礼《ちんれい》」

立ちあがりながら、諸葛亮が言った。

「孔明さん、また食器を洗っていないんだね。使ったら、必ず洗うこと。それぐらい、子供でもできるんだから」

「すまないな、陳礼。食事のあと、人間はとても怠惰《たいだ》になる。こんなのは、言い訳にもならないだろうが」

鍋を持ってきたのは、十歳ほどの少年だった。入ってきて鍋を炉にかけると、小枝を少し足し、さも忙しそうに台所の方へ小走りに消えていった。

「孔明さん、塩漬けにした蛇があったけど、あれをお客人のために焼いたらどうかな」

蛇と聞いて、張飛の躰《からだ》がぴくりと動いた。蛇矛《じゃぼう》などと呼ぶ武器を遣《つか》っているが、張飛は滑稽《こっけい》なほど蛇が嫌いだった。劉備と会う前から、関羽はそれを知っていた。決して他言しないでくれと頼まれたので、誰にも言ったことはない。

「いいな、焼いておくれ。ただし、蛇だとわからないように、細かくして持ってくるのだぞ、陳礼《ちんれい》」

張飛《ちょうひ》の躰《からだ》がまたぴくりと動いたので、関羽《かんう》は思わず笑《え》みを洩《も》らした。すぐに、張飛が睨《にら》みつけてくる。

「私はいつも、孔明《こうめい》と字《あざな》で呼ばれています。私もそう呼ばれるのが好きで、字だけ名乗ったりしているのですよ」

「お世話をかけます、孔明殿」

劉備《りゅうび》が言ったので、諸葛亮《しょかつりょう》は、また声をあげて笑った。

しばらくは、開墾地の昨年の作柄《さくがら》の話になった。農地にとって、水がどれほど大事かという話を、諸葛亮はしていた。

「治水という言葉があります。その言葉が、畠を見ていると、自然に躰にしみこんでできます。言葉の意味としては誰でも知っていますが、躰にしみこんで知っているのは、多分農民だけなのでしょう。この国にとっては、悲しいことです」

「その、国の話です、孔明殿」

「おやめください、劉備殿。いまは、陳礼という少年の心尽しを、ただ待ちたいのです」

「そうですな。ほんとうにそうだ」

劉備が笑った。こういう笑顔を見るのは久しぶりだ、と関羽は思った。張飛は、ただ躰を強張《こわば》らせているだけだ。よほど、蛇が気になっているのだろう。

「字を呼ばれることが、なぜお好きなのですか、諸葛亮殿？」

「二字姓が、なんとなく人と違うようでいやだった。孔明なら、姓と名でしょう。それで、幼いころから、よく字を名乗ったのですよ。水鏡《すいきよう》先生に、諸葛孔明としか呼ばれなくなって、つまらないことにこだわったものだ、と思いましたが」

鍋が、いい匂《にお》いを漂わせはじめていた。台所の方からも、蛇を焼く匂いが漂ってくる。諸葛亮。豚でも牛でもなく、蛇を食っている男だ、と関羽は思った。

「いくつになられた、孔明殿？」

「二十七です」

「夢を、夢と思わない歳《とし》だ。羨《うらや》しいな」

自分もそうだった、と関羽は思った。

劉備と諸葛亮の間で、しばらく軽妙な会話のやり取りがあった。陳礼という少年が、焼いた肉にしか見えないものを、皿に載せて運んできた。

「ありがとう、陳礼。村の長《おさ》には、孔明が喜んでいたと伝えておくれ」

「食器だけは、洗わなくちゃ駄目だよ、孔明さん。せっかく庭に小川があるというのに、勿体《もったい》ないじゃないか」

「わかったよ、陳礼《ちんれい》。必ず、洗うから」

陳礼が、少年らしく嬉《うれ》しそうに笑った。

椀に、粥が盛られる。肉の皿に、張飛《ちょうひ》は平気で箸《はし》をのばしていた。蛇の恰好《かっこう》が嫌いで、こんなふうに切り身にしてあれば、なんでもないのかもしれない、と関羽《かんう》は思った。

「村の長《おさ》が、こうして気を遣ってくれるのです。開墾の手伝いをしたり、子供たちに学問を教えたりしますので。私が耕している裏の庭も、時々見てくれます。代々積み重ねられてきた知恵は、大変なものですね。勉強になります」

粥は、うまかった。粥でもてなすことができて、諸葛亮《しょかつりょう》はほんとうに嬉しそうな表情をしていた。鍋の中の粥は、すぐになくなった。陳礼という少年は、いつの間にかいなくなっている。

劉備《りゅうび》が、食器を集めはじめた。

「ちょっと、洗ってこよう。行儀の悪い客だと、あとで陳礼に笑われる」

「そんなことは、気にされずに」

「俺が」

さすがに、張飛が劉備の手の中の食器を抱え、鍋に入れて外に出ていった。

「客人にこんなことをさせて、お恥《はずか》しい。いつも陳礼に叱《しか》られるのですが、どうも私の無精は、たやすく治らないようなのです。また陳礼が、とてもきれい好きでして」

湯を注《つ》ぎながら、諸葛亮が言った。

床はさらに温かく、心地よくなっている。質素な家だが、ほんとうに質素なのかどうか。関羽にはわからなくなった。

「孔明殿は、この家から出ようというお気持がおありですか？」

劉備が、不意に言った。

「いや、失礼。私はまた、字《あざな》で呼んでしまった。陳礼の呼び方があまりに親しみに満ちていたので、つい」

「この十年、私は孔明と呼ばれ続けてきました。その方が、呼ばれている気もします」

「孔明殿は、この家を出て、その才を天下のために役立てようという意志はお持ちですか？」

「私の才、いや人間ひとりの才など、天下にとっては取るに足りぬものです」

「そうは思いません。結局は、天下といえど、ひとりひとりの集まりでしょう」

「なるがゆえに、争いも絶えません」

「だから、この国には必要なものがあるのです」

「必要なものは、いくつもありますよ。人は賢く、同時に愚《おろ》かです。手に入れては失う。そのくり返しが歴史ではありませんか」

「私は、いまのこの国について、孔明《こうめい》殿の意見を訊きたいのです」

「私は、この草廬《そうろ》で、開墾などを手伝って口を糊《のり》している人間にすぎません。国について語れとは、また難題を押しつけられるものです」

「ならば、私が、語りましょう」

劉備《りゅうび》が、居住いを正した。

語りはじめる。いまの、この国のありよう。なぜ、これほどに乱れ続けているのか。

関羽《かんう》にとって、耳新しいことではなかった。帝《みかど》が、権威を持たないから。覇者《はしゃ》になれば、帝になれるとまだ信じている者がいるから。漢《かん》王室四百年が、ここで踏張って再興を果せば、五百年、六百年になる。それだけ続けば、ほとんど高貴と言っていい血になる。たやすく、それに代ろうという者も出なくなる。千年続けば、触れてはならないものになる。その時、その血は国の秩序の中心になっている。国には、そういう秩序の中心が必要なのだ。

帝の血を、ここで守り抜く。それが、この国にとってどれほど大事なことなのか。国のかたちがしっかりと見えていてこそ、民も安心して生きられる。その血が、いま危ういところに立たされているではないか。これを、看過《かんか》していいのか。帝のために闘う者が、なぜ出てこないのか。

劉備の語り方は、熱を帯びていて、しかも静かだった。諸葛亮《しょかつりょう》は、澄んだ眼でじっと劉備を見つめている。

「曹操《そうそう》は、漢王室の血を断《た》とうと考えています。曹《そう》家の王朝を作ろうというのです。それをやれば、また自分の王朝を作ろうとする者が出てくる。そうやって、国は疲れ、民は苦しみ続けるのです。だから、私は曹操と闘う。どれほど小さな力であろうと、闘わねばならぬ、と思うからです」

諸葛亮は、腕を組んでいた。いつの間にか張飛《ちょうひ》も戻り、関羽と並んで端座《たんざ》している。

「孔明殿が、この家を出、天下に雄飛《ゆうひ》し、諸葛の王朝を作ろうとされているなら、私とは相容《あいい》れない。しかし、民のためにその身を擲《なげう》とうというお気持がおありなら、私と行動をともにできるはずです」

諸葛亮《しょかつりょう》は、まだなにも言わず、じっと劉備《りゅうび》を見つめていた。

「私には、心の兄弟がいる。この二人の弟が、そうです。同志もいる。新野《しんや》を守る者、民政の補佐をする者。しかしまだ、人は少ないのです。私は、司馬徽《しばき》先生とは、深い交わりはない。しかし、尊敬に値する学識をお持ちだとは思った。そして、徐《じょ》庶《しょ》殿は信じていた。できれば、ともに生きたいとまで思った。この二人が、孔明《こうめい》殿の名を挙げた。だから、こうして訪ねてきて、心の底を晒《さら》しているのです」

関羽《かんう》は、のどの渇きを覚えていた。湯を飲みたいと思ったが、手が動かなかった。

諸葛亮が、不意に小枝に手をのばし、音をたてて折った。それを、火にくべる。

解き放たれたように、関羽の手は動き、湯の椀をとって口に運んだ。

「私は劉皇叔《りゅうこうしゅく》と帝に呼ばれ、御信頼を受けていました。しかし、そんなことに大きな意味はない。帝を守るのは、そばにいる武将でも廷臣《ていしん》でもなく、民の意志であるべきなのです。私は、そう思っている」

諸葛亮が、また小枝を折った。

「よくわかりました」

諸葛亮が、ようやく口を開いた。

「さすがに、徳の将軍として名の高い、劉備殿のお言葉らしく、立派なものでした。お心の底まで、よく語っていただいた、と思います。しかし、誰もが語ることでもあります」

「誰もが？」

「朝廷の臣に語らせたら、同じ話になりましょう。立派ですが、それだけのお話でした。いまは乱世。その思いだけではどうにもならないので、朝廷はいま曹操《そうそう》の庇《ひ》護《ご》を受けているのではないのですか？」

「それでよい、と孔明殿は思っておられるのですか？」

「よい悪いの問題ではなく、そうなっていると申しあげています。劉備殿のお言葉は、ひとつひとつ心に響くものでありました。それでも、心を揺り動かすものではなかった、と感じております」

劉備の頬《ほお》に、かすかな赤みがさした。

怒っているのではない。ほんとうに怒ると、白眼が赤っぽくなるのだ。瞬《まばたき》もしていない。だから、苛立《いらだ》ってもいないはずだ。

劉備の容子《ようす》をどう受け取ればいいのか、関羽にはわからなかった。

「今日は、これで失礼しよう。不意の訪問に、よく応《こた》えてくださいました。それについては、お礼を申しあげます」
劉備《りゅうび》が頭を下げた。諸葛亮《しょかつりょう》も、落ち着いて礼を返している。
諸葛亮は、門のところまで見送りに出てきた。
馬に乗った。二里（約八百メートル）ほど、劉備は一気に馬を突っ走らせた。そ
れで気が済んだのか、ゆっくりと進みはじめる。
結局、劉備がわざわざ訪ねるほどの男ではなかった、ということなのか。あの青
年が、際立って優れているとは、関羽《かんう》には思えなかった。むしろ、徐庶《じょしょ》の方が、戦《いくさ》
の役には立ったはずだ。
「私は、どんなことをしても、諸葛亮孔明《こうめい》を、同志に加えたい」
劉備が、呟《つぶや》くように言った。同志ではなく臣下だろう、と言い返したくなる気持
を、関羽はなんとか抑えた。
「気に入られましたか？」
「気に入ったとか、好きとかいうことではない。あの青年こそ、この国に必要なの
だ。私は、それを痛いほど感じている」
「わかりません、私には」
関羽は、正直に言った。張飛《ちょうひ》は黙りこんだままだ。

「いずれ、わかる。わかって欲しいと思う。私の心の底のなにかに、あの存在は痛いほど触れてきた」

「また、お訪ねになるのですか？」

「私が、落ち着いたら」

「戦の役に立つのでしょうか。剣は遣える、と私は見ましたが。馬の乗り方も、見事なものでした」

「そんなことではないのだ、関羽。まあ、いい。とにかく、急ごう。いまごろ、王《おう》安《あん》は不安な思いで駈けているであろう。夜までに、追いついてやろうではないか」

時を無駄にした。不思議に、関羽はそうは思っていなかった。妙に充足した思いがあることは、確かなのだ。

しかし、劉備が直接訪《おとな》うほどの男なのか。あの男の中のなにが、劉備の心を動かしたのか。

劉備が、また駈けはじめた。張飛がぴたりと付いていく。少し遅れて、関羽も駈けはじめた。

3

襄陽《じょうよう》から、樊城《はんじょう》に移れ、という催促《さいそく》がしきりに来るようになった。蔡瑁《さいぼう》がやっているのはわかっていたが、もともとは劉表《りゅうひょう》の意志だった。許都《きょと》攻撃の献策に行って、逆にそれを言われたのだ。

劉表も、心の底では劉備《りゅうび》を信じていないのだろう、と関羽《かんう》は思った。徳というのは、民の間では生きる言葉であっても、武将の間ではかえって警戒の眼《め》で見られかねない。徳だけで生き延びることができる時代ではないと、誰《だれ》もが知っているからだ。

「どうしたものだろう、関羽殿。七年の間に蓄《たくわ》えた兵糧《ひょうろう》や武器は、かなりの量になる。それを持って樊城に行くのは、目立ち過ぎると思うのですが」

趙雲《ちょううん》は、樊城に移らざるを得ない、と考えているようだった。麋竺《びじく》をはじめとする文官も、樊城へ移る気になっている。無視しろ、と言っているのは張飛《ちょうひ》ぐらいのものだった。

劉備が命じれば、張飛はすぐに樊城に移るだろう。反対意見があるのだということを、襄陽にむかって示しているだけだった。

「蓄えたものは、失いたくないな。特に武器は、すぐ手に入るものではない」

「私もです。矢一本、失うべきではない」

「いずれ、兵糧も武器も、軍がなんとかするしかない。張飛が叫んでいる間に、方法を考えよう。樊城にひそかに運びこむしかないと思う」

「張飛には、できるだけ声を大きく、と言っておいてください」

劉備軍は、相変らず六千だった。武器は、三万の軍勢のものが蓄えてある。

「それにしても、樊城とは。襄陽に近すぎます」

「蔡瑁の馬鹿は、いざとなると劉備軍が曹操《そうそう》につくかもしれないと恐れている。それぐらいなら、新野《しんや》で七年も我慢するものか」

関羽は、四千の歩兵をまとめていた。劉備軍の中核はこの歩兵で、張飛と趙雲の騎馬隊が両翼《りょうよく》をなしている。

歩兵を、樊城から出し入れするたびに、武器を運びこめないか。関羽が考えているのは、それだった。とにかく、襄陽のそばである。蔡瑁の眼は光っているだろう。

夜になって、張飛の館《やかた》を訪ねた。

関羽が与えられている館より、ずっと小さい。三頭の馬がいる厩《うまや》は、張飛が自ら建てたものだという。王安《おうあん》も一緒に住んでいて、下女が二人いる。

「どうしたのだ、小兄貴。ひとりで訪ねてくるなどとは。さては、奥方に追い出されたのだな」

「馬鹿なことを言うな。おまえたちの、夫婦仲を心配しただけのことだ」

「自分の心配をした方がいい者にかぎって、人の心配をしたがるというぞ」

張飛《ちょうひ》は、よくこういう軽口を叩《たた》く。しかし、玄関のそばの部屋で、二人きりでむかい合うと、表情はひきしまった。

「武器の話か?」

「樊城《はんじょう》に運びこむしかない、と思うのだが」

「兵の出し入れに紛《まぎ》れさせる。それしかあるまいな。小兄貴も、そう考えているのだろう?」

「考えてはいるが、方法が見つからん」

「賊《ぞく》でも出ればよいか。それも、追うとすぐに逃げ、また現われる。まずは手はじめに、劉表《りゅうひょう》の財をちょいと掠《かす》める。それから、われらのものに手を出す。かなりしつこくやり合うことになる。それでよかろう。劉表から奪ったものを取り戻してやれば、蔡瑁《さいぼう》も文句のつけようがあるまい」

「七年前には、賊はいたが」

「いまも、いるさ。俺《おれ》たちが、賊をやればいい。それで、すべて解決する」

「そういうことか。私はとても、そういうことは思いつかんな。賊も討伐《とうばつ》軍も自分たちでやってしまうなど」

「相手は蔡瑁だぞ、小兄貴。少し痛い目に遭《あ》わせてから、助けてやる。腰抜けはそれで、見えるものも見えなくなるもんだ」

「間者《かんじゃ》には、気をつけろ。曹操《そうそう》に放《はな》てばよいものを、われらに放っている間者に」

「応累《おうるい》に、頼むよ。あいつがいれば、うまくやるだろうさ。間者の相手まで、俺はできん。とにかく、大兄貴が樊城に移ることを決めたら、すぐにやる」

張飛の女房が、酒を運んできた。

いい女房だ、というように関羽《かんう》には見えた。関羽の妻となった女は、不平が多い。下女が三人でも足りないと言うし、着物の数が少ないと、いつも嘆いている。関興《かんこう》の母でなかったら、とうに追い出しているところだ。

関羽には、関平《かんぺい》という養子がいた。一族ではない。同姓のよしみで麾下《きか》に加えることを乞《こ》われ、劉備《りゅうび》の勧めもあって養子にした。二十五歳になるが、この養子は出来がよかった。関羽は、鍛えるつもりでずいぶんと手荒く扱ったが、音《ね》をあげず、性根《しょうね》も曲げなかった。実の息子のようなものだ、といまでは思っている。張飛《ちょうひ》の、王安《おうあん》に対する感情と似ているのかもしれない。

「ところで張飛、あの隆中《りゅうちゅう》の若造《わかぞう》のことだがな」

「頭はいいのだろうな。あの櫓《やぐら》を考えついたりするんだ。剣は、そこそこ遣《つか》える。馬にも乗れる。それでいいではないか。あんなやつが、田舎《いなか》の村にいるとほっとする」

「ところが、兄上はまた諸葛亮《しょかつりょう》をお訪ねになる気だ」

「そうか、またか」

「仕官を望んでいるというのなら、断る理由もないが、こちらから出向くとは、兄上は買い被《かぶ》りすぎておられるような気がする」

「どうだろう」

張飛が、酒を注《つ》いだ。二人きりの時、張飛はあまり酒を飲んだことがなかった。大酒を飲むのは、人が見ている時だけだ。

「いまは、あんな若造に構うより、やらなければならないことが、山ほどある」

「なあ、小兄貴」

「そうは思わないのか、張飛?」

「大兄貴は、諸葛亮を欲しがっておられるのだろう?」

「多分な」

「小兄貴に説教するような柄ではないが、大兄貴が欲しいというなら、黙って見ていたらどうだろう。俺たちには、確かに足りないところがある。大兄貴が欲しいと思うなら、なにも言うのはよそうぜ」

「しかし、どうってこともない若造だ。世をすねて、あんな暮しをしているのかもしれん」

「徐庶《じょしょ》だって、はじめはおかしなすね者に見えたじゃないか。仕官しないなどと、気障《きざ》な野郎でもあった。だけど、あいつが鄴《ぎょう》に行く時は、惜しいと思ったね。曹操《そうそう》のところへ行くから、そう思ったんじゃない。俺たちのもとを去るから、思ったのさ」

「そうだな。諸葛亮も、付き合ってみなけりゃわからんな」

「いやな野郎じゃない。大兄貴がどう考えようと、戦《いくさ》になりゃ、ほんとの力はわかる」

張飛の言う通りだった。細かいことを、気にしすぎているのかもしれない、と関《かん》羽《う》は思った。

劉備《りゅうび》とともに生きはじめて、すでに二十年以上になる。ほとんどの歳月を、流浪《るろう》の中で生きていた。新野《しんや》には七年留《とど》まったことになるが、心のありようはやはり流浪だった。

劉備はもう、四十七である。自分も四十六になり、張飛《ちょうひ》も四十になった。疲れてなどは、いられなかった。曹操《そうそう》は五十三で、これからさらに大きな戦に臨もうとしている。しかし、劉備にこれから大きな戦の機会があるのか。

「兄上に、もっと輝いていただきたい。しみじみと、そう思う夜がある。曹操より、器量は上だ。私は、曹操のもとに捕われていたことがあるから、よくわかる。曹操にはない深さが、兄上にはある。そばにいる者の、力が足りなかったのだろうか」

「よそうよ、小兄貴。俺らは、懸命《けんめい》に闘ってきた。俺は、いまの大兄貴でもいいと思っている。決して、欲に媚《こ》びなかった。おかげで、苦労はしたさ。それでも、なにか温かいものを、俺たちはこの乱世で持っていられた。大兄貴の人柄のおかげだ、と俺は思っている」

「早く、戦場を駈《か》け回りたいなあ。戦場があれば、つまらぬことなど考えない。眼に見える敵を斬《き》れば、それでいい」

張飛の妻が、また酒を運んできた。少量の肉と野菜も添えられている。

「董香《とうこう》殿、もうお構いなく」

「いや、香々《こうこう》。どんどん酒を運んでこい。小兄貴は、今夜は酔わねばならん。そういう夜が小兄貴にもあることがわかって、俺は嬉《うれ》しい。大兄貴の前ではあまり飲めぬし、趙雲《ちょううん》は真面目《まじめ》すぎる。劉備軍の統率者《とうそつしゃ》に対する態度を崩《くず》さないしな。その点、俺なら酔って殴り合いもできる」

「おまえが、私と殴り合いだと？」

「昔、のされたことがある。まだ髭《ひげ》も生えていない童《わらべ》だったし、大兄貴にも出会っていなかったころだ」

「そんなこと、あったかな？」

「あとにも先にも、のされたのはあれ一度きりだ。いまやれば、俺の方がずっと強い」

「もう一度言ってみろ、張飛」

「小兄貴は、童だったころの俺をのして、いばっているだけだ」

「それじゃ、もう一度よく教えてやろうか」

「小兄貴が、もう老いぼれだってことを、俺が教えることになる」

「おやめなさい、あなた」

董香《とうこう》が言った。

「兄上様もです。いい歳《とし》をして、それでは子供ではありませんか」

張飛《ちょうひ》が苦笑すると、関羽《かんう》も声をあげて笑いはじめた。

酒が運ばれてくる。関羽は、もう自分を抑《おさ》えようとはしなかった。

「馬を運んだ。賊を蹴散《けち》らしながらな。あれがなかったら、俺たちが賊になっていたかもしれん。賊がどれほどみっともないものか、兄上が教えてくださったようなものだ」

「あの時は、洪紀《こうき》がいた。まだ嫁も貰《もら》わず、馬と添い寝をするようなやつだった」

深夜になると、昔話が多くなった。さすがに、かなりの量を飲んだ。二人で四斗《と》（約八リットル）はいっているだろう。

鼾《いびき》をかきはじめた張飛を、蹴って起こした。次に気づくと、自分が張飛に起こされていた。泊っていけ、という張飛を押しのけ、外へ出た。躰《からだ》が、浮いているような気がした。

通りに、人の姿はなかった。

自分の館がどちらの方向か、よくわからなかった。兵舎がどこかは、眼をつぶっていてもわかる。いい馬が欲しい、とふと思った。いい馬が手に入ると、騎馬隊に回した。関羽が乗っているのは、悪くはないがそこそこの馬だった。劉備《りゅうび》はもとより、張飛も趙雲《ちょううん》も、いい馬に乗っている。

「俺が率《ひき》いているのは、歩兵だ」

関羽は呟《つぶや》いた。

「あまりいい馬に乗っていても、歩兵はついてくることができん」

「座りこんではいけません。そのまま眠ってしまいますよ」

誰かが、そばにいた。月明りの中で確かめると、関平《かんぺい》だった。躰が浮いたように感じるのは、関平が脇《わき》を支えているからだった。

「なぜ、おまえがここにいる？」

「董《とう》夫人に言われて、王安《おうあん》が私を呼びに来たのです。父上は、叔父《おじ》貴《き》と二人で、五斗近くも酒を飲まれたそうです」

そんなものだろう、と関羽は思った。途中から、普通の杯《さかずき》では間に合わず、二人とも粥《かゆ》用の大椀《わん》に注いで飲んだ。

「心配をしたのか？」

「心配はしません。ただ、父上が酒を過されるのはめずらしいことで、私でも、いないよりそばにいた方がいいだろうと思っただけです。私も、少しですが王安と飲んでいました」

「そうか。私も張飛《ちょうひ》も、駄々《だだ》っ子のようなものだな」

関平《かんぺい》に支えられて、歩く。それも悪いものではなかった。関平の、
たくましくなった骨格を、腕ではっきりと感じる。養子にしたばかりのころは、まだ華奢《きやしや》な少年だった。

「父上は、いい馬が欲しいと思っておられるのですか？」

「冗談だ」

「白狼山《はくろうさん》の洪紀《こうき》殿のところから、先日、三十頭の馬が届きました。叔父貴は、とても喜んでおられました。趙雲《ちょううん》殿の方はまだでも、叔父貴の騎馬隊は、粒が揃《そろ》ってきたようです」

七年、新野《しんや》にいた。そうやって充足しているものも、ないわけではないのだ。

「関平」

「はい」

「どこかで、休んでいこうか」

「御気分でも、悪くなられましたか？」

「いや、とてもいい気分だ。おまえと二人で、こうやっていることなど、滅多《めつた》にな

いではないか。家に帰ったところで、酔っ払いの扱いをされるだけだろう」

「母上は、こういうことには手厳しいお方ですからね」

関平にとっては、義母になる。それほど年齢も離れていない。

「女など、放《ほう》っておけ。戦で死ぬのは、男なのだからな」

「泣くのは女、と母上は言われます」

「女の涙を、信用するのか。まだ若い」

関羽《かんう》が言うと、関平がおかしそうに笑った。

4

土を掘った。

深いところにある土を、掌《てのひら》に握りしめてみる。それで、土が肥えているかどうかわかると、村人に教えられていた。わかるようになったのは、畠《はたけ》を耕すようになって、五年ほど経《た》ってからだ。

肥えた土と痩《や》せた土は、明らかに違う。

はじめ、ここは痩せた土だった。枯葉を運んできては、埋めるところからはじめた。肉が手に入ると、骨は砕いて撒《ま》いた。炉《ろ》の灰も、溜《たま》ると撒いた。

はじめ、握るとどこか荒い感じがした土が、いまではやわらかい。手に馴染《なじ》んでくる。土は生きているのだ。そんなことは、頭ではわかるが、掌ではなかなか感じることができない。放《ほう》っておいても、土は痩せる。耕すことで、空気に触れさせるのだ。それで、眼《め》を醒《さ》ましたような感じになる。

なにかしら、土をいじることに、孔明《こうめい》は自分の思いを重ね合わせていた。いい作物ができるようになった。自分が見てもそう思ったし、村人も感心した。厠《かわや》から汲《く》み出したものも、溜めておき、時期を見て土に撒く。土が、それを欲しがっている時があるのだ。

そうやりながら、土と語り合うことを覚えた。息苦しい、と土が語りかけてきたら、耕してやる。水が欲しいと言う時は、小川の水を引いてやる。

自分は、このまま終るのだろうか。

孔明も、土に訊《き》いた。

生まれた時には、この国は乱れかけていた。黄巾賊《こうきんぞく》の大叛乱《はんらん》が起きた時は、四歳だった。父は知らない。叔父《おじ》の諸葛玄《しょかつげん》の世話になって育ったが、諸葛玄も死んだ。兄は、異腹である。いまは、揚《よう》州の孫権《そんけん》のもとに出仕している、ということを知っている程度だ。弟もいるが、世話をしてやることはできなかった。それぞれが、自分で自分の口を糊《のり》してきた。

学問には、励んだ。

学者のもとに住みこみ、下働きをしながら、書物を貪《むさぼ》り読んだ。誰《だれ》が文字を教えてくれたのか、記憶はない。はじめに住みこんだ学者のもとでは、夜しか書物を読むことはできなかった。読めない文字も、多くあった。それが、いつか読めるようになった。十八歳になるまでに、実に六人の学者の家で下働きをした。そして、戦乱が少ない荊《けい》州に流れてきた。出会ったのが、司馬徽《しばき》である。

教えることはなにもない、と言われたのはひと月も経たないころだった。自分で考えることをはじめよ、とも言われた。

それでここに草廬《そうろ》を結び、村人に文字を教えたりしながら、土を耕した。躰《からだ》が、ひ弱だった。病気をするというわけではなかったが、同じ年齢の村人の半分も力がなかった。土を耕すかたわら、夜毎《よごと》、削った木の棒を振った。二十歳《はたち》をすぎたころには、村人と変らない、たくましい躰になった。土を耕すことも、負けなくなった。

こうして、土と語り合って終るのか。

二十七歳だった。すでに十年、土を耕し続けている。司馬徽《しばき》のもとには、しばしば出かけていった。学問の好きな人間が、そこには集まっていた。時世についての議論も、盛んだった。

議論をして、論破されたことはない。俊才と呼ばれる人間に会っても、この程度かと思うだけだった。そういう俊才が、仕官して出世するのを、横眼で見ていた。この人は、自分を闊達《かったつ》だと言う。学を好み、出世や名利に媚《こ》びないと言う。闊達ではなかった。土は、それをよく知っている。世に出たいという思いもあった。しかし、愚《おろ》かな者の下にはいたくなかった。

どこかで、心がねじ曲がった。それはよくわかっていた。時々は、怨念《おんねん》のような言葉を、土の中に埋めた。

この土は、肥料だけで肥えたのではない。自分の思いを、十年にわたって呑《の》みこみながら、肥えていったのだ。

そういう自分の心を、人に窺《のぞ》かれたことはない。司馬徽は、どこかでそれに気づいているという気配がある。それだけだ。

志《こころざし》は、あるのか。欲望ではなく、志と呼べるものがあるのか。それがあってなお、怨念の言葉を、天にむかって吐き出すことができるのか。あるのは、ただ詰めこみ続けた知識と、世に出られないという思いだけではないのか。曹操《そうそう》や、孫権《そんけん》や、劉表《りゅうひょう》のもとに出仕し、誰よりも仕事をこなせる自信はあった。しかし、この怨念が消えることはないだろう。求めているものは、間違いなくある。あるということを痛いほど感じるだけで、それがなにかは見えてこない。このまま、怨念で土を肥やしながら、一生を終えるのか。

志を、熱っぽく語っていった男がいた。劉備玄徳《りゅうびげんとく》。徳の将軍として、名は知られている。しかし、力はない。語った志は、自分よりも二十も年長のものとは思えない、青臭い内容だった。心の中で、嗤《わら》った。嗤いながら、心の底がかすかに動いた。四十七になって、これほどのことを語れる男が、乱世で生き延びていたのか。

あの日から、しばしば劉備のことを思い出すようになった。あの男の言葉の中に、怨念などはなかった。自らの非力に対する悲しみに似た感情。あったのは、それだけだったような気がする。

帝《みかど》を、秩序の中心とした国家。

国家というものを考えれば、劉備の考えは間違っていない。しかし、人間の愚かさが、それを実現させないだろうことも、自分にはよくわかる。劉備《りゅうび》が非力で、曹《そう》操《そう》や孫権《そんけん》が強大だというのが、その証左なのだ。

劉備はなぜ、あそこまで愚直《ぐちょく》に、自分の志を信じることができるのか。

人間は、欲の動物ではないか。志などというものは、欲の裏返しにすぎない。欲に支配された自分を、どこかで誤魔化《ごまか》そうとして、人は志を語る。それも、若いころだけだ。

欲を捨てようと思ったら、それこそ司馬徽《しばき》のように隠棲《いんせい》し、言葉を弄《もてあそ》んで愉《たの》しむという生き方しかできない。司馬徽は、長者の家に生まれている。だからこそできたことだ、と孔明《こうめい》は思っていた。

自分のように惨《みじ》めさを舐《な》め尽してきた者が、欲望を捨て去ることができるわけがない。しかし、欲望に支配されて生きたくもない。自分の怨念は、そこからも出てくるのだ、と孔明は思っていた。

土は、正直である。偽《いつわ》りはない。偽りで、作物が育ったりはしないのだ。村人が感心するほどの作物は、それこそ自分の怨念が育てたものに違いなかった。

「孔明さん」

声をかけられた。陳礼《ちんれい》だった。

「孔明さんは、時々おかしなことをするのだね。穴なんか掘って、じっとそこを見つめたりして」

「そんなことをしていたか、私は？」

「土を掘っていて、宝でも見つけたのかと思った。盗賊《とうぞく》が宝を埋めたという話は、このあたりにいっぱいあるからね」

「宝は、なかったよ」

「でも、なにか見つけたんだろう。ずいぶんと長い間、身動きもせずに穴の中を覗《のぞ》きこんでいたもの」

「そうだな。かなり深いところまで、土は肥えている。だけど、さらにその下にいくと、元のように痩《や》せている、ということを見つけたのかな」

「それは、肥料が悪いからだよ」

「そうなのか？」

「肥料は、土の深いところから少しずつ効いてくる。だから、深ければ深いほど、土は肥えている。農地はそうやって作るものだと、私は子供のころから教えられている。祖父《じい》さんも、父もそう言った」

「そうか。深いところから効いてくるのが、ほんとうの肥料か」

「そうでなくちゃ、一年の日照りで、土は元に戻ってしまうんだよ。深いところが肥えていれば、一年や二年の日照りで浅いところが痩せても、耕せばすぐに生き返るよ」

「そうなのか。未熟だなあ、私はまだ」

「孔明《こうめい》さんは、学問ができる。その上私と同じように土を育てられたら、不公平というものだよ。孔明さんは、自分がやれることがきちんと出来れば、それでいいんだよ」

「土を肥やすのは、私には無理か」

「ということじゃなく、祖父《じい》さんや、そのまた祖父さんの代から、ずっと土を肥やしているんだから。そんなことを、孔明さんが一代でやろうと思うのが、間違っているのだよ」

「そうか」

孔明は立ちあがり、着物の土を手で払った。

「私は、陳礼《ちんれい》に、いろいろなことを教えられたんだな。実に深い、学問よりも尊いことを。そう思ってこなかった自分が、情けなく思えるほどだよ」

「なにを言ってるんだよ。孔明さんは、まず食器をきちんと洗えるようにならなくっちゃね。そんなことがきちんと出来るようになると、味のある作物ができるよ」

「味？」

「作物は、大きさだけじゃない。食べた時の味なのだよ。孔明さんが作るものは、大きいけど味が悪い。祖父さんは、いつもそう言っているよ」

「そうか、味か」

「孔明さんは、学問に味があればいいんだ。味のある作物は、私たちが作るよ」

「いや、私の学問には、味がないな。ただ大きいだけだ。陳礼には、ほんとうにいろいろなことを教えられる。学者と話しているより、ずっと得るところが大きい」

「どうでもいいけど、お昼だよ。孔明さんも、早く嫁さんを貰《もら》ってくれないかなあ。食事のたびに運ぶのが、私の仕事になってしまったんだ。村の長《おさ》が、そう決めた。孔明さんが、嫁さんを貰うまでだってさ」

「私のような者のところへ、誰が嫁に来る」

「また、そんなことを言う。孔明さんほど学問があれば、誰だって来るよ。その上、孔明さんは、いい男だ。村の若い女は、みんな孔明さんの嫁になりたがっている」

「ほんとうかい？」

「そのへんは、孔明さんはぼんやりしているから。いつも梁父吟《りょうほぎん》（民間の、哀切な音調の葬送歌）をうたってばかりで、村の娘を見ようともしない。食事だって、誰が作るか、競争なんだよ」

「だとしたら、嬉《うれ》しいのだが」

孔明《こうめい》は、小川のそばにしゃがみこみ、手を洗った。よほどの雨が降った時でないかぎり、この小川が濁ることはない。きれいな水だ、と思っていつも見てきた。しかし、ほんとうにきれいなのか。この小川は、いくらか大きな川に注ぐ。その川はさらに大きな川に注ぎ、やがて長江《ちょうこう》の巨大な濁った流れになる。

「きれいな水だということで、自慢などできはしないな」

孔明が言うと、陳礼《ちんれい》はちょっと首を傾《かし》げた。鍋《なべ》は、まだぶらさげたままである。

村の長が、昼に届けてくれる。五年も前から、そういう習慣になった。鍋にはたっぷりと粥《かゆ》があり、それは夜に食ってもまだ余る。

時には、粥の中に野菜などが入っていることもある。菜《さい》も添えられていることがあるが、わずかだった。肉は、購《あがな》う。小魚などは小川に仕掛けた網にかかり、それを干したり、焼いたりして保存する。蛇を捕まえても、皮を剥《は》いで塩に漬ける。

学問を教えることで、手に入る銭はわずかだったが、それで充分だった。畠では、作物も穫《と》れる。書物が読みたくなれば、司馬徽《しばき》を訪ねればいい。蔵二つに書物が詰っていたし、隠棲《いんせい》しているとはいえ、学問を志す者がたえず五、六人はいた。そういう若者に講義をすることで、司馬徽から欲しい書物を与えられたりもした。

　充分ではないが、必要なものは手に入った。そして土と語り合う。満たされぬ思いは、土がやさしく包みこんでくれる。

「孔明さん、またなにか考えこんでいるね。癖だね。土をいじりながらぼんやりしたり、水に手をつけたまま梁父吟《りょうほぎん》をうたったり」

「そうなのか？」

「癖なんて、人に言われなきゃ、わからない。自分じゃ気がつかないものだよ」

「まったくだなあ。私は、ぼんやり者だ。娘たちが、私を見ているなんてなあ」

「そのことを、考えてたのかい」

　陳礼が笑った。

　家に入り、鍋を火にかける。陳礼は、前日の鍋を小川で洗うと、いつもすぐに姿を消す。食事は、大抵ひとりである。

　このままで、終るのか。

　鍋を見つめながら、孔明は考えた。能力を認めてくれる主《あるじ》を見つけて仕官すれば、出世はできる。暮しも、ずっと楽になるだろう。いまならば、曹操《そうそう》か。

その判断はできる。しかし、曹操《そうそう》のもとには行きたくない。思い描いているなにかが、まるで違うと感じてしまう。孫権《そんけん》も同じだ。劉表《りゅうひょう》などは、仕官する価値もない。

ならば、劉備玄徳《りゅうびげんとく》は。

流浪《るろう》の軍である。仕官するもしないもない。六千の軍勢といえば、ちょっとした賊の集団よりも小さい。拠《よ》って立つ領地さえ、持っていないのだ。なぜ、領地すらも得ることができなかったのか。

司馬徽《しばき》のところへ行けば、いつも誰かしら、天下の形勢を論じていた。全国の情勢は、自然に頭に入った。そこで、劉備という名はほとんど出てきていない。

臥竜《がりょう》。司馬徽は、いくらかの揶揄《やゆ》をこめてそう言った。人が、竜として生きられるはずがない。そんな皮肉も籠《こも》っているような気がした。

世に出られぬまま、終るのか。怨念の言葉で、いたずらに土を肥えさせるのか。

粥を啜《すす》った。

静かである。陳礼が小川で鍋を洗う、小さな水音が聞えるだけだった。

5

雨が降っていた。

春先の雨だが、長くなりそうな気配だった。晴耕雨読という言葉通りにはいかない。雨の日は、ひとりで塞《ふさ》ぎこんでいることが多かった。

訪《おとな》いを入れられたのは、縁《えん》に出てぼんやりと雨を眺めていた時だ。

劉備だった。全身が濡《ぬ》れそぼっていた。

「関羽《かんう》殿と張飛《ちょうひ》殿は？」

「弟たちは、村のそばの小屋を借りて、雨をしのいでおります。お心遣《こころづか》いは無用に」

家に請《しょう》じ入れると、孔明《こうめい》はすぐに炉《ろ》に火を入れた。まだ肌寒い。その上、濡れているのだ。紫色の唇だったが、劉備はふるえてはいないようだった。眼《め》も、穏《おだ》やかである。

「なんのおもてなしも、できません」

「いや、雨に打たれた身。火が、なによりのおもてなしでございます」

湯を沸かした。音をたてて湯が沸くまで、劉備《りゆうび》はなにも言わなかった。

「先日、お聞きした御用件ならば、無駄なことです」

「私は、筵《むしろ》を織っておりました。涿《たく》県のそばの、楼桑《ろうそう》村というところで」

「筵？」

「それが、生業《なりわい》だったのです。中山靖王劉勝《ちゆうざんせいおうりゆうしよう》の末裔《まつえい》ではありますが、幼いころから貧しく、母の生業をそのまま継いで、筵を織り、涿県まで売りに行きました」

「そうでしたか」

「途中で、遊学し、盧植《ろしよく》門下に入りましたが、その費用も、母が筵を織って生み出したものでした。もっとも、学問で芽が出るほどの素質はなかったのですが」

「私が、生まれる前の話なのでしょうね」

孔明《こうめい》は、椀《わん》に沸いた湯を注いだ。

「涿県に戻ってからは、鬱々《うつうつ》と日を送るばかりでした。日頃《ひごろ》のうさを織りこんだ筵を、売り歩いているようなものでした」

劉備は、椀を両の掌《てのひら》で包んでいた。火は盛んに燃え、床も温かくなりはじめている。

雨がひとしきり強くなり、風も吹いてきたようだ。風が吹けば、やがて雨雲はどこかへ流れる。いい兆候だった。

「盗賊《とうぞく》が、横行しました。私には盗まれるものとてなかったのですが、知り人の商人の馬が奪われ、私はそれを取り戻す仕事を受けました。その時に、弟たち、関羽《かんう》と張飛《ちょうひ》に出会ったのです」

劉備が、なにを語りにきたか、孔明にはほぼ見当がついた。先日の話は、志《こころざし》だった。今日は、自分を語りに来たのだろう。

「仕事は、無事に終えました。傭兵《ようへい》となれという誘いは受けたのですが、私たち兄弟は、五十名にも満たぬ人数を集め、黄巾討伐《こうきんとうばつ》の義勇軍に応じました」

劉備が、湯を啜《すす》る。顔の血色は、すでに戻っていた。

黄巾討伐の戦《いくさ》の話が続いた。曹操《そうそう》や孫堅《そんけん》と出会った話もあった。兵数が二百を超え、公孫瓚《こうそんさん》のもとで、反董卓《とうたく》連合軍に参加した話になった。それからさらに兵が増え、義勇兵としては名があがりはじめている。

まさに、歴戦だった。聞いているかぎり、劉備軍が、少数ではあるが常に精強《せいきょう》であったこともわかる。

こういう男たちが、何十名もいて、お互いを潰《つぶ》し合いながら、それぞれの生を賭《か》けてきたのである。陶謙《とうけん》から徐《じょ》州を譲《ゆず》られたあたりから、およそのことは孔明も知っていた。

「呂布奉先《りよふほうせん》という方は、どういうお人柄だったのですか？」

「男の中の男。私は、そう思っています。軍人であった。軍人には志など無用、とも言っていました。私は、呂布殿に志を説いたのですよ。呂布殿は、真剣に耳を傾けてくれた。しかし、志をともに持とう、というところまでは、説ききれなかったのです。呂布殿に欠けていたのは、多分、志だけだったろうと思います。いや、呂布殿が言われた通り、軍人には志は必要ないのかもしれない。ならば、呂布殿に欠けていたのは、志を持った主《あるじ》か友です」

「お好きだったように聞えます、呂布奉先という方を。徐州《じよ》を奪われたのではないのですか？」

「呂布殿に奪われなくても、私の力で徐州を維持していくのは難しかっただろうと思います。その後、一時徐州を取り戻しましたが、呆気《あつけ》なく曹操《そうそう》殿に追い払われた」

「曹操孟徳《もうとく》というお方は？」

「果断《かだん》、という言葉が、ぴったりでありましょう。はじめに出会ったころは、私には理解できました。しかし、急激に大きくなり、気づいたら見えなくなっていたのです。お嗤《わら》いになるかもしれませんが、いまも曹操が敵と思い定めております。しかし、私には見えない。曹操のすべては、見えません。だから、底知れぬ恐怖に襲《おそ》われることもあります」

「失礼ですが、いまの劉備《りゅうび》殿に、曹操に勝てる道はあるのですか？」

「捜していります。ないとは思いたくない。いままで、道がないと思ったことはないのです。諸葛亮《しょかつりょう》殿を招きたいというのも、私に見えているひとつの道です」

「軍勢が六千で、領地をお持ちでもない。七年の新野《しんや》の駐屯《ちゅうとん》で、荊《けい》州の豪族をかなり味方につけられたろうと拝察はいたしますが、曹操の前では、いかにも小さいと思います。曹操に屈しようというお気持は、ないのですか？」

「ありません」

劉備が、静かに椀を床に置いた。

「私は、曹操に屈することはできません。国のありようについての考えが、まるで違うのですから。志を守ってこそ、私なのです。捨てれば、二十数年にわたる闘いの意味はないし、私が私でもなくなります。生きながら、死ぬということなのです」

「あくまで、闘いを続けられる？」

「この身は、もともと涿県《たく》で筵《むしろ》を売っていたのです。滅びようと、惜しいとも思いません。しかし、志まで消してしまいたくはない。思いは、それだけです」

「先日、朝廷に仕える臣なら、誰《だれ》でも言うことだ、と私は申しました。それは訂正いたします。二十数年、闘い続けてこられた方のお言葉と、安逸を貪《むさぼ》る廷臣《ていしん》の考えを、同列で言うべきではありませんでした」

「そんなことは、些細《ささい》なことです。私の志の話など、夢物語にすぎないのでしょうから。ただ、志は、志のままではどうにもなりません。果さなければ」

「わかります。男の夢というものが、志ということでしょう」

「私は、孔明《こうめい》殿の」

劉備《りゅうび》は、ちょっと戸惑ったように、右手を動かした。

「失礼いたしました。孔明殿と、字《あざな》で呼んでしまいました」

「構いません。私もその方が聞き馴《な》れていて、呼ばれているという気がします」

「そうですか」

にこりと、劉備が笑った。

「私は、孔明殿の、国についてのお考えをお聞きしたかったのです」

「私の国家観など、畠《はたけ》の土のようなものです。どこへも、持っていきようがない。

したがって、語ることも無意味です」

「まことに？」

「どうしてですか？」

「語ることも無意味などと、なぜおっしゃれるのです。私は、語るべきだろうと思います。語ることが、無意味なはずはありません。孔明殿が語ってくださることで、私は諦《あきら》めなければならなくなるかもしれない。あるいは、さらに執着を強くするかもしれない。いずれにせよ、語ることでわかり合える。私は孔明殿と出会ったので、わかり合いたいと思います。それが、人と人との出会いだと」

顔を紅潮させて、劉備は喋《しゃべ》っていた。

「しからば」

かすかなたじろぎを覚えながら、孔明は言った。

「国に帝《みかど》あり、秩序の中心となる。権威があっても権力がないというのは、なかなか難しいことですが、考え得るかぎり、これが最善でしょう。五百年、千年とその血が保たれれば、触れてはならないものになる。それも、多分間違いはありません。四百年、漢《かん》王室は続きました。それで、董卓《とうたく》でさえ帝そのものの排除はできなかったし、曹操《そうそう》もいまだ帝位の簒奪《さんだつ》はできずにいます。これは、歳月の重みでしょう」

「同じだ、私が考えていることと」

「中心さえ定まっていれば、国はどのような変化もできます。覇者《はしゃ》が、政事《まつりごと》をなすのか、帝に任命された者がなすのか。いずれにしても、人智が最も生かされやすいかたちであることは確かです。帝の存在が、この国の戦を半分に減らす、とも思っています」

「その通りです。変ることなく続いた、何代にもわたる血。それが国には必要なのです」

「これから先、二百年、三百年のことを考えれば、漢《かん》王室の血というものは、誰もが思っていたより、ずっと貴重なはずでした」

「闘おう、孔明《こうめい》殿。私とともに、闘ってくれ。漢王室を再興しようではないか」

「私の、国に対する考えは、大まかに言えばこんなものです。細かいこともありますが、政事とは別に、国は背骨のようなものを必要としています。それが、何人《なんぴと》も触れることのできない、高貴な血であったら、と思います。劉備《りゅうび》殿の志を先日お聞きして、正直、心の底がふるえました」

「闘ってくれ、私と」

「遅すぎます。私は、自分が生まれてくるのが遅かったのだ、と思っています」

「なにが遅いのです。遅いも早いもない。闘うことからしか、この国はなにひとつ生み出せないのですぞ」

「それでも、遅すぎます」

「そんなことはない」

「曹操《そうそう》に、勝てますか？」

「勝つために、孔明殿が必要なのだ」

「曹操は、すでに覇者となっております。人の多い北から中原《ちゆうげん》にかけて、すべて制しているではありませんか。益《えき》、荊《けい》、揚《よう》、涼《りよう》の四州は、いずれ曹操に靡《なび》きます」

「私は、靡かぬ」

「六千の軍勢が靡かない。それはただの叛乱《はんらん》にすぎません。しかも、小さな」

「叛乱ではありません。志があるかぎり、それは叛乱ではない」

「時の流れです、劉備殿。それすらも、お認めにならないのですか」

「志を、抱《いだ》いた。傲慢《ごうまん》なようだが、この国のために、民のために、志を抱いた。死すとも、私はそれを捨てぬ」

劉備は、顔を紅潮させたままだった。

「私は、この村で静かに生きます」

孔明《こうめい》は、湯を注いだ。劉備《りゆうび》はうなだれている。勝てるわけがないのだ、と孔明は自分に言い聞かせた。河北《かほく》四州と中原《ちゆうげん》を制すれば、この国を取ったも同じことではないか。

曹操《そうそう》は、きわどい戦をくぐり抜けてきている。青州黄巾軍《せいしゆうこうきんぐん》とわずかな兵力で対峙《たいじ》した時。あれに勝つことで、曹操の道は天下取りと決まったのだ。そして、袁紹《えんしよう》との戦。まさに、乱世を駈《か》け抜け、頂点に立った男だった。そしてその勢いは、まだ衰えを見せていない。

「残念です、孔明殿」

呟《つぶや》くように、劉備は言った。それから、流浪《るろう》の日々をふり返るように、静かに関《かん》羽《う》と張飛《ちようひ》という二人の男の話をした。

「この二人の弟と、そして趙雲《ちようウん》、糜竺《びじく》、孫乾《そんけん》。私は、人に恵まれたのかもしれぬ。でなければ、とうの昔に死んでいたでしょう。さらに人が欲しいというのは、傲慢にすぎるのかもしれません。たびたび、静かなお暮しを乱しました」

劉備が、頭を下げた。

湯をもう一杯、という言葉を、孔明は呑《の》みこんだ。立ちあがった劉備にちょっと遅れて腰をあげ、玄関まで見送りに出た。

気づかぬ間に、雨があがっていた。

ひとりになると、孔明は部屋の隅《すみ》にうずくまるようにして座った。

このまま、終ってしまうのか。畠の土と語らいながら、朽《く》ち果てていくのか。夢を見ることとさえ自分に禁じ、尽《つ》きることのない悔恨《かいこん》の日々の中で、いつか老いていくのか。

呻《うめ》き声が聞えた。

自分の呻き声だった。

6

午前の耕作を終えた。

いつものように、陳礼《ちんれい》が粥《かゆ》の鍋《なべ》を運んできて、帰っていった。このところ、孔明はあまり陳礼とも口を利《き》いていなかった。そういう時、陳礼は長居をせず、あっさりと帰る。

炉《ろ》に火を入れ、鍋をかけた。

畠《はたけ》は、ほとんど耕し終えた。しかし、何の種を播《ま》くか、まだ決めていなかった。

決めないまま、ただ耕していたのだ。

鍬《くわ》を入れながら、何度も土に語りかけた。深いところは、痩《や》せているのか。大きな作物を実らせても、味はよくないのか。土とは、作物にとってなんなのだ。土は、ただ耕せ、と答え続けた。耕して耕して、耕し抜けと言った。

むなしい語らいだった。

それでも、孔明《こうめい》は心をこめて耕し続けた。

玄関で、訪《おとな》いを入れる声がした。

弾《はじ》かれたように、孔明は腰をあげた。この声を待っていた。そんな気がした。しかし、足はすぐには動かなかった。

劉備《りゅうび》が、ひとりで立っていた。孔明を見て、ほほえんでくる。

粥を出した。穏《おだ》やかな表情で、劉備はそれを啜《すす》った。椀《わん》をあけても、まだ無言だった。部屋に射《さ》しこんでくる光が、鳥の啼声《なきごえ》とともに、まるで別のもののように動いた気がした。木洩《こも》れ陽《び》なのだ。鳥が小枝を揺らすと、光も揺れる。

「来てしまった」

ようやく、劉備が呟《つぶや》くように言った。かすかに、孔明は頷《うなず》いた。

「たった六千の、しかも流浪《るろう》の軍に、力を貸せとよく言えたものです。われながら、恥《はず》かしさで身が縮みます」

劉備が、畠がある方へ眼《め》をやった。

「ここの暮しは、実に静かですな。人らしい暮しができるのだろうと、羨《うらやま》しいような気分になってしまいます」

「小さな、畠です」

「なにを、植えておられます？」

「さあ。なにを植えましょうか。それを決める前に、耕してしまったのです」

「梁父吟《りょうほぎん》をよくうたわれる。さきほど、陳礼《ちんれい》に会いましてな。そういうことを、教えてくれました」

「なんとなくです」

劉備が、孔明の顔に視線を戻した。

穏やかな表情のままだが、眼の光だけが荒々しかった。それがなければ、名のある武将と言われても、信じる者は少ないかもしれない。

「押しかけてきて、お心を乱した。お許しいただきたい」

ほんとうに、乱してくれた。孔明はそう思った。

不意に、劉備の手がわなわなとふるえた。

「闘っていただきたい」

叫ぶように言い、劉備《りゅうび》が床に両手をついた。

「もう、頼むべきではない。何度も、自分に言い聞かせ続けた。しかし、諦《あきら》められなかった。もう一度だけ、頼みたかった」

「そうですか」

「私のために、闘ってくれとは申しません。この国のために、民のために、闘っていただきたい。頼むしかない。ひたすら、頼むしかない」

劉備の肩がふるえている。頰《ほお》が、涙で濡《ぬ》れていくのが見えた。床についた劉備の両手の間にも、滴《したた》り落ちている。

「お手を、おあげください、劉備様」

劉備は、手をあげなかった。孔明《こうめい》は立ちあがり、劉備の手をとった。ふるえている。切ないほどに、ふるえている。

「志《こころざし》の話を、お伺いいたしました」

劉備が、顔をあげた。瞬《まばたき》もしない眼から、涙だけが流れ落ちている。

「劉備様の、これまでの戦《いくさ》の話も、よく心に刻みこみました」

「私は、なにかを感じたのです。孔明殿の眼が、まるで涿《たく》県で筵《むしろ》を織っていたころの私の眼のようだ、と思ってしまったのです。闘うべきなのだ、この方は。理由もなく、そう思ってしまったのです。頼まずにはいられない。ここへ来ようとする自分を、何度止めようとしたことか」

「闘います、私は」

孔明は言っていた。

「劉備玄徳《げんとく》様のもとで、天下万民のために、闘います」

「まことに？」

「二言はありません」

劉備の眼が、孔明の顔を射抜いてきた。涙は、まだ流れたままだ。

しばらく、そうしていた。

孔明は、自分の座に戻り、劉備とむき合った。ほほえみかける。劉備も、涙を流しながら笑った。

小枝を折り、炉にくべた。小さな炎があがった。

「いまより、諸葛亮《しよかつりよう》孔明は、劉備玄徳様の臣下です」

「まことだろうか」

「この孔明が臣下となったからには、劉備玄徳様には、必ず覇者《はしや》となっていただきます。天下を制し、ともに志を果したい、と思います」

「ありがたい。私はなにか、とてつもないものを得たという気がする」

孔明《こうめい》は、腕を組み、眼を閉じた。しばらく、そうしていた。ただ、畠を耕した。そう思っていたが、考えに考えていたのだということが、いまになってわかった。考えたことから、眼をそらそうとしていただけだ。

「孔明殿」

呼ばれ、眼を開き、孔明は炉の小枝の燃えさしを摑《つか》んだ。

「よろしいですか、殿。私の申すことを、よくお聞きください」

劉備《りゅうび》が頷《うなず》いた。

「天下三分の計」

「なんと」

「私が見るかぎり、劉備軍には戦術があって、戦略がありません。それが、大きく飛躍することができなかった理由です」

孔明は、床に燃えさしで線を描いた。この国のかたち。

しばらく、二人でそれを見つめていた。

「曹操《そうそう》がいます。これは、強大です。次は、揚《よう》州の孫権《そんけん》でしょう」

「確かに」

「殿は、速《すみ》やかに荊《けい》州を奪《と》り、かつまた、益《えき》州を併《あわ》せるのです」

「荊州を、たやすくは奪れぬ」

「戦術として考えるからです。戦略とはまた別なもので、すべて、それに沿って動くようにするのです。一兵を動かすのも、勝つのも、負けるのも」

「負けることさえ？」

「さよう。いずれ荊州を奪り、益州も併せる。頭の中には、いつもそのことを思い描いておくのです。さすれば、おのずから負け方も違ってきます。荊州と益州。その二つを奪り、揚州と結ぶ。それで、曹操に対抗できます。それが、第一の段階。天下は、三分されております」

「よくわかるが」

「今後の戦は、すべてこの戦略に基づいて行います。負ける時も、この戦略から離れてはなりません。つまり、戦術はすべて、戦略に基づいて決めるのです。勝てる道があっても、戦略に沿わなければ、放棄《ほうき》します」

「奪れるのだろうか、荊州を？」

「曹操は、必ず荊州から攻めます。水軍を指揮した経験がないからです。水軍が精《せい》強《きょう》な揚《よう》州は、孤立させてからと考えるはずです」

「いまの荆《けい》州は、曹操《そうそう》に勝てぬ」

「いいのです、負けても。平穏だった荆州が、大きく乱れます。その乱れに乗じましょう。あくまで荆州は足がかりで、益《えき》州が本拠だとお考えください。そうすれば、一時的に曹操に制圧されても、道は見えます」

「なるほどな」

「目先の勝ちを、拾おうとしないでください。はっきりと知っておかなければならないのは、天下三分を画《かく》する以外に、殿に活路はないということです」

劉備《りゅうび》が頷《うなず》いた。

不思議な男だ、と孔明《こうめい》は思った。闘う、と言わされたのだ。いや、自ら望んで、そう言ってしまったのだ。

天下を取れる器《うつわ》かもしれない。孔明はそう思った。戦の巧拙《こうせつ》ではない。最後は器なのだ。劉備は、それだけのものを秘めている、といま孔明には感じられた。

「関羽《かんう》殿と、張飛《ちょうひ》殿は？」

「先日の小屋で、待っておる。無駄なことをするものだと、私を嗤《わら》っていたが」

「なぜ決心したのか、私は自分でもわかりません。しかし、決心してよかったと思っております」

「苦労をかけると思う。それにどれだけ報《むく》いられるかもわからぬ」

「報われることを期待して、この草盧《そうろ》を出るわけではありません。生きられる。ただそう感じたからです」

「天運に、見放されてはおらぬ。私はいま、そう言えるような気がする」

「出仕は、明日までお待ちいただけますか。始末しなければならないことがあり、また別れを告げたい人もおります。明日、樊城《はんじょう》に出仕いたします」

「関平《かんぺい》という者がいる。関羽の養子だが。この若者に、馬を届けさせる。それに乗って、出仕されるとよい。待っておるぞ、孔明殿」

劉備が、腰をあげた。

孔明は、門まで見送った。

劉備が訪ねてきて、去って行く。その間が、一瞬だったような気がした。その一瞬で、大きすぎることを決めた。

転機とは、そんなものだろう、と孔明は思った。

天地は掌中にあり

1

脇腹《わきばら》を、貫《つらぬ》かれた。

貫かれたという言葉がぴったりで、躰《からだ》は束《つか》の間《ま》、動かすことができなくなる。それから、おかしな感じが背中を這《は》いあがってくる。

「房事を、少しお慎《つつし》みください」

「女体を抱くことが、頭痛のもとだと申すのか、華佗《かた》？」

「時と場合によっては」

「情欲を抑えきれぬ。眠れなくなるのだ。女体を二つか三つ抱けば、ようやく眠れるという気がしてくる」

鍼《はり》は、まだ打たれたままだった。その鍼から放散していく感覚だけで、頭痛がきれいに消えるだろうと、曹操《そうそう》にはわかった。

「ならば、ひとりを二度か三度抱くようになさいませ」

「女の身がもたぬな」

「たとえ死んだところで、新しい女を補充されればよいだけではありませんか」

「残酷《ざんこく》なことを申すのう」

「女体で、心は乱さぬ。それでよいと思われているのでしょうが、過ぎた興奮が血を滞《とどこお》らせます。同じ女体ならば、いくらかは、ましでございましょう」

「そうしてみよう」

華佗の手がのびてきて、鍼を少し動かした。曹操は、呻《うめ》き声をあげた。痛いとも感じていないのに、なぜか呻きだけが洩《も》れてくる。

「鍼が動かなくなりました。それほど、血は滞っております。抜けませぬな、これは」

「脅《おど》かすな」

「そばに、細い鍼をもう一本打ちます。迎え鍼と申しまして、それで抜けます」

軽い衝撃が来た。それから、鍼が抜かれたのがわかった。

「やはり、生命力が漲《みなぎ》りすぎております。早く、戦《いくさ》をなさることです」

「おまえの弟子なら、同じ鍼を打てるか？」

「打てます。しかし、頭痛は消えないと思います」

「なぜだ？」

「言葉で、説明はできません」

打つ前に、華佗《かた》は曹操《そうそう》の躰《からだ》に掌《てのひら》を当てる。それで探り出した場所に、鍼を打つのだ。頭の後ろに打たれたこともあれば、腹や背中や、足の裏ということもある。華佗に鍼を打たれると、必ず頭痛は消えた。

「弟子に伝えようと、何度試みたかわかりません。どうしても駄目なので、いま私が丞相《じょうしょう》のそばに立っております」

「打ち方まで、教えてもか？」

「不思議なものでございます」

目蓋《まぶた》が重たくなってくるのを、曹操は感じた。いつも、それには抗《あらが》い難い。

「退《さ》がってよい」

言った時、曹操は半分眠りかけていた。

眼醒《めざ》めたのは夕刻で、およそ半日は眠り続けたことになる。頭痛は、きれいに消えていた。もの言いは気に障《さわ》るが、やはり華佗は名医だった。人の腹を切り開き、臓物《ぞうもつ》の一部を切り取って、死にかかった病人を治したという噂《うわさ》も聞いた。

郭嘉《かくか》が、遠征軍の編成について、報告に来た。張遼《ちょうりょう》の騎馬隊をはじめとする五万は、すでに幽《ゆう》州に駐屯《ちゅうとん》している。兵糧《ひょうろう》も、幽州に充分にあった。曹操が率《ひき》いていくのは、五万である。併《あわ》せて十万の遠征軍だった。

「夏侯惇《かこうとん》の意見は？」

「騎馬隊が少ないのではないかと、心配しておられました。しかし、相手は烏丸《うがん》です。騎馬隊でぶつかれば、かなり手強《てごわ》いと思います」

「張遼だけで、充分だというのだな」

「張遼殿には、なんとしても働いていただかなくてはなりません。それ以上に騎馬隊がいれば、やはり使いたくなります。歩兵を主力とした部隊にすべきでありましょう」

「よかろう。しかし、大きな動きはできぬぞ。そして、敵は騎馬ばかりだ」

「だからこそ、歩兵で闘うべきだと、私は思います」

郭嘉の考えは、多分正しいだろう。敵の得意な戦法で闘うのは、やはり馬鹿げていた。

「よい。兵はもう、鄴《ぎょう》に集まっているのか？」

「三万は。あとの二万は、明日到着することになっております。したがって、進発《しんぱつ》は明後日。一日百五十里（約六十キロ）の行程を考えております。外征ですから、兵をあまり疲れさせたくありません」

「わかった。明後日、進発する」

長い遠征になるが、特別なことはなにもするつもりがなかった。これからは、攻めなければならないところは、いずれも遠い。

翌日、丞相府《じようしようふ》の館《やかた》に、曹丕《そうひ》と曹植《そうしよく》を呼んだ。曹丕は、二十一歳になる。曹植は十六歳である。この二人のどちらかを、いずれ後継に決めなければならない。どちらも、当然のことながら、長所と欠点があった。好悪の感情を、そこに加えて判断しないことだ。

曹植の方が、曹操《そうそう》はかわいかった。詩を作らせても、非凡なものがある。なにより、闊達《かつたつ》だった。曹丕は、陰湿なのだ。兄の曹昂《そうこう》を殺したといって、張繡《ちようしゆう》を苛《いじ》め殺したという噂があるが、曹丕ならやりそうなことだという気がする。

曹丕は、鄴《ぎよう》で手に入れた袁熙《えんき》の妻であった甄氏《しんし》を、正妻にした。それで横から奪うわけにもいかなくなった、と曹操は思っている。見れば見るほど、そそる女だった。曹植にも、今年から女を与えはじめていた。

「私が留守《るす》の間に、二人でやっておいてもらいたいことがある。夏侯惇《かこうとん》が軍を整備し、荀彧《じゅんいく》が民政をまとめた。国の体裁は整ったが、文人をまとめておらぬ。そういう役所を、作っておけ」

文人をまとめて役所に入れる、などということは難しかった。共同でやらなければならない仕事は、文人のものではないのだ。

それでも、あえてまとめる役所を作る。それも国というものだ。やがては、仕事が生じてくる。国の歴史を書くのも、教育を整備するのも、文人の仕事だった。

文人の仕事は、文官の仕事とはいくらか異なる、と曹操は思っていた。それは、息子たちには言っていない。

「今年じゅうに、私は戻れるはずだ」

「わかりました」

二人が声を合わせた。

「質問は？」

ないとわかると、二人を退出させた。

次には、荀彧と程昱《ていいく》を呼んだ。この二人が、民政を取り仕切る。いくつか、指示を出した。言わずもがなのことだ、と途中で思った。

夏侯惇《かこうとん》は、呼ばなかった。軍が動く判断も、すべて夏侯惇に任せてある。夏侯惇になにかあった時は、曹洪《そうこう》である。

情欲が、不思議なほどきれいに消えた。

ぐっすりと眠り、早朝に進発を開始した。

帝《みかど》が見送りに出るという知らせが入ったが、通常の出動という理由で辞退した。格式このところ、帝はまた表に出たがる傾向を見せはじめた。面倒なことだった。を無視すれば、廷臣《ていしん》の中で不満が高まる。とにかく、朝廷の奥に押しこめておくことだ、と曹操《そうそう》は思っていた。そうしておけば、担ぎ出そうとする者もいなくなる。

荀彧《じゅんいく》をはじめとする文官が、見送りに出ていた。荀彧は、さらに老《ふ》けた、と曹操は思う。河北《かほく》四州の民政の安定に、それこそ寝食を忘れて打ちこんできたのだ。

曹丕《そうひ》と曹植《そうしょく》と曹沖《そうちゅう》の姿があった。三人の息子の中で、曹操が最も認めているのは、実は曹沖だった。利発である。剣も馬も弓も、二人の兄が同じ歳《とし》ごろのころと較《くら》べると、頭抜《ずぬ》けていた。何度か試したが、胆力《たんりょく》もある。

ただ、後継がどうのと言うには、まだ幼すぎた。

一日百五十里（約六十キロ）の進軍は、歩兵にとっては過酷なものだった。輜重《しちょう》は、ずっと遅れている。領内の進軍であるから、兵糧《ひょうろう》が不足することはなかった。

五万の歩兵は、まだ実力がわからない。そういう兵を、夏侯惇に選ばせたのだ。百五十里の行軍に遅れる者は、殿軍《でんぐん》にいる徐晃《じょこう》の軍に容赦なく斬《き》り捨てさせた。

徐晃は、呂布《りょふ》との戦のころから曹操の麾下《きか》に加わった。もとは、洛陽《らくよう》にいた役人である。小部隊の指揮からはじめ、次第に頭角を現わし、袁紹《えんしょう》との戦では、一軍を指揮するまでになった。

将軍の人材も、豊富になってきている。

五日進軍すると、一日の休息を与えた。二千名は、死んでいた。さすがに郭嘉《かくか》は進軍の速度を落とすように願い出てきたが、曹操は許さなかった。

「兵の限界というものはある。それは、進軍の時などに摑《つか》んでおくのだ。戦の最中に見きわめようなどとしたら、大怪我《おおけが》を負うことになる。死んだ二千は、戦の時は最初に死ぬ兵だった。それも、味方の足を引っ張りながらだ。これから先五日の行軍で幽州《ゆう》に入るが、その時死んでいる兵はずっと少なくなっているはずだ」

郭嘉は、さすがに理解が早かった。弱い兵を選別して排除するには、適当な機会なのである。

郭嘉は、減った二千をならすかたちで、部隊を再編した。

進軍には、五錮《ごこ》の者が見え隠れしながら、付いてきていた。荆州《けい》、揚州《よう》の動きに対処している者がほとんどだが、一隊だけは西へやってある。

雍《よう》州西部から涼《りょう》州、西域《せいいき》にかけては、独立勢力の力が強い。頭目は、馬騰《ばとう》と韓遂《かんすい》である。ともに匈奴《きょうど》や羌《きょう》族との繋《つな》がりが深く、そういう点で、漢中《かんちゅう》だけで独立している五斗米道《ごとべいどう》とはまた違う厄介《やっかい》さがあった。

「馬騰が、朝廷に出仕したいという願望を持っているのか」

五錮《ごこ》の者の報告は、意外なものだった。

「恐らくは、本気だろうと思えます」

「馬超《ばちょう》という息子がいたな。西ではむかうところ敵なく、一度并《へい》州の戦に加わったことがあったが、その時の戦功も並みのものではなかった」

「馬騰は老い、涼州兵を束ねているのは実際は馬超でございます」

「靡《なび》きそうか？」

「難しいという気がいたします。敦煌《とんこう》を拠点《きょてん》にし、眼《め》は西域にむいております」

「鍾繇《しょうよう》に、馬騰を取りこむように命じておく。韓遂は巧妙に立ち回るが、それほどの力はない。馬騰を取りこむだけでも、西はずっと楽になるだろう」

この国はすでに、自分にむかって靡きはじめている、と曹操《そうそう》は思った。問題は、孫権《そんけん》だけだろう。いまのところ、大きな動きは見せていない。

一日の休息で、兵は力を取り戻していた。次の五日間の行軍で、徐晃《じょこう》の兵に斬られたのは百名にも満たなかった。

幽州《ゆう》、遼西《りようせい》郡の陽楽《ようらく》に入ると、曹操は陣を敷き、腰を据《す》えた。張遼《ちようりよう》をはじめとする先発の五万も、そこで合流してきた。

雨の多い日が続いている。

烏丸《うがん》は本拠を白狼山《はくろうさん》の南百余里（約五十キロ）の柳城《りゆうじよう》に置いている。陽楽《ようらく》から柳城へは、道に問題があった。内陸は湿地が多く、大軍を移動させるのは無理である。海沿いの道は、折りからの長雨で泥濘《でいねい》と化していた。

間道《かんどう》がある。

公孫瓚《こうそんさん》に首を打たれた、かつての幽州の牧《ぼく》（長官）、劉虞《りゆうぐ》のころに作られたものだという。郭嘉《かくか》は、時をかけて人に当たり、その道を知る者をひとり確保していた。

「雨で行軍を妨げられている。そう思わせるためにも、ここで十日以上は滞陣しなければなるまいな」

「北へ進んで山間部を迂回《うかい》し、白狼山から柳城を攻め落とす道がございます」

部将のひとりが言った。

「ならぬ」

洪紀《こうき》という馬商人や、成玄固《せいげんこ》が守る牧場がある。そこに軍を通せば、必ずなんらかの反撃を受ける。それ以上に、曹操《そうそう》は白狼山《はくろうさん》の牧場を荒したくなかった。烏丸《うがん》でさえも、そこに踏み入ってはいない。

「ここへ滞陣している間に、柳城《りゅうじょう》に袁尚《えんしょう》と袁煕《えんき》がいるかどうか、探り出せ。そこからはじめる。滞陣の間、兵の調練《ちょうれん》は重ね、馬は駈《か》けさせよ」

さすがに、張遼《ちょうりょう》は成玄固の牧場を通る気がはじめからなかったようだ。すでに調練の準備は整っていた。

「柳城から、敵を誘い出します」

幕舎《ばくしゃ》で二人きりになった時、郭嘉《かくか》が言った。

「そのために、先鋒《せんぽう》の一万を、孤立した奇襲隊に見せなければなりません。一万は、張遼殿以外の騎馬隊。柳城の北二十里（約八キロ）まで、烏丸に追わせます。その間に、張遼殿の騎馬隊が烏丸と柳城の間に入ります。さらに、横から丞相《じょうしょう》の本隊が押す、という陣形で行きたいと思います」

「烏丸を、東へ追いやるということだな」

「丞相の本隊は、馬止めの柵《さく》を前に出し、弓手三万を配してください。烏丸は総勢八万騎。はじめから逃げるとは思えません。丞相の本陣にむかって殺到いたします」

「馬止めを、二重にするか」

八万騎集まっているということは、烏丸族全体で曹操への抵抗を決めたということだ。それは、重大なことだった。戦を長引かせるわけにはいかない。さらに烏丸族が集まってくれば、十数万にはなる。遊牧の民だから、城の守兵など必要ないのだ。

「馬止めの柵は三重で、丸く本陣を囲いたいと思います。それから長柄の槍《やり》を一万、柵の内側に伏せさせます。弓で落とし、槍で突く。同時に、二万の騎馬が横から攻める。これで勝てると思うのですが」

「勝てるな」

「問題は、その後です。敗走する敵の進路を塞《ふさ》ぐように、張遼殿の軽騎兵が先回りします。残りの騎馬一万と、丞相の本隊八万で、殺せるだけの烏丸を殺します」

「私の汚名を、またひとつ増やすのか」

「丞相に汚名などありません。あるとすれば、人に与える畏怖《いふ》です」

殺せるだけ、殺す。それは必要なことだった。烏丸に、二度と反抗しないという恐怖感は与える必要がある。南征《なんせい》の時は、河北《かほく》四州の守兵は、半分に減らさなければばならないのだ。

「もうひとつ、問題があります。袁尚《えんしょう》、袁熙《えんき》。それに烏丸《うがん》の主戦派。これらは、どこへ逃げるでしょうか？」

「遼東《りょうとう》の公孫康《こうそんこう》のもとしかない」

「公孫康は、先代より常に両端を持し、誰《だれ》に与《くみ》するかも明らかにしたことがありません。だからこそ、烏丸もとりあえず遼東へ逃げるのです」

「それで？」

「兵を、退《ひ》く許可をいただきたいのです」

「そうか。私がやることは？」

「公孫康への書簡《しょかん》を、お届けください。あとは任せると」

「なかなかのものだ、郭嘉《かくか》」

「恐れ入ります」

公孫康のもとへは、烏丸の重立《おもだ》った者から、もしかすると袁尚と袁熙まで逃げこむ。これを、公孫康が保護すれば、敵対である。しかし公孫康が時勢を読める人間なら、別の対応をしてくるだろう。

「すでに、丞相《じょうしょう》は南のことを考えておられますか？」

「荊《けい》州と揚《よう》州。どちらを先に攻めるか、ということぐらいは考えている」

「荊州から、と考えておられますな。順当だろうとは思います。ただ、荊州には、劉備《りゅうび》がおります。そのことだけは、忘れるべきではありません」

「わかっている。劉備軍は六千のままだが、三万ほどには潜在兵力を増やしておろう。劉表《りゅうひょう》は、もう長く生きられまいという報告もある。潜在していたものが、表に出てくるな」

「丞相の南征の前に、孫権《そんけん》は江夏《こうか》の黄祖《こうそ》を攻めるはずです」

「いつ攻めるのか、私も待っている。孫権という男、どうも決断が遅いようだ」

「周瑜《しゅうゆ》が、水軍を率いております」

「水上戦だけでは、勝てまい。最後は陸上で結着をつけることになる」

「どういう機を摑んで、陸戦に持ちこむかでありましょう。どうか、私も従軍させてください。そのあたりのことは、さまざまな状況を想定して、考え抜きました」

郭嘉が、熱を帯びた視線をむけてきた。南征が終るまでは、郭嘉を戦で使うしかない。荀彧《じゅんいく》のあとを任せるのは、それからだ。郭嘉は、まだ若かった。

「荀彧には、急ぎすぎるとばかり言われる。おまえも、私が急ぎすぎていると思うか、郭嘉？」

「速戦で決められる時です。袁紹《えんしょう》が相手の時は、丞相《じょうしょう》は充分に時をかけられました」

「いまは、速戦の時か」

「全土を、とにかく制圧します。それからが、民政の仕事になります。河北《かほく》四州を短時間でまとめあげた荀彧《じゅんいく》殿の民政の手腕なら、二年あれば充分です。その間、部将は叛乱《はんらん》に備えて、臨戦の態勢でいます。叛乱は死。五つの叛乱を殺し尽せば、終熄《しゅう そく》するはずです。新しい国を造るための、産みの苦しみはあるはずです」

荀彧は、新しい国家という考えには、反撥《はんぱつ》するだろう。しかし、受け入れざるを得ない。その国家には、荀彧の血が滲《にじ》んでいるのだ。やがて、文官として郭嘉《かくか》が育つ。郭嘉に必要なものは経験だけだ、と曹操《そうそう》は見ていた。

「急ぎすぎてはいない。この国の乱世がはじまって、二十年以上も経《た》ってではないか。もう、終熄させなければならぬのだ。民は、新しい秩序の中で生きるべきだ」

「荀彧殿が急ぎすぎると言われるのは、丞相のお躰《からだ》を心配してのことだと思います」

郭嘉が退出してひとりになると、曹操は寝台で躰をのばした。五十三歳だった。行軍の疲れが、いまごろになって出ている。

北伐《ほくばつ》が終れば、南。そのことを、ちょっと考えた。南さえ制圧すれば、西の涼州《りょう》はいずれ靡《なび》いてくる。益《えき》州はすぐにでも靡くだろう。覇業《はぎょう》という言葉が、現実のものとして眼の前にあった。

急ぎすぎてなどいない。声に出して、曹操は呟《つぶや》いた。この国の動乱は、終らなければならないのだ。

2

間道《かんどう》の案内をしたのは、もと劉虞《りゅうぐ》の家臣という者だった。

馬を制御しにくい泥濘《でいねい》は、曹操も泥にまみれながら歩いた。二日で、海沿いの道を抜けた。一万の騎馬隊が、囮《おとり》として先発していった。囮を使わなくても、烏丸《うがん》は出てくる、と曹操は思っていた。古くから、馬を友として生きてきた民族だ。定住せず、遊牧をしている者がほとんどだという。籠城《ろうじょう》など、できるわけがなかった。

騎馬戦になれば、手強《てごわ》い軍だった。かつて公孫瓚《こうそんさん》が、烏丸に散々苦労させられた。南下できなかった大きな原因が、烏丸だったと言っていい。冀《き》州にいた袁紹《えんしょう》は、そのころからしっかりと烏丸と手を結び、公孫瓚をじわじわと追いつめたのだ。

「一日、兵を走らせます」

郭嘉《かくか》が、歩兵が陣を敷く場所を示して言った。張遼《ちょうりょう》の軽騎兵一万は、すでに丘《きゅう》陵《りょう》のかげにひそんでいるはずだ。

三人で一本の丸太《まるた》を担いだ兵が、駈《か》けた。陽《ひ》が落ち、暗くなっても駈けた。目的の場所に着くと、夜を徹して丸太を組んだ。

柳城《りゅうじょう》からは、八万騎の烏丸《うがん》が出て、囮《おとり》の一万を追っているという。袁尚《えんしょう》と袁熙《えんき》の姿は、城内では確認されていたが、出てきた部隊の中にいるのかどうかは、わからなかった。

張遼《ちょうりょう》が、追う烏丸を横から衝《つ》いた、という注進が入った。曹操《そうそう》の本陣からも、土《つち》煙《けむり》があがっているのが見えた。許褚《きょちょ》の三千騎を、柵《さく》の外に出した。許褚は、追われたらすぐに戻ってくることになっている。

土煙が近づいてきた。

許褚の軍。柵の背後に回る。追ってきた烏丸は、地を揺らすような勢いだった。

「弓手、用意」

郭嘉が、にやりと笑って言う。

三万の弓手が、一番外側の柵のところに整列した。さらに、土煙が近づいてくる。

原野戦は、勢いである。原野戦だけを闘ってきた烏丸は、さすがにすさまじい勢いだった。三万の弓手が放つ矢は、駈け寄ってくる烏丸を次々に射落《いお》としたが、味方の屍《しかばね》を踏み越えて揉《も》みあげてきた。

「鉦《かね》」

郭嘉が、落ち着いて言う。鉦が打たれると、弓手は二番目の柵のところに退《さ》がった。外側の柵は、綱をかけて引き倒された。二番目の柵に殺到した烏丸に、丸太ごしに長柄《ながえ》の槍《やり》が突き出された。楯《たて》に身を隠しているので、烏丸が馬上から放つ矢はほとんど効《き》いていない。かなりの数を、突き落とした。

烏丸の騎馬隊に、はっきりした動揺が走った。張遼が、二万騎で突っこんだのだ。それでも、二番目の柵は次々に引き倒されていった。本陣を衝く。烏丸の大将が考えているのは、それだけだろう。

再び、郭嘉が弓手を出し、矢を射かけはじめた。その背後は、長柄の槍である。柵は、もうひとつしか残っていない。それでも、烏丸の圧力は、明らかに弱くなっていた。

弓は、執拗《しつよう》だった。歩兵の総攻撃をかけてもいいと曹操は思ったが、郭嘉はまだ矢を放たせ続けている。できるだけ犠牲を少なく、と考えているのだろう。

「太鼓だ。槍を先頭に総攻撃をかけろ」

曹操《そうそう》が焦《じ》れてきたころ、ようやく郭嘉《かくか》が命じた。太鼓が打たれはじめた時、曹操の周囲には、すでに許褚《きょちょ》の三千騎がいた。

烏丸《うがん》が、敗走しはじめる。張遼《ちょうりょう》は、すでに先回りして退路を塞《ふさ》いでいるはずだ。

歩兵の四万を、柳城《りゅうじょう》に回した。

厳しい追撃戦だった。馬を失った烏丸は、容赦なく歩兵の槍に突き立てられた。方々で騎馬同士がぶつかっているが、もう烏丸にまとまりはなかった。

「柳城を落としましたが、袁尚《えんしょう》と袁煕《えんき》の姿はなかったそうです」

郭嘉が報告に来た。

血腥《ちなまぐさ》い戦《いくさ》になった。原野に転がっている烏丸の屍体《したい》は、二万を超えているかもしれない。さらにまだ、追撃は続いている。郭嘉は手を緩《ゆる》めなかった。

「蹋頓《とうとつ》を捕えました」

張遼からの注進だった。

「連れてこい」

烏丸の、最も名の通った将軍である。公孫瓚《こうそんさん》は、蹋頓に散々苦しめられた。

郭嘉が、兵をまとめはじめた。

張遼の騎馬隊が戻ってくる。男がひとり、引き立てられてきた。左手の、手首から先を斬《き》り落とされている。

「蹋頓か？」

四角い顔の、眼《め》の細い男だった。

「騎馬で闘う勇気はないらしいな、曹操。女のように、柵に隠れて矢を射るだけか」

前に出ようとした許褚を、曹操は止めた。

「勝つためにやるのが、戦なのだ、蹋頓。おまえたちは、別のことのために戦をやった」

「烏丸は、与えられた恩は忘れん。袁紹《えんしよう》殿からは、しばしば助けられた。袁紹殿の息子を助けるのは、烏丸の心意気だ」

「そういうことを、終りにしたいのだ、私は」

「終るものか。遼東《りようとう》へ行った者たちが、必ず盛り返してくる。おまえも、いつまでもこんなところにはいられはしないだろう」

「おまえのあと烏丸を束ねる者が、もっと時代というものを見る力があればいいのだがな。遼東の公孫康《こうそんこう》には、時代を見る眼がある、と私は思っている。父親の公孫《こうそん》度《たく》とは違うようだ」

「なにを言う。遼東《りょうとう》は代々」

「時代が変ったのだ、蹋頓《とうとつ》。袁紹《えんしょう》の息子が二人、尻尾《しっぽ》を巻いて逃げこんできた時、そうは思わなかったのか」

蹋頓が下をむき、口もとにかすかな笑みを浮かべた。

「張遼《ちょうりょう》だな。おまえの騎馬隊は、見事なものだった。烏丸《うがん》の騎兵の先回りをするとはな。その上、俺《おれ》の手まで斬り飛ばしてくれた」

蹋頓は、まだ口もとに笑みを浮かべたままだ。

「まあいいか。どうせ首も斬り飛ばされる」

蹋頓の眼が、曹操《そうそう》にむいてきた。

「ほっとした。これで、袁紹への義理は果した。俺の代で、袁《えん》家との関係は終る。俺はこうするしかなかったが、俺の次の者は別な道を見つけるだろう。ひとつだけ頼みがある。烏丸を根絶《ねだや》しにはしないでくれ」

「まだ、何人かは死んでもらわなければならん。ただ、根絶しなどということはない」

「わかった。信じよう」

蹋頓が眼を閉じた。

「連れていけ。首を刎《は》ねよ」

郭嘉が言った。

曹操は、許褚《きよちよ》の三千騎だけを連れて、柳城《りゆうじよう》にむかった。原野は、烏丸兵の屍体《したい》で満ちている。殺しすぎた、とは思わなかった。ここまでやるのが、覇者《はしや》の戦というものだ。

全軍が出撃して、籠城《ろうじよう》をしたわけでもないので、柳城に荒れた気配はまったくなかった。ここには、五千の守兵で充分だろう、と曹操は思った。まだ袁尚《えんしよう》と袁熙《えんき》は生きているが、北からの脅威はほとんどなくなったと曹操は思っていた。

すぐに、遼東の公孫康《こうそんこう》に書簡を認《したた》めた。

烏丸とぶつかり、蹋頓を討《う》った。残兵が遼東方面に逃げたので、よろしく頼むという内容である。公孫康の命運を決する書簡でもある。

部将の中には、遼東を攻めようと主張する者もいたが、曹操は取り合わなかった。雨があがり、暑くなり、泥濘《でいねい》が固まる時期まで、曹操は柳城にいた。

鄴《ぎよう》からの知らせは、毎日のように届いている。

北伐《ほくばつ》の間、荊《けい》州にも揚《よう》州にも大きな動きはなかったようだ。劉備《りゆうび》は、動くこともできなかったのだろう。孫権《そんけん》も、自分が警戒したほどの武将ではない、と曹操《そうそう》は思った。兄の孫策《そんさく》の方が、ずっと決断力はあり、果敢《かかん》だった。孫策ならば、曹操の北伐を攻撃の機として捉《とら》えたはずだ。

孫策は、小覇王《しょうはおう》と呼ばれていた。孫権は碧眼児《へきがんじ》である。あの孫堅《そんけん》の血を受け継いだのは、結局は孫策の方だったのか。

洪紀《こうき》が訪ねてきたのは、暑く照りつける日が三日ばかり続いたころだった。

「馬を一頭献上に参りました。牧場を戦場とすることを避けてくださいました。その御礼でございます」

「ほう。見てみるか」

館《やかた》の前まで出てみると、葦毛《あしげ》の馬が一頭繫《つな》がれていた。見事な馬だ。

「躢頓《とうとつ》の意志もあった」

「そうでございましょうな。戦のありようが、昔とはいくらか変ってきたような気がいたします」

「死なねば自分を全《まっと》うできぬ。そういう男は、まだ減っておらん」

「烏丸《うがん》は、大人《おとな》しくなりましょう、これで」

「なら、いいがな」

曹操が待っているものは、まだ届いていなかった。

「この馬はわが子曹沖《そうちゆう》に与えたいと思う」

「若君に。それはよろしゅうございます。曹丕《そうひ》様の、弟に当たられますか？」

「まだ幼い。しかし、器量は兄たちより上かもしれん。愉《たの》しみにしているのだ」

「西域《せいいき》よりさらに西、そこから送られてきた種でございます。二代を白狼山《はくろうさん》で経て、すっかりこの土地の馬になっております」

「西か。馬騰《ばとう》を知っておるか？」

「はい。ただ、涼州《りよう》はもう馬超《ばちよう》様の時代でありましょう。匈奴《きようど》や羌《きよう》族の叛乱《はんらん》では、実に勇猛《ゆうもう》な戦をされております。錦《きん》馬超といえば、匈奴などはふるえあがります」

「錦《にしき》の軍袍《ぐんぼう》でも着ておるのか？」

「派手なものをお召しではございますが、武将としてのありようがきらびやかなための呼び名です。砂漠《さばく》の多い土地では、遠くからも見えるように、みんな派手な色の軍袍を着ます」

「馬騰は、老いたか？」

「まあ、三人の息子がしっかりしていれば、老いてしまうのが父親というものかもしれません」

「成玄固《せいげんこ》は、どうしている?」

「呂布《りよふ》様の従者《じゆうしや》であった胡郎《ころう》が、立派な男になりました。老いてくるのではないかと、心配でございます。今回は、烏丸《うがん》との戦でございましたので、曹操《そうそう》様にお目にかかるのが、憚《はばか》られるようです」

「赤兎《せきと》の子を、私にくれぬか」

「それは、いたしかねます。最初の子には、胡郎が乗ります。次の子は、関羽《かんう》殿に差しあげると約束してありますので。赤兎は気難しく、いまでも一頭の雌《めす》しか近づけません」

「あの関羽が、赤兎の子に乗るか」

「申し訳ございません」

「よい。関羽が乗るのなら、私よりずっと似合っているであろう」

「もっと、雌を近づけてくれればよいのですが」

「呂布殿の誇りを、そのまま受け継いでいるのだろう。呂布殿が守ると言い切った誇りがどんなものか、私にもやっとわかりかけてきている」

「次は、南でございますか、曹操様?」

「おまえの先生を、討つことになるかもしれんな」

「めぐり合わせです、それも」

「おまえはよいな、馬が相手で」

「かもしれません。ずっと馬ばかり相手にしてきましたので、格別の感慨はございませんが」

「士英《しえい》が、また買い付けに来るだろう。いい馬を見せてやってくれ」

「それはもう、士英様の馬を見る眼は、実に確かでございます。あれで、値切られなければ、言うことはないのでございますが」

「私のためを思っているのだ。まだ貧乏でな」

曹操が笑うと、洪紀《こうき》も声をあげて笑った。

公孫康《こうそんこう》から七つの首が届いたのは、洪紀が訪ねてきた翌日だった。

二つは、袁尚《えんしよう》と袁熙《えんき》の首である。これで、袁《えん》家の血は絶えた。残りの五つが、烏丸の指導者たちの首であることを、郭嘉《かくか》が確認した。

「これで、烏丸が丞相《じようしよう》に反逆する事態は、まず起こりえないと思われます」

郭嘉は、病に倒れていた。躰《からだ》がさらに痩《や》せ、食物がのどを通らなくなったのだ。

それも、このところ回復しつつあるという。

「鄴《ぎよう》に戻ったら、華佗《かた》にみて貰《もら》え」

五千の守兵を残して、曹操《そうそう》は柳城《りゅうじょう》からの撤収を命じた。

3

曹操の北伐《ほくばつ》が終っても、孫権《そんけん》は動こうとしなかった。

曹操は、すでに南征《なんせい》の準備をはじめているという。魯粛《ろしゅく》が、しばしば皖口《かんこう》にいる周瑜《しゅうゆ》のもとを訪れてきた。曹操と闘う時、江夏《こうか》に黄祖《こうそ》がいるのは、背中に刃物を突きつけられたようなものである。孫権が軍を出すのを待ちきれず、魯粛は苛立《いらだ》ってやってくるのだった。周瑜は、そういう魯粛をただ宥《なだ》めるだけである。

決断が遅い。周瑜もそう思っていた。しかし、孫権にはなにも言わなかった。いざとなれば、皖口の周瑜の麾下《きか》だけでも、黄祖は討《う》てる。

「判断力は、確かに完成されています。隙《すき》もない。しかし、乱世むきではないと思う。乱世では、もっと飛躍するための判断力が必要です」

「いや、むしろ乱世むきかもしれぬぞ、魯粛殿。慎重《しんちょう》さを欠くと、孫策《そんさく》殿の二の舞いになりかねん」

「しかし、黄祖は討たなければならないのです。いずれ、必ず討たなければならない」

「待とうではないか、魯粛殿」

「いつまでです？」

「ここが限界だ、というところまで。豪族の力はかなり弱くなったが、会議はまだ揉《も》めることがある。そういうことまで、殿は視野に入れられているのだろう。殿の立場では、無理押しもできるが、それはされぬ。悪いことではない、と私は思う」

「周瑜殿がおっしゃることもわかりますが、いざ江夏を攻めて、一度で黄祖を討ち取れなかったら、どういうことになるのですか。私は、それを心配しているのです」

「いざとなれば、私が黄祖を討つ」

「しかし、周瑜殿」

言いかけた魯粛が、しばらくうつむき、笑いはじめた。

「ここが限界だ、というところまで、待つべきなのでしょうね、やはり」

「曹操が、南征してくる。それについて、最も考えておられるのは、殿かもしれないのだ。だから、待とう」

魯粛にも、そうすべきだということは、わかっている。それでも周瑜のところに来るのは、建業《けんぎょう》の会議では降伏論者が多いからだろう。まだ、曹操《そうそう》の南征の場合にどうするかということが、正式に話し合われたわけではないが、雑談では当然出る。そして、降伏しようという者が多いことも、感じとっているに違いなかった。北の脅威《きょうい》を、曹操は徹底的に潰《つぶ》していた。それによって、領内での叛乱《はんらん》の可能性も極端に小さくなった。つまりは、領内各地の守兵の数も少なくて済むということだ。

南征に、どれほどの兵力を出してくるのか。もしかすると、十五万を超える軍を出してくるのではないか。戦《いくさ》は数ではないと言っても、やはり圧倒的な兵力だった。

「私は、どこかと連合しておくべきだ、と思うのですが、周瑜《しゅうゆ》殿。そう思っても、殿が黄祖《こうそ》を討たれるまで、動くこともできぬ」

「連合とは、どこと？」

「さて、益《えき》州の劉璋《りゅうしょう》、涼《りょう》州の馬超《ばちょう》、そんなところしかおりませんかな」

「荊《けい》州にいる、劉備《りゅうび》は？」

「これが、一番近い。馬超は遠すぎますし、劉璋は当てにならない。劉備が、二万近い兵力を擁《よう》するようだと、私は連合すべきだと思いますね。荊州が、病気の劉《りゅう》表《ひょう》を担いで、本気で戦をするとは思えません。しかし、曹操に呑《の》みこまれるのが、我慢ならないという豪族も少なくはないはずです。それを、劉備が結集し得たら」

実際に、揚《よう》州だけでは兵力にかぎりがあった。何年もかけて領内を鎮撫《ちんぶ》したので、叛乱の芽は少ない。それでも、各地に守兵が必要だった。でなければ、曹操は内側を衝《つ》き、叛乱を誘ってくるだろう。

一体、どれほどの兵力で、曹操と対峙《たいじ》できるのか。それを考えると、連合という道は確かにある。

とにかく、まずは孫権《そんけん》が黄祖を討ってくれることだった。

「私は、何度か皖口《かんこう》と建業《けんぎょう》を往復する間に、長江《ちょうこう》沿いの防備がどれほどのものか、よく見ました。まさに、周瑜殿の御苦労が実っていると言っていいでしょう。曹操であろうと、たやすく長江を攻め下ってくるなどということはできません。私は、長江に曹操を引きこみ、水戦でまず痛めつけるべきなのではないか、と考えているのですが」

「魯粛《ろしゆく》殿。私は、曹操を揚州に入れる気はない。そのつもりで闘った方がいいのだ。防備を当てにしていると、どこからか崩れてくると思う」

「そうですか。とにかく、私は戦については大きなことは言えない。ただ、揚州に豊富にあるのは、船と兵糧《ひょうろう》だけです」

兵が、少ない。揚《よう》州は広いが、その広さに較《くら》べて人口が少ないのだ。この国は、河《か》北《ほく》から中原《ちゅうげん》にかけてがもっとも人が多く、そこはすべて曹操《そうそう》が制している。言っても、仕方がないことだった。荊《けい》州を奪《と》り、益《えき》州も奪ったら、兵力の問題も解決し、天下二分のかたちは作れる。

益州の攻略が難しい、とは思っていなかった。厄介《やっかい》なのは、多分漢中《かんちゅう》の五斗米道《ごとべいどう》だけだ。荊州は、まず長江《ちょうこう》に沿って制していくしかないのか。荊州をおいて、益州を先に奪るということはできないのか。

曹操が荊州にいるかぎり、まず難しい。だから、南征はどうしても失敗させなければならないのだ。こちらが勝つとか負けるとかいうより、曹操が南征を失敗するということの方が、五年先を考えてみれば大事だった。だから、連合という発想も悪くない。

「最近では、殿も会議で強いことを言うようになられました。兵役が厳しいと不平を言った豪族を、会議から追い出したりもされております」

孫権《そんけん》は、二十六歳になった。これは、兄の孫策《そんさく》が死んだ年齢である。孫権には、なにか思うところがあるのかもしれない。

「周瑜《しゅうゆ》殿が建業《けんぎょう》におられる時は、間違ってもそんなことを言い出す者はおりません。

自分が甘く見られているという思いを、殿はお持ちなのかもしれませんな」

「そういう時こそ、魯粛《ろしゆく》殿の出番であろう。張昭《ちようしよう》殿は文官なのだから、兵役がどうのという苦情には、対処しにくいかもしれん」

「私が言うより先に、殿が言われました」

揚州は、豪族がまだ強い。孫権の麾下《きか》に加えたり、水軍に加えたりして、兵をできるだけ豪族から切り離すようにしているが、それでも古くからの伝統には根強いものがあった。

「訊《き》こうと思って、周瑜殿になかなか訊けなかったことがひとつあります」

「魯粛殿、そういう遠慮は、お互いになしにしようではないか」

「曹操の南征に、揚州は耐《た》えられますか？」

勝てるか、とは魯粛は言わなかった。

「水上では、耐えられる。水を制せずして、揚州を制するのは不可能。したがって、耐えきれるのだ、魯粛殿。私はそれだけの水軍を、作りあげてきた」

「すると、曹操は自領に退《ひ》きますな。こちらが耐えきるというのは、そういうことです。そのあと、周瑜殿はどのように曹操との対立を展開されるおつもりですか？」

「荊州を奪る。それがすぐには無理でも、江陵《こうりよう》を中心とした長江沿いは必ず押さえる」

「そして？」

さすがに、魯粛《ろしゅく》だった。曹操《そうそう》の南征以後の展開など、ほかに考えている者はいないだろう。

「それから先のことは、その時の情勢次第だろう。語っても意味がないことだ。魯粛殿がほんとうに訊きたいのは、戦略があるのか、ということではないのか？」

「まさしく」

「益州《えき》を、私が奪る。長江《ちょうこう》から、水軍で攻め溯《のぼ》るということになるだろう。そして、揚《よう》州と益州から、荆《けい》州を落とす。たとえ曹操が荆州に入っていたとしても、両方から攻めれば追い出せる」

「すると」

「天下二分。南北の対峙《たいじ》ということになる。その対峙の帰結は、多分に天運にもよるであろう。曹操も甘くはない。しかし、天下二分によって、いずれ天下を窺《うかが》う道は開けてくると思う」

「なるほど。いつから、そのような」

「孫策《そんさく》が、死んだ時。孫策に従えば、天下は取れると私は思っていた。孫策が思い描いていた戦略は、別のものだっただろう。私は、私の戦略を思い描くしかなくなった」

「あなたは、まさに一代の英傑《えいけつ》だ、周瑜《しゅうゆ》殿」

「戦略は、どこかで狂う。狂えば役に立たぬ戦略は、必要ない。状況を見ながら自在に変化させる。まず、天下二分を目指す。それが私の戦略だと思っていてくれればいい」

「わかりました。私など及びもつかないところまで、周瑜殿は考えておいでです。これで、私は自分の役割りがなんであるか、はっきり自覚することができました。今後は、いっそう周瑜殿の補佐に力を注ぎます」

人材は、集まっている。ひとりですべてをなさなければならない、などと考える必要はないのだ。魯粛がまた、人を見つけ出してもくれるだろう。

「このことは、まだ殿に申しあげてはいない。いま殿にとっては、黄祖《こうそ》とどう闘うかが重大事なのだ。機が熟した時に、私はこれを殿に語ろうと思っている」

「私ひとりの、胸に秘めておきます。ひとつだけ言わせていただければ、周瑜殿とともに生きられるのは、男の本懐《ほんかい》であります」

魯粛が、深く頭を下げた。

江夏《こうか》の情勢に、変りはなかった。荊州《けいしゅう》全体を見渡しても、新野《しんや》の劉備《りゅうび》が、樊城《はんじょう》に拠点を移しつつあるのが、動きといえば動きだった。そして、劉表《りゅうひょう》の病が、篤《あつ》くなりつつあるのだという。

それに較《くら》べて、曹操《そうそう》の動きは相変らずめまぐるしかった。

北伐からの帰途、三千の麾下《きか》を従えて、河北《かほく》を駈《か》け回っている。相当厳しい視察だったようだ。城の守将が二人、首を刎《は》ねられている。外から見ても、曹操軍は緊張感に満ちていた。

そして鄴《ぎょう》へ戻るとすぐに、水軍の調練《ちょうれん》をさらに増やしていた。

「曹操は、鬼神か、とも思えてくるな」

皖口《かんこう》の城の館《やかた》だった。眼《め》の前にいるのは、袍《ほう》を着て巾《きん》をつけた、幽《ゆう》である。化粧のせいなのか、顎《あご》のあたりに薄い髭《ひげ》があるようにも見える。男であることを、疑っている者は誰《だれ》もいなかった。

曹操の動きは、ほとんど幽の手の者から入ってくる。

皖口にいる時は、ほとんど二日に一度は幽と夜を過す。二十二である。衣服を脱ぎ、女になった時の幽は、何度見てもはっと息を呑《の》むほどだった。

「男の身なりをし、夜だけ私に抱かれる。それでよいのか、幽？」

周瑜《しゅうゆ》の身分では、側室を数人持ったとしてもおかしくなかった。しかし、建業《けんぎょう》の館にいるのは小喬《しょうきょう》だけである。

孫策《そんさく》も、最後は女に惹《ひ》かれた。どこの者とも知れていないが、明らかに女に逢《あ》うために海辺に行っていたのだ。その女を、側室にしようとする動きは、一度も見せていない。

「私は、叛乱《はんらん》した山越《さんえつ》族の女で、ほんとうなら下女でもしていなければならないところだったでしょう」

「出会った時、おまえは兵の身なりをしていた。だから、首を刎ねられたかもしれん。なにしろ、三百名の一族の兵を率《ひき》いていたのだから」

幽の一族は、いまは孫権《そんけん》軍に加わっている。山越では有力な一族だった。

捕えた時、幽は躰《からだ》に合わない、大き目の軍袍《ぐんぽう》を着ていた。いぶかしく思ったのは、指を見た時だ。男としては小さく、薄い手だった。躰に触れて、女だとわかった。

最初は、山越族のあり方や、揚《よう》州のあり方を喋《しゃべ》っただけだった。帰服する時、名を捨てたいと言った。それで、幽だった。山越の族長の家柄も、その時に捨てたのだろう。一族の若い男子は兵に加え、別の三十名ほどを連れて周瑜のもとで働きたいと申し入れてきた。間諜《かんちょう》をなす者も、一族から出していたのだ。

男と女になったのは、成行《なりゆき》だった。小喬《しょうきょう》より、そばにいる時はずっと長いのだ。周瑜《しゅうゆ》は、後悔してはいなかった。

小喬は美しいが、幽《ゆう》にはまた別の魅力があった。抱いている時は、はるかに幽の方が刺激的だ。時々、心に触れる。熱いと思う。小喬の熱さとは、また違っていた。

「郭嘉《かくか》が病というのは、まことか？」

「華佗《かた》という、曹操《そうそう》の侍医が、郭嘉の館に毎日行っております。柳城《りゅうじょう》にいたころから、突然食物がのどを通らなくなったようです」

郭嘉が、北伐から南征の軍師をつとめる、という情報は潜魚《せんぎょ》からも得ていた。三十七、八だが、曹操の幕僚《ばくりょう》の中では極端に若い。夏侯惇《かこうとん》のように生粋《きっすい》の軍人ではなく、民政だけの男というわけでもなさそうだった。

つまり、北伐と南征は、そういう男が必要とされているということだろう。曹操のとらえ方は、純粋な戦ではなく、政治戦でもあるのだ、と周瑜は思った。

南征の軍が編成されはじめた気配がないのは、郭嘉の病のせいかもしれない。

「殿、曹操は大敵です。恐らく、殿が思い描いておられる以上に」

「周辺を探ってみると、それがわかるか？」

「領地の広大さ、人の多さ。それだけでなく、領内の物流も盛んです」

「闘わなければならんのだ、幽。屈伏して、臣従することは、自分の夢を捨てることなのだ。それは、生きながらの死だ」

「殿のお気持も、わかっております」

「いまはしばし、忘れたい」

周瑜は、幽の袍《ほう》に手をかけた。肌は浅黒く、髪は黒い。躰《からだ》はしなやかで、しかも反撥《はんぱつ》するような力を秘めていた。

小喬の躰と較《くら》べてみることは、いつかしなくなった。小喬は、小喬だった。幽の吐息《といき》が、周瑜の頬《ほお》に当たってくる。かぎりないやさしさに包まれたような気分に、周瑜はなる。

「殿の敵は、私の敵です。そう思える男に出会って、私はよかったと思っています」

「私もだ、幽。おまえがいてくれる。それが、救いにさえなっている」

熱い時がやってくる。それに包まれると、束《つか》の間《ま》、水軍も、揚《よう》州も、天下も忘れた。

4

秋の収穫でどの程度のものが蓄《たくわ》えられたか、荀彧《じゅんいく》が報告に来た。

十万の遠征軍を北に出した。それで、兵糧《ひょうろう》の蓄えは想像以上に減った。河北《かほく》四州を加えてから、とにかくすべての規模が大きくなった。

「南征《なんせい》の軍を出されるとして、どれぐらいの兵力を考えておいでですか、丞相《じょうしょう》？」

「二十万」

「それは」

荀彧が絶句し、それからうつむいた。

「兵糧はなんとかしろ、と言われるのですね、また」

「荊《けい》州と揚《よう》州は、ひと呑《の》みにしたい。そのためには、圧倒的な大軍が必要なのだ。闘う前から、戦意を失わせる。あわよくば、進駐しただけで降伏してくる。いまの私は、それぐらいの戦《いくさ》を考えるべきなのだ」

「河北からは、ようやく税があがりはじめたばかりです」

「すべてわかって、私は言っている」

「そうですな。いままで、いつもそうでした。ひとつだけ申しあげますが、私は民政の責任も負っております。苛酷《かこく》に税を徴収して、民政の不安を招くわけにもいかないのです」

「相反《あいはん》することを、私は命じている。だから、おまえにしかできぬ」

荀彧が、声をあげて笑った。

なにを命じても、この男は悲壮な顔をしたことがなかった。駄目だろうと思うことも、すべてやってのけた。

「そうだ、忘れていた。おまえの禄《ろく》を増やすことを決めた。一千戸増やし、二千戸にいたす。もっとも、おまえにとっては、どうでもよいことかもしれんがな」

軍人は別として、文官で一千戸の禄は破格だった。それが二千戸であるが、想像通り、荀彧は嬉《うれ》しそうな表情もしなかった。

いまでも、質素な暮しをしている。小さな館《やかた》に妻と二人で暮し、従者《じゆうしや》が一名、下女が一名だという。自分が受けるものは、すべて一族に分配してしまうのだ。二千戸の禄を受けても、同じことだろう。

この男を見ていると、人の能力とはなんなのだ、と考えざるを得ない。与えるものが多ければ、能力を発揮するというわけではない。なにか、信じるものがひとつだけでも、あればいい。荀彧《じゅんいく》にとっては、乱世を終結させるというのがそれだろう。しかも、自分の野心ではない。曹操《そうそう》に、それをやらせようとしているのだ。

「郭嘉《かくか》の病の具合は、いかがです、丞相《じょうしょう》？」

「わからぬ。華佗《かた》をつけてあるが、腹の中にできものができて、それが急激に大きくなっているとしか言わない。そのできものが、食物が通る道を塞《ふさ》いでいるそうだ」

苛立《いらだ》ちがあった。華佗が、なぜそれを治せないのか。郭嘉は、烏丸《うがん》との戦までは元気だったのだ。柳城《りゅうじょう》を出るころから、食物をとらなくなり、急激に痩《や》せた。いまでは、床に就《つ》いたまま、起きあがることもできない。

腹を切り裂き、できものを取り除くと華佗が言った時、曹操は本気で腹を立てた。腹を切り裂いて、人が生きていられるとは思えなかったのだ。

「南征の軍師は、郭嘉と決めておられるのですか？」

「決めている」

「別の者を選ばれ、郭嘉は鄴《ぎょう》に残されてはいかがです。あの男の本領は、民政にあります。軍事が理解できる文官として、私のそばに置いてください」

「大病が癒《い》えれば、人は以前より元気になる。郭嘉はそうなる、と私は思っている」

「軍師の代りは、ほかにもいると思えますが。たとえば、賈詡《かく》とか」

「戦だけなら、賈詡でもよい。いや、軍師などいらぬ。ほかのことにも眼《め》をむけられる人間は、おまえと郭嘉、そして荀攸《じゅんゆう》ぐらいのものであろう」

荀彧が、考えこむ表情をした。

頭痛に襲われていた。三日、四日と続き、一度食べたものを吐き出すようになった。

華佗を呼んだ。

弟子の、爰京《えんきょう》を連れていた。

「郭嘉の具合は？」

掌《てのひら》を当てられている間、いつも他愛《たあい》ない話をする。いまは、郭嘉の話しか考えられなかった。華佗は、ちょっと首を傾《かし》げた。

「腹の中を、見てみなければなんとも申せません」

「切り裂いてか。むごいことを言うのう」

「私は、医者です。医者は、病の源《みなもと》が腹の中にあると思えば、腹の中を見てみたくなるものです」

華佗《かた》の掌《てのひら》は執拗《しつよう》で、めずらしく曹操《そうそう》の顔まで触れてきた。時々、指さきで押される。それは痛いと同時に快かった。その瞬間は、頭痛さえ忘れている。

「鍼《はり》を、打たせていただきます。首筋と腹の三カ所に」

曹操は、眼を閉じた。鍼が打たれる衝撃は、一瞬のものだった。鍼は、打たれたまましばらく放置されている。それから、華佗は鍼を動かしはじめるのだった。

三本の鍼というのは、はじめてだった。首筋の両耳の下のところに二本、肋骨《ろっこつ》の下のところに一本。首筋の鍼が、まず動かされた。頭痛が、ひとつのかたまりのようになり、縮み、消えていく。眠りかかった。腹の鍼を動かされると、垂れかけていた目蓋《まぶた》が持ちあがった。

三本の鍼が抜かれた時、曹操の頭ははっきりしていた。

「頭痛を根治させたいと思われるなら、頭蓋《ずがい》を開いて、中を見てみることです。頭蓋の下には何層かの膜《まく》があり、その間に悪い液が溜《たま》っているものと思われます」

「頭蓋を開くとは、この曹操の頭を断ち割って、中を覗《のぞ》いてみるということか？」

「そうです」

言っていいことと悪いことがある。そう口に出しそうになって、曹操は言葉を呑《の》みこんだ。頭を断ち割るなど、華佗はなにを考えて言っているのか。

手を振り、曹操は、華佗と弟子を追い払った。

しばらく、寝台に横たわって考えていた。この頭を、断ち割る。そして、中を覗く。郭嘉の病も治せなくて、なんということを言っているのだ。

従者を呼んだ。

「華佗を捕えよ。獄《ごく》に落としておけ」

それだけ言い、曹操は眼を閉じた。これでいい、と曹操は自分に言い聞かせた。眠るとは思っていなかったが、眼を閉じるとすぐに、曹操は深い眠りに落ちた。

眼醒《めざ》めると、丞相府《じようしようふ》に出た。

曹丕《そうひ》と曹植《そうしよく》が待っていた。報告を聞いた。文人の役所を作る。曹丕は、教育をなす者を国で養う、という考えを語った。教育をなすのは、文人が適任なのだ、と言った。細かい計画も持っていた。曹植は、歴史を編む役所を作ると言った。歴史こそが、国の基本になるものではないか。やはり、細かい計画を持っていた。

三人で、茶を飲みながら、しばらく話をした。親と子。そう思えば、息子たちが喋《しやべ》ったことは、それぞれに立派だった。ただ、誰《だれ》にでも喋れることである。

二人を帰すと、決裁しなければならないことを、次々に片付けた。途中で何人か呼び、説明もさせた。書類は、はじめの一行か二行を読めば、内容の見当はついた。

説明も、ひと言ふた言でわかった。つまらぬことが多い。これが、国というものでもあるのだろう。

それから四、五日、午前は丞相府《じょうしょうふ》に出、午後は館へ戻った。情欲が募《つの》りはじめていた。まだ明るいうちに、女体を抱いた。それから庭へ出ると、曹沖《そうちゅう》が遊んでいたりする。

曹沖は、利発だった。上の二人が同じ歳頃《としごろ》だったころと較《くら》べると、明らかに違っているという気がした。子供ながらに、合理ということが身についている。大人の顔色はあまり気にせず、意志もはっきりしている。

それよりもなによりも、曹操《そうそう》は曹沖がかわいかった。それは理屈ではなく、時には圧倒的な気分で曹操を包みこむ。

袁紹《えんしょう》は、末の息子をかわいがっていた。それが、兄弟喧嘩《きょうだいげんか》の原因だった。劉表《りゅうひょう》もまた、幼い息子をかわいがっているという。

そういうことを思い浮かべ、たえず自分をいましめた。それでも、曹沖が庭で遊んでいるのを見ると、思わず頬《ほお》が緩《ゆる》んだ。

それが、人の感情だ、という思いもある。息子たちを較べてどうするのだ、とも思う。しばしば、淯水《いくすい》のほとりで自分の代りに死んだ、曹昂《そうこう》のことを思い出した。

天下を取る器《うつわ》ではない。だから、生き延びなければならないのは、自分の方だ。そう思って、曹昂が差し出した馬に乗った。

曹昂には、天下を取る器量が、ほんとうになかったのか。

それ以上は、考えなかった。嫡男《ちゃくなん》を死なせて、自分が生き延びた。だから、下の息子たちには、どんな過酷な要求をしてもいいのだ、と勝手に決めた。死ぬよりは、ましだろう。そう呟《つぶや》けばいいのだ。

郭嘉《かくか》が危篤《きとく》、という知らせが入った。

丞相府の居室で、曹操はじっとしていた。南征に出なければならない、と郭嘉はうわ言《ごと》でも言い続けているという。荀彧《じゅんいく》のように出来あがった人間は別として、これから伸びるという意味では、郭嘉は幕僚《ばくりょう》の中で抜きん出ていた。

やがて、郭嘉が息を引き取ったという知らせが入った。

死ねば、ただの役立たずか、と曹操は思った。能力を充分に発揮することもなく死んでいった者は、自分を裏切ったのだとしか曹操には思えなかった。

それでも、悲痛な表情を顔に作った。涙を流そうとも思った。自分がそうすることで、家中の者たちは心を揺り動かされるだろう。そのためなら、涙も出る。葬儀に臨席した。荀彧も泣いていた。荀彧の涙は、本物である。だから、自分の葬儀では涙を流さないかもしれない、と曹操《そうそう》は思った。

遺族に、どれだけのことをしてやるのかは、荀彧《じゅんいく》に任せた。心が籠《こも》ったことを、必ずやる。そして家中では、それは曹操の心だと受け取るだろう。

また、頭痛が襲ってきた。

華佗《かた》を獄《ごく》に落としていたことを思い出し、召し出した。

「郭嘉《かくか》は死んだぞ、華佗」

「腹の中のできものは、消えることがありませんのでな」

「だから切り裂き、できものだけ摑《つか》み出すのか？」

「そうしても、生きられたかどうか」

腹を裂けば死ぬ。当たり前のことだ。曹操は、また不快になった。

「鍼《はり》を打て、華佗」

「まだ、躰《からだ》が鍼を求めておりません」

「獄が、こたえてはおらぬようだな」

「なんと申されても、鍼はその時にならなければ打てません」

「私の頭痛を根治するには、頭蓋を断ち割って中を覗いてみればよい、と申したな」

「濁った液があるか、それともできもののようなものがあるのかもしれません」

「さらばだ、華佗」

華佗が、怪訝《けげん》な表情をした。

「私は、おまえの頭の中を見たくなった。頭蓋を断ち割って、中を覗いてみる。連れていけ。頭蓋を断ち割ってみろ。中になにがあるのか、報告せよ」

従者が、両脇《わき》から華佗を押さえた。爰京《えんきょう》が、ぼんやりと立ち尽している。

「師がやることを、おまえはずっとそばで見ていたな、爰京」

華佗が連れていかれるのを眼で追いながら、曹操は言った。

「はい」

「では、今後、おまえが私に鍼を打て。打ち方は任せる。頭痛が消えなかったとしても、責めはせぬ」

「私ごときが」

「構わぬ。今日は気持が動揺していよう。明日、打って貰《もら》うことにする」

爰京も、退出していった。

南征の軍をどうすべきなのか、曹操は考えはじめた。

5

年貢米《ねんぐまい》を奪う賊《ぞく》が現われた。

新野《しんや》と襄陽《じょうよう》の間である。張飛《ちょうひ》が賊をやり、趙雲《ちょううん》が追いかける、ということをやったらしい。三度くり返し、一度は蔡瑁《さいぼう》の荷を奪っていた。

「やめろとは、どういうことだ、孔明《こうめい》殿?」

孔明がやめるように言うと、張飛が怒りを滲《にじ》ませた口調で言った。

「新野には、七年間で蓄《たくわ》えた武器や兵糧《ひょうろう》が、まだ残っている。余計なものを持っていたら、蔡瑁が取りあげにかかってくる。だから、新野と樊城《はんじょう》に兵を出し入れし、怪しまれないように武器を移しているのだ。これは、学問ではない、流浪《るろう》の軍の知恵というものだ」

「かたちの上では、蔡瑁は味方でしょう。味方の荷を奪って発覚したら、言い訳もできない」

「見つからなければいいのだ。見つかるようなことは、やっていない」

「いずれ、どこかで見つかります。人間というのは、なにかを憶《おぼ》えているものです。

たとえば乗っている馬とか、剣や戟《げき》の小さな傷とか。だから、これでやめていただく」

「新野の武器は、どうする？」

「堂々と、運べばよい。全軍で出撃して、運び出してこよう」

「だから、蔡瑁に」

「そこは、策だ、張飛殿」

新野には、趙雲の八百騎と三千の歩兵がいる。樊城に移っているのは、一千余の歩兵と張飛の騎馬隊である。樊城の防備を強化するために、一千の歩兵はいるのだった。毎日、城壁の修復などをしていた。

劉備《りゆうび》軍が、どの程度の力を持っているのか、実戦で知るいい機会だ、と孔明は考えていた。

軍議の席である。新参の孔明のために、開かれた軍議だった。劉備、関羽《かんう》、張飛、趙雲、それに麋《び》竺《じく》と孫乾《そんけん》もいる。

「とにかく、全軍を樊城に入れる。それから三日後の夜中に、守兵百を残して全軍で進発《しんぱつ》する。丸腰でいい。全軍は新野に入り、そこで武装するのです」

「それでは、兵の動きが大きくて、目立ち過ぎるぞ」

関羽《かんう》が言った。ほかには、言葉を挟む者はいない。

「目立って結構。新野《しんや》から、予《よ》州との州境にむかって進むのです。蔡瑁《さいぼう》には、賊の正体を突きとめたので、攻撃するとでも伝えてやればいい。ついでに、援兵も頼みましょう」

「なにをやる気なのだ、孔明《こうめい》殿？」

関羽が身を乗り出してきた。あとは誰《だれ》も喋《しゃべ》ろうとしない。

「州境の魯陽《ろよう》に、曹操《そうそう》の部将が二つ拠点《きよてん》を持っていますね。なんという部将でしたか？」

「楽進《がくしん》」

張飛《ちょうひ》が言った。

「ひとつは、もとからの魯陽城《ろようじょう》で、もうひとつはその前衛の砦《とりで》です。二段構えで、曹操の南征《なんせい》の拠点を確保している、ということでしょう。その砦を、落としましょう」

「簡単に言うな。楽進の兵力は二万。六千で、どうやって攻めるのだ？」

「楽進は、いま劉備《りゅうび》軍に攻められるなどとは思っていない。どこかに、隙《すき》があるはずです。それに、二万を殲滅《せんめつ》するのではなく、砦をひとつ落とすだけです、張飛殿」

「勝算は？」

「なければ、しません」

「わかった。軍師の腕とやらを、見せて貰《もら》おうではないか」

「とにかく樊城《はんじょう》に全軍結集を」

言うと、劉備が頷《うなず》いた。それで決定だった。あまりうるさい軍議はしない。そういう傾向はあるようだ。

見たかぎり、劉備軍は精強《せいきょう》だった。特に、騎馬隊が千二百と多い。しかし、実戦を見てみなければ、ほんとうの実力はわからない。

「どういうことなのだ、孔明《こうめい》？」

二人だけになると、劉備が言った。

「この戦《いくさ》には、いくつもの意味があります。盗賊行為を、楽進の軍に押しつけること。それによって、荊《けい》州の緊張は高まり、貴重な実戦部隊である劉備軍の存在は際《きわ》立《だ》ちます。蔡瑁から奪ったものは、返してやるのですな。取り戻したと恩を着せて」

「それだけか？」

「この孔明《こうめい》が軍師であることを、幕僚《ばくりょう》の方々に認めて貰《もら》わなければなりません」

「なるほど」

「荆《けい》州は、防備に神経質になっている、と曹操《そうそう》に思わせることもできます」

「曹操が、そう思ったとしたら？」

「南征は、荆州からというのが、いっそう確かになりますな」

「それには、どういう意味がある？」

「戦略、と申しあげました、私は」

「戦略なのか？」

「曹操の南征を考えた場合、全力で揚《よう》州に攻めこまれるというのが、一番困ることではありませんか、殿？」

「そうだな。揚州が曹操に奪《と》られれば、荆州はなにをなすすべもないであろう」

「いまでも、曹操は荆州から攻めようとは考えているでしょう。しかし、意表を衝《つ》くぐらいのことは、なんでもなくやれる男です。いきなり揚州に攻めこむかもしれません。つまり、孫権《そんけん》の意表を衝くのです」

「それも、曹操ならやりそうだ」

「揚州は、軍のまとまりもよく、荆州よりずっと手強《てごわ》いということは、誰もが認めるところです。　曹操にすれば、全力を集中して、長引かせずに決めたい。揚州を攻めている時、たえず側面に荊州の脅威を感じるのは、避けたいところでしょう」

「なるほど。われらが楽進《がくしん》にひと泡吹かせていれば、荊州を先に片付けておこうと、曹操は思うわけか」

「これが、戦略に基づいた戦術というものなのです。われらは、揚州と手を組んで、曹操の南進を止めるしか、道はないのです。劉表《りゅうひょう》と孫権が結ぶことは、まず考えられません。それぐらいなら、劉表は曹操に降《くだ》る方を選ぶでしょう」

「たとえ滅びても、単独で闘うことを、孫権も選ぶ」

「負けた荊州の中から、さらに曹操と闘おうという勢力が出れば、孫権は手を結びます。孫権は、劉表と黄祖《こうそ》という二人が憎いだけなのですから」

「わかるぞ。よくわかる、孔明」

「盗賊の件をきれいに片付ける。これも、戦略に沿ってやるべきなのです。そこから、楽進の砦をひとつ落とす、という発想が出てきます。落としさえすれば、どれだけ武器を樊城《はんじょう》に運びこんだところで、楽進から奪ったと言えます。それを寄越《よこ》せとは、いかに蔡瑁《さいぼう》とて要求はできないでしょう」

「眼《め》を開かれた思いがする、孔明」

「これぐらいで、そうはならないでください、殿。揚《よう》州と手を組んだ戦が、必ず上首尾に終るという保証はないのですから」

「いつも、先の見通しのないところで闘ってきた。そういう軍にとって、戦略という言葉は、実に魅力的だ。甘美でさえある」

「関羽《かんう》、張飛《ちょうひ》、趙雲《ちょううん》。この三人の将軍は、それぞれ三万の軍を率《ひき》いて闘える実力を持っている、と私は思っています。しかし、実戦を見てみたいのです」

「多分、孔明《こうめい》を失望させることはないだろうと思う。私に従った。ただそれだけの理由で、数百という軍勢しか率いていないが、本来なら、二万三万、あるいは五万の軍勢を動かす力を持った者たちだ」

劉備《りゅうび》のこういうもの言いは、孔明が魅《ひ》かれる理由のひとつだった。決して、高いところから喋ったりはしない。長い、流浪の軍としての生活が、劉備に与えた美徳なのか。

全軍が、樊城《はんじょう》に集結した。

その日の深夜、武装を解いて、新野《しんや》にむかった。騎馬隊は先に到着し、関羽の率いる歩兵は、夕方近くになってようやくやってきた。

翌朝の進発の時、兵の武装は整っていた。

樊城と、伝令が行き交った。やはり、全軍での出動を蔡瑁《さいぼう》が気にしているようだ。盗賊の身なりをした曹操《そうそう》軍の騎兵が、荊州《けい》深く入り、狼藉《ろうぜき》を働くことによって、防備の固さを探っている。魯陽城《ろようじょう》の、楽進《がくしん》の兵である。数はおよそ二千だが、楽進を叩《たた》かないかぎり、盗賊は去らない。楽進の兵力は二万。至急、一万から二万の援兵を要請する。

こういう内容の書簡《しょかん》を、劉備の名で襄陽《じょうよう》の蔡瑁に送った。これで、戦の準備も名分も整ったということになる。

孔明にとっては、はじめての実戦の指揮だった。実戦については、徐庶《じょしょ》など、諸国放浪をして時には戦にも出る者に、いろいろ聞いてはいた。

しかし、はじめての戦である。心の底のどこかに、怯《おび》えがあった。血を見たことさえ、あまりないのだ。

だから孔明は、進軍の馬上でも、ただ懸命に策を考え続けた。斥候《せっこう》が、砦の様子や魯陽城近辺の地形は探り出してきている。すでに、孔明は見る前に思い浮かぶほどになっていた。

魯陽の南二十里（約八キロ）のところに、陣を敷いた。すぐに、楽進の斥候が周囲をうろつきはじめた。後続の兵がいるかいないかを、最も気にしているのだろう。

ようだった。

翌日には、一万近い兵が三里ほどのところへ出てきて、陣を組んだ。楽進《がくしん》もいる

「ここは、わが軍の騎馬隊の力を、私に見せていただきたい。趙雲《ちょううん》殿が、まず敵陣をかき回す。敵の騎馬隊が出てきたところで、張飛《ちょうひ》殿が横から蹴散《けち》らす。ふだん、そんな作戦を取っていたのではありませんか？」

「そうだ、俺《おれ》たちの闘い方だ」

張飛が言った。

「魯陽《ろよう》の前に築かれている砦。あれを落とすと、孔明《こうめい》殿はずっと言い続けておられるが」

関羽《かんう》が口を挟んだ。

「落とせるか落とせないかは、闘いながら決めましょう。私は、趙雲殿のそばについていきます。多少、馬には乗れます。剣も遣《つか》えますが、人を斬《き》ったことはない」

「私のそばへ、孔明殿がついてこられるのですと？」

「よろしく、趙雲殿。御迷惑はおかけしないつもりなのですが」

劉備《りゅうび》は、なにも言わず、じっと孔明を見ていた。

「一応の勝ちは収めなければなりません。したがって、敵が混乱しはじめたら、関

羽殿に一斉攻撃をかけていただきたい。そのため、歩兵は一里（約四百メートル）前へ出ていてください。むこうの歩兵も、いくらか出てくるはずです。一斉攻撃をかけて敵が潰走《かいそう》したら、魯陽の手前、五里（約二キロ）のところまで進みます。追撃ほど、厳しく追わなくてもいいのです。ただ追うかたちは必要です」

「はじめから、私と張飛が敵を蹴散らすと決めておられるのですか？」

「あなた方の、戦ぶりは調べました。楽進の戦ぶりも一応は。まずは、たやすいことだと判断しています」

「魯陽には、あと一万の兵がいるのですぞ、孔明殿。それが出てくると、面倒なことになる」

「御心配なく、関羽殿。私の頭には、そのことも入っています」

「やってみよ」

劉備が言うと、三人とももう反論はしなくなった。

趙雲が声をあげる。八百騎がひとかたまりになった。孔明も、趙雲の横についた。なんのためらいもなく、趙雲は駈《か》けはじめた。前部は、ほぼ一列の縦隊。後方は二列から三列になっている。

「趙雲子竜《しりよう》、見参」

叫び声。敵の騎馬隊。およそ二千騎というところか。ぶつかった。先頭の四、五騎を、ぶつかった刹那《せつな》に、趙雲《ちょううん》は槍《やり》で叩《たた》き落としていた。孔明《こうめい》は、剣を抜いた。敵。ぶつかる。槍が、顔を掠《かす》めた。孔明の剣は、敵の胸に突き立っていた。引き抜くと、血が噴き出し、頭から浴びた。もうひとり、斬った。掌《てのひら》に、ずしりと手応《てごた》えがあった。

これが、戦か。これが、人を斬るということか。それ以上、深く考える余裕はなかった。趙雲が、横へ回りこみはじめている。馬腹を蹴《け》った。横からきた敵の槍を、孔明は払いのけた。必死だった。再び、敵の中へ突っこんでいく。全身がふるえた。雄叫《おたけ》びをあげ、孔明は剣を振り回した。趙雲の旗。それは見失わなかった。息が切れはじめる。

不意に、敵の圧力が弱くなった。張飛《ちょうひ》が突っこんできている。唖然《あぜん》とするような突進だった。張飛が通りすぎるところで、人が宙に舞いあがる。ひとりやふたりではない。十人、十五人と、鞠《まり》のように舞いあがっていく。張飛の隊はきれいな縦列で、張飛の蛇矛《じゃぼう》を避け得たものは、後続の誰かに突き落とされる。

趙雲が、隊列を横にしていた。そのまま突っこんでいく。孔明も駈けた。敵が逃げる。もう剣は届かない。関羽《かんう》も、総攻撃をかけているのだ。追った。勝つ快感とは、こんなものなのか、と孔明は思った。

敵は、砦へは逃げこまず、魯陽城《ろようじよう》に駈けこんだ。

城の手前五里（約二キロ）のところで、先頭の張飛がぴたりと止まった。次に、趙雲の騎馬隊。止まった時は、すでに陣形になっていた。関羽の歩兵も同じだ。

「やるではないか、軍師殿。しかし、なぜ砦を踏み潰《つぶ》さないんだ？」

「あの砦は、攻めない。いまごろ、楽進《がくしん》は頭に血を昇らせているだろう。全軍で出てくるはずだ。騎馬隊は、出てきた敵を迂回《うかい》して、魯陽城へ突っこむ。すぐに、『劉《りゆう》』の旗を城塔にあげるのだ。関羽殿の歩兵は、小さくかたまり、砦の入口で踏ん張っていただきたい。決して、砦へは入らぬように」

「なぜ？」

関羽が言った。張飛も頷《うなず》いている。

「私は、あの砦を、さっきはじめて見た。落とそうとしてはいけない。よく見れば、燃えるものが多いのが、わかるはずだ」

「誘いの砦か」

関羽が、唸《うな》るように言った。

「突っこめば、火をかけられて、丸焼きにされるというわけだな、孔明殿」

「まさしく。だから、関羽《かんう》殿は、入口で踏ん張るのだ。『劉《りゅう》』の旗を城塔にあげた騎馬隊が、すぐに戻ってきて、敵の背後を衝《つ》く。その時、関羽殿は、横へ移動する。騎馬隊と歩兵で押せば、敵のかなりの部分を砦に追いこめるだろう。そこで火攻めだ。私はこれからは、戦に加わらず、殿のそばにいる」

関羽と張飛《ちょうひ》が、同時に頷《うなず》いた。

「敵が出てきたぞ。行こう、張飛」

趙雲《ちょううん》が言った。

楽進《がくしん》は、全軍を出してきたようだ。方陣が二つ。それに騎馬隊。張飛と趙雲が、横から衝くと見せかけて、城門に突っこんでいった。

「はじめて、戦をしました。人も斬りました」

馬を並べている劉備《りゅうび》に、孔明《こうめい》は言った。

「見ていて、胆《きも》が冷えた。もう無茶はしないでくれ。わが軍には、勇猛《ゆうもう》な者は揃《そろ》っているのだ」

「正直、感嘆したくなるような勇猛さでした。実によく兵も鍛えあげてある。だから、まだほとんど損害も出ていません」

城塔に、『劉』の旗があがった。歩兵たちが、歓声をあげた。

楽進の軍が、一斉に進んできた。本隊を、見間違ってまではいない。関羽が、素速く歩兵を砦の前に動かした。孔明と劉備は、砦の入口を背にし、歩兵に守られるという恰好《かっこう》である。攻め寄せてきた。歩兵はさらに小さくかたまり、楯《たて》を出し、槍を構えた。第一波の騎馬隊は、槍でなんとか止め、押し戻した。第二波。関羽が、一騎で飛び出していった。敵の先頭を、七、八人青竜偃月刀《せいりゅうえんげつとう》で払い落とした。その気魄《きはく》に呑《の》まれたように、敵の動きが一瞬止まった。関羽が駈け戻ってくる。ようやく追ってきた騎馬隊を、矢が射落《いお》とした。騎馬隊の勢いが止まる。

歩兵が、動きはじめた。方陣を組んだままである。魯陽城《ろようじょう》から、張飛と趙雲を先頭にした騎馬隊が、二列の縦隊になって駈け出してきた。馬首を回し、迎え撃とうとした騎馬隊が、突き崩されていく。前進している歩兵にも、動揺が走った。

「よし、迂回《うかい》して右の方陣だけを攻めるぞ」

関羽が叫ぶ。

移動も、見事なものだった。敵が、算を乱しはじめる。砦の中に、少しずつ敵が逃げこんでいるのが見えた。騎馬の一隊が、駈け去っていく。その中に、楽進がいるのだろう。敵の歩兵も、敗走をはじめた。

「火矢を」

孔明《こうめい》が言うと、数百本の火矢が砦の中に射こまれた。すぐに、火の手が方々であがった。砦の壁は石積みである。そこから、兵が次々に飛び降りてきた。

「これで、終りです、殿。すぐに、新野《しんや》を経由して、樊城《はんじょう》に戻ります」

「みんな、追撃をしたがっているようだが」

「意味がありません。曹操《そうそう》の本隊なら別ですが。楽進《がくしん》の敗走は、明日には噂《うわさ》になっていましょう。それだけで、充分です」

「そうだな。鉦《かね》を打たせよう」

荒野に、鉦の音が響き渡った。撤収のこの合図に、兵がどれほど機敏に従うかも、軍勢の質を見きわめる大きな要素だった。

歩兵が駈け戻ってくる。それを後方から守るように進

つかりと隊

「今回は、

が」

「御見事な

なれるとは

「私自身も

も身をもって知ることができて、よかったとも思っています」

「ああいう砦は突入してはならぬと、軍学にあるのか、孔明殿？」

「軍学は、ただの学問なのですよ、関羽《かんう》殿。よく観察眼を働かせ、自分ならどうするか、と考えることだろうと思います。軍学が役に立つのは、たとえば砦の位置が、攻めやすく守りにくい場所にあるから、謀事《はかりごと》を警戒せよ、と教えてくれるところぐらいのものでしょう」

「私には、あの砦が誘いだと、見抜けなかった」

「俺もだ」

張飛《ちょうひ》が言った。

「方々の戦ぶりは、驚嘆のひと言につきます。曹操《そうそう》が羨《うらや》んでいるというのも、よくわかります」

新野へむかう途中の、野営地だった。野営のやり方も、理にかなっている。孤立した丘の頂《いただき》に見張りを立て、裾《すそ》に拡《ひろ》がっての野営である。特に劉備《りゅうび》が指揮をしてもいないので、三人の将軍が決めているのだろう。二十数年、戦に明け暮れてきた。その経験は、こういうところにも出る。

「素晴しい軍です。しかし、やはり数が少ない」

「涿《たく》県を出た時、俺たちは五十人ぐらいのものだった。趙雲《ちょううん》に出会った時だって、せいぜい二百ってとこだろう」

「曹操《そうそう》軍は五十万。北からの脅威《きょうい》が消えたいま、外征に回せる兵力は二十万。この差は、いかんともし難い」

「それも承知の上で、孔明《こうめい》殿はわが軍の軍師になられたのではないのですか」

関羽《かんう》が言った。

「今日の戦で、われわれは孔明殿を認めた。口で言うだけでなく、自分の躰《からだ》を張った。それは、われわれにとっては、意外なことだった。喜ばしいことでもあった。いい軍師を仰《あお》ぐことができた、と思っています。だから、なんでも言っていただきたい」

「礼を申します、関羽殿。正直に言わせていただく。これからも、負けます。負けを、うまく利用していく。それが、当面の私の仕事だと思っています」

「負ける覚悟をしろ、と言われているのか？」

「無理に勝とうとしない。三将のうちの、ひとりでも欠けさせたくはない。だから、力を残して逃げることもある、ということです」

「それは、みんなわかっている」

劉備《りゆうび》が言った。

「負けも、惨《みじ》めさも嚙《か》みしめてきた軍なのだ、孔明」

そういう軍が、ああやって潑剌《はつらつ》と闘える。やはり、劉備という男の魅力が、そうさせているのか。闘い方だけを見ていると、まさに覇者《はしや》の軍である。

「面倒な話はいい、軍師殿。魯陽城《ろようじよう》から、輜重《しちよう》を三つばかり曳《ひ》いてきた。酒の樽《たる》が載っていたのでな」

張飛《ちようひ》が言う。

「野営で、酒を飲むことなど、ほとんどない。しかし、軍師殿を歓迎するささやかな宴《うたげ》も開きたい。兵たちもみんな、一杯ずつ飲める。それぐらいの量の酒だ」

「私は、三杯でも四杯でも飲みたい心境だ。なにしろ、はじめて戦に出て、人を殺した。頭から血を浴びた。忘れたいという思いと、快いという思いが同時にある」

「よいぞ、軍師殿。酔い潰れたら、俺が担いで樊城《はんじよう》まで運んでやる」

最初の杯《さかずき》は、劉備と孔明に渡された。

知謀の渦

1

江夏《こうか》攻めのことを聞かされたのは、去年の暮れだった。会議で、詳しく説明しようとした孫権《そんけん》を、周瑜《しゅうゆ》は制してなにも聞かないでいた。軍の編成なども発表される。

その会議が、年が明けてすぐに開かれたところだった。会議では、異論もよく出る。出していいことになっていた。これも、孫権の性格をよく表していた。孫策《そんさく》は会議がまとまらないと、よく苛立《いらだ》ちを見せていたものだ。

いまの会議は、豪族の意見が全体を左右するということはなかった。その発言力も実力も、少しずつ削《けず》ってきたのだ。そのあたりの手腕は、孫策よりずっとあった。かけられる時間も、長かった。

周瑜は、しばらく会議に出ていなかった。内政のことが議題になっていたからだ。孫権が、座る。周瑜と張昭《ちょうしょう》が、むき合って座る。序列はそれだけで、あとはみんな思い思いに座る。

異論の出るはずのない会議だった。江夏を攻めるということは、孫家《そん》にとっては絶対なのである。反対すれば、反逆とさえ見なされかねない。

孫権は、首桶《くびおけ》を従者《じゅうしゃ》に持ってこさせた。心の中で、周瑜は笑った。なにがなんでもという決意を、孫権は首桶で示そうとしている。首桶に入れるのは、黄祖《こうそ》の首というわけだった。

「ただちに、江夏を攻める。私自身が総大将となって、水軍を指揮する。異存がある者《だれ》はいるか？」

誰《だれ》も、なにも言わない。遅すぎるほどの、江夏攻めなのだ。

「建業《けんぎょう》と皖口《かんこう》のすべての船隊を、出動させる。全軍で五万。先鋒《せんぽう》は呂蒙《りょもう》。淩統《りょうとう》をこれに付ける」

淩統はまだ二十歳《はたち》だったが、十五歳の時に、江夏で闘って死んだ父の遺骸《いがい》を守り通して戻ってきた。この数年で、最も力をつけた部将だろう。孫権は、あまり態度には出さないが、淩統を気に入っていた。

「私のそばには、甘寧《かんねい》を置く」

かすかな声が、幕僚《ばくりょう》たちの間からあがった。魯粛《ろしゅく》でさえ、驚いた表情をしている。甘寧を孫権《そんけん》に推挙したのは、周瑜《しゅうゆ》と魯粛だった。ただ、その前は黄祖《こうそ》の部下で、揚《よう》州軍と闘っていたのだ。凌統《りょうとう》の父を射殺したのが甘寧であることを、みんな知っている。

四年の間に、甘寧は部将としての力を充分に見せていた。山越《さんえつ》の鎮定では、荒っぽいだけでなく、相手のことを考えた戦《いくさ》もできた。

「よいな。進発《しんぱつ》は明後日。皖口《かんこう》にいる二万と合わせて五万となる。今度こそ、間違いなく黄祖の首を取るのだ」

「周瑜将軍は、どうされるのですか？」

誰かが言った。孫権は、碧《あお》い眼《め》でそちらを睨《にら》みつけた。

「黄祖は、私が討《う》つ。私自身の手によって討つ。周瑜には、その間、建業《けんぎょう》を任せる」

また、かすかなざわめきが起きた。

水軍の指揮に、周瑜が関与しない。これは、はじめてのことだった。州内の平定で、それぞれ別に闘ったことはある。しかし、黄祖は外敵である。

「それでよいな、周瑜？」

一座が、しんと静まりかえった。

「殿の水軍です。そして黄祖は、殿の、いや孫《そん》家の宿年の敵です。殿が指揮を執《と》られることは当然。私は殿が凱旋《がいせん》されるまで、建業を守り抜きます」

「曹操《そうそう》が、いつ南下してくるかわからぬ情勢である。それに備える意味でも、周瑜は建業に残って貰《もら》う」

そのひと言で、列席した者たちは、なんとなく納得したようだった。

会議のあと、孫権の居室に呼ばれた。

「あれでよかったのだろうか、周瑜？」

「なかなかのものです。甘寧をお使いになるとは、殿もだいぶ人を見るようになられたと思います」

正直、周瑜はそう思っていた。いまの幕僚で、江夏《こうか》を最もよく知っているのは、甘寧である。黄祖軍の、弱点も知っている。

「それより、殿がいつ江夏を攻められるのか、私は気にしておりました」

「気にはしていたのか。なにも訊《き》かぬので、私を見限ったのかと思っていた。いや、冗談だが」

「この戦は、殿がおやりになる。ならば、出撃がいつかも、訊くべきではない、と思ったのです。訊けば、急き立《せ》てられている、と殿は思われたでしょうし」

「孤独であったが、戦の指揮は孤独だと、周瑜《しゅうゆ》に言われたことを思い出していた。意地の悪いやつだとは、思っていたぞ」

また冗談だった。

出撃を控えて、緊張している。それがよくわかった。ふだんは、こんな冗談はあまり口にしない。

「甘寧《かんねい》を連れていくと決められたところで、殿は勝っておられます。そういう決断こそが、大将の決断なのです」

「周瑜にそう言われて、ほっとした」

「呂蒙《りょもう》も、働けましょう」

「私は、呂蒙には期待している。荒っぽいだけだと言う者もいるようだが、どこか深いところもある。私は、そう思った」

「学問を、勧められるとよろしいのでは。呂蒙が誤解されるのは、学問を馬鹿にしたりするからです」

「さすがに、周瑜だ。なんでも、よく見ている」

「戦では、あまりよそ見はされないことです」

「わかった」

「なにも、心配はしておりません。殿は、御自分の武運を信じられることです」

それだけ言い、周瑜は退出した。

水軍府に戻った。船の整備は、すべて整っている。いつでも、出航はできるはずだ。それは、皖口《かんこう》の艦隊も変らない。

魯粛《ろしゆく》が、淩統《りようとう》を連れて船のそばを歩いているのが見えた。

周瑜が出ていくと、淩統は直立し、顔を強張《こわば》らせた。淩統は、まだ会議に出られるほどの部将ではない。先鋒《せんぽう》での出動は、呂蒙から伝えられたはずだ。父を射殺した甘寧が軍師として付くことも、知っただろう。淩統の心の中には、間違いなく復《ふく》讐《しゆう》の念があるはずだった。なにも言わなかったが、当然孫権《そんけん》も知っている。甘寧を召し抱える時、孫権が気にした唯一のことは、淩統の父親を殺しているということだった。

甘寧は、長い間の黄祖の臣というわけではない。流浪《るろう》の途中で、黄祖のもとに寄った。その甘寧が淩統の父を殺したのだから、もうめぐり合わせと言うしかなかった。

「父の名を、辱《はずか》しめるな、凌統《りょうとう》。これは、いろいろな意味で言っている」

「はい」

凌統は、周瑜《しゅうゆ》の前に出ると、緊張するのかほとんどなにも喋《しゃべ》らない。

「耐《た》えるのも、軍人の仕事だ」

「はい」

「おまえが、軍人としてしっかりした働きができる、と殿は考えられたのだ。だから、先鋒《せんぽう》に使われる。しばらくは、戦のことだけ考えていろ」

「わかっております」

「ならば、呂蒙《りょもう》のところにいろ。先鋒の肩には、五万の兵の命運がかかっているのだぞ」

「呂蒙殿のもとへ行きます。すべて呂蒙殿の命に従い、恥《はずか》しくない戦をして参ります」

周瑜が頷《うなず》くと、凌統は頭を下げて駈《か》け去っていった。

「魯粛《ろしゅく》殿、気を遣《つか》ってくれたか」

「考えてみれば、殿が黄祖《こうそ》に抱《いだ》かれているのと同じ思いを、凌統は甘寧《かんねい》に抱いているわけでして」

「十六年か。孫堅《そんけん》将軍は、実に強い光を放っておられた」

「会ったことがあるのですか、周瑜殿？」

「一度だけ。赤い幘《さく》(頭巾《ずきん》)を頂戴《ちょうだい》した。それは、いまも大事に持っている。長江《ちょうこう》と軍勢を結びつけられた最初の人が、孫堅将軍であった」

「十六年前」

「孫《そん》家にとっては、長い歳月であったと思う。孫策《そんさく》殿は、ついに黄祖を斬《き》ることなく逝《い》った」

「勝てますか？」

「必ず、勝てる。五年前、私が闘った時でも勝てた。いま、黄祖の力は落ちている。こちらは、五年前よりずっと強くなった」

「曹操《そうそう》の動きも、心配です」

「曹操との戦の前に、黄祖を血祭りにあげる。殿がそう考えておられるふしもある」

「なるほど」

船に、兵が集まりはじめていた。輸送船に載せる馬も並んでいる。それを魯粛と見て回り、周瑜は居室に戻った。

幽《ゆう》が待っていた。

「前から準備してあったことを、はじめてくれ」

「二十人でよろしいのですね。それなら、知らせを送るだけでいいようになっています」

「充分だろう」

黄祖《こうそ》の前線基地は、夏口城《かこうじょう》である。その背後に、漁師を装った者たちを潜入させてある。戦に加わるわけではない。ただ、網を張っている。

いままでの黄祖との戦をふり返ると、敗戦という時、必ず黄祖は逃げていた。家族も残し、単身で逃げたこともある。逃げきれたのは、あらかじめその用意をしていたからだ、と周瑜《しゅうゆ》は読んだ。

その逃げ道を、今回は完璧《かんぺき》に塞《ふさ》ぐ。

「黄祖との戦が終ったら、次は」

「当然、曹操《そうそう》と闘うことになる。そのためにも、江夏《こうか》は絶対に必要なのだ。江夏を手中にしていれば、戦の方法はこちらで選べる可能性が強い」

「曹操は、大軍です」

「だからこそ、戦の方法はこちらで選びたい。戦の方法さえ選べたら、どれほどの大軍であろうと、勝機は見えてくる」

「生き延びてください、殿。たとえ敗戦でも、生き延びさえすれば、どのような生き方でもできます」

「女だな、幽は」

「女になるのは、殿の前だけです」

「男にとっては、生き延びるより大事なことがあるのだ。言葉では言いにくいが」

「わかります、殿がおっしゃろうとされていることは」

「それでも、あえて生き延びよと言うのか」

「女にはわからない人生を、男は生きています。それは、女も同じなのです」

「私は、死なぬ。どんな相手であろうと、負けるとも思っていない」

水軍府には、陸兵も到着しはじめて、かなり騒々しくなっていた。

「夏口の件は、御懸念《ごけねん》には及びません」

それだけを言うと、幽の姿は消えた。

2

武昌《ぶしよう》を通りすぎたころに、敵の船隊が現われた。

「黄祖《こうそ》の先鋒《せんぽう》です。陳就《ちんしゆう》という者の旗があがっております」

甘寧《かんねい》が言った。

斥候《せつこう》船以外は、旗艦《きかん》が先頭でここまで進んできた。絶対に勝つ。その意志を、全軍に伝えるのは、自分が先頭に立つことだろう、と孫権《そんけん》は考えたのだ。

「先鋒、前へ」

旗があがった。孫権の指揮は、すべて旗で伝える。

ここは、作戦もなにもない。先鋒同士をぶつかり合わせるところだった。孫権は、旗艦の楼台《ろうだい》に立った。櫓《やぐら》の上の見張りから、敵の動きの報告が入る。

「惑わされるな」

敵の船隊が、左右に分かれていた。中央が空隙《くうげき》になっている。

呂蒙《りよもう》が率《ひき》いる先鋒の船隊が、旗艦の脇《わき》を通って前へ出た。

奇策を用いる気はない。正面からぶつからせるだけだ。全身に、汗が滲《にじ》み出しているのを、孫権は感じた。自分は孫堅《そんけん》の息子にして、江東《こうとう》の小覇王《しようはおう》と呼ばれた孫策《そんさく》の弟なのだ、と孫権は何度も自分に言い聞かせた。

先鋒が、ぶつかり合った。艨衝《もうしよう》が、蜂《はち》のように敵に襲《おそ》いかかるのが見えた。敵の艨衝も、呂蒙が乗る艦に群がっている。それを、小船が防いでいた。

「呂蒙殿が、肚《はら》を決めたようです、殿」

呂蒙の艦が、総艣《そうろ》で動きはじめていた。そのまま、ぶつかるように敵の艦に接近していく。孫権の全身の汗は、まだひいていなかった。

「おう、接舷《せつげん》しましたぞ」

甘寧が叫んだ。孫権は、楼台の手すりを握りしめた。接舷したということがわかるだけで、小さな動きまでは見えない。

斬《き》りこんだようだ。それがわかった時は、伝令の小船が滑《すべ》るように近づいてきていた。

「陳就の首を取りました」

伝令が叫んだ。

「よし、全軍総艣で夏口《かこう》へ進む」

緒戦は、圧倒的な勝利だった。水軍の質が違う、と思わざるを得ないほどだ。やはり、周瑜《しゅうゆ》が育てあげた水軍なのだ。

孫権《そんけん》は、楼台に突っ立って、前方を睨《にら》みつけていた。艪手《ろしゅ》たちのかけ声。風。逆風なので、帆《ほ》はあげていない。五艘《そう》の艦が、やはり遅れる。艪数の少ない二艘《そう》を、残した。後方から、兵と馬を満載した輸送船団がやってくる。その護衛につけばいい。

「殿、夏口《かこう》の入口の水路を、横になった艦が二艘で塞《ふさ》いでいるそうです」

甘寧《かんねい》が報告に来た。斥候《せっこう》の小船は、艦と較《くら》べるとずっと速い。風を衝《つ》いて進んだとしても、戻ってくる時は帆も遣《つか》える。艪と帆を併用し、しかも流れに乗れば、驚くべき速さになるのだ。

「その二艘の艦のまわりに、かなりの数の艨衝《もうしょう》が展開しているということです」

「呂蒙《りょもう》に伝えろ。先行して、艨衝をできるかぎり潰《つぶ》しておけと」

艨衝は、舳《へ》先《さき》に尖《とが》った丸太《まるた》を突き出した構造で、艦の横腹にぶつかって穴をあける。うるさい存在なのだ。

夏口の水路。孫権は、はっと気づいて船室へ駈《か》け降りた。周瑜《しゅうゆ》がくれた水路図。川底までの深さも、記されている。何年もかけ、周瑜は長江《ちょうこう》の水路図を作ったのだ。

夏口の水路の入口。やはり、水深がない。四層造りの大きな艦なら、全部が沈む前に、川底につかえてしまう。つまり夏口の水路を完全に塞ぎ、船隊は入れなくなってしまうのだ。

先年の江夏《こうか》攻めの時、夏口までの水路の水深も、周瑜はしっかりと測っていた。水路の入口を通過すると、幅は広くなり、水深も深くなる。浅く狭いがゆえに、入口の水流はかなり激しい。そこにわざわざ艦を二艘《そう》、しかも横にして並べている。

外に飛び出し、伝令船を呼んだ。

「艦には絶対に手を出すな。周囲の艨衝を潰すだけにしろ。そう呂蒙に伝えろ」

「なぜです？」

伝令船が走り去ってから、甘寧が訊《き》いてきた。

「確かに艦は、重装備をして、さながら水の上の砦《とりで》のようで、なかなか近づけないだろうという報告は入っています。しかし、呂蒙殿の船隊なら」

「あそこに艦が沈むと、夏口へは入れなくなる。周瑜が水路図をくれたが、あそこだけ浅いのだ」

「そうなのですか」

甘寧が、驚いたような声をあげた。甘寧が知らない。もしかすると、黄祖《こうそ》もいままで知らなかったのかもしれない。知っていれば、先年の戦《いくさ》でこの戦法をとっているはずだ。

「周瑜《しゅうゆ》殿は、そこまで調べておられるのですか」

「周瑜が、水路図をくれていてよかった。夏口《かこう》までなら、眼《め》をつぶっても行けると豪語《ごうご》してしまったが、このまま行くと、負け戦になりかねなかった」

「川も、こわいものでございますな。水の上を走ればいいと思っていたのですが」

「夏口に上陸してからは、甘寧《かんねい》の知識がものを言う。水軍の男ではないのだ。気負ってば

孫権《そんけん》は、楼台に胡床《こしょう》（折り畳みの椅子《いす》）を運ばせ、腰を落ち着けた。

かりだと、なにかを見落としそうだった。

「敵とぶつかりました。いま、敵の艨衝《もうしょう》を潰しております」

伝令船が走ってきて報告した。二艘、三艘と伝令は届く。夏口の水路を、艦が塞いでいるので入れない、という報告もあった。艦に攻撃はかけるな、と再度伝えた。

孫権の本隊が到着したころには、敵の艨衝の姿はほとんど見えなくなっていた。短時間で、呂蒙《りょもう》はこの水域を制圧したらしい。夏口への水路の入口だけを、艦が二艘塞いでいた。楯《たて》を何重にもめぐらせ、矢や投石の準備も充分という気配だった。

夕方が、近づいている。

呂蒙の艦が近づいてきた。小船で、呂蒙は旗艦に渡ってきた。

「殿、艨衝の攻撃をお許しください。たしかに防備は固めておりますが、一斉に攻めこめば、沈めるのは難しくありません」

「ところが、沈められないのだ、呂蒙」

「なにゆえ」

「水深が浅すぎる。沈めると、その艦をどけるのに、大変な手間がかかる。丸二日は、潰れるぞ。その間に、黄祖《こうそ》がなにを仕掛けてくるかもしれん」

「そうだったのですか」

「とにかく、艨衝を近づけては、離れろ。攻めあぐねている、と敵に思わせるのだ。陽《ひ》が暮れるまでは、それを続けよう」

「わかりました」

呂蒙が、旗艦のまわりに集まっていた伝令船に、なにか伝えた。しばらくすると、艨衝が動きはじめた。敵の艦からは、おびただしい矢が放たれ、さらに近づくと、投石器の石も飛んできて水柱をあげた。矢より、石を食らう方が厄介《やっかい》である。

「どういたしますか、殿。夜明けまでには、なんとか方策を考えないと」

「なんとしたものかな」

「火攻め、はいかがでしょうか？」

「たとえ燃えあがらせたとしても、兵は艦を沈めて逃げるだろう」

孫権《そんけん》は、周瑜《しゆうゆ》の水路図に再び見入った。

実に細かく、さまざまなことが書きこんである。水の中のことだけではない。陸上の地形も詳しい。

これだけのことをやって、はじめて自由に水軍を操れるのだろう。

浅く、流れが速い。水路図に書きこまれた文字を、孫権はしばらく見つめていた。

「決死隊を募《つの》れるか、呂蒙《りよもう》?」

「私が、参ります。何人集めればよろしいでしょうか?」

「おまえには、先鋒の任がある。まだ黄祖《こうそ》の本隊とはぶつかっていないのだぞ」

「ならば、淩統《りようとう》でいかがでしょうか。喜んで志願するはずです」

「うむ。百名ほどの決死隊だ」

淩統の名が出た時、甘寧《かんねい》はあるかなきかの反応を示した。

「淩統は、泳ぎは得手《えて》か?」

「それはもう。艨衝《もうしよう》には、泳げない者など乗せません」

「よし、指揮は淩統。あの艦は、大石の碇《いかり》で前後を固定していると見た。その縄を絶ち切れば、流れる」

「そうです。その手があります」

呂蒙が、大声をあげた。

「深夜を過ぎてから、行かせろ。見張りは厳しいだろう。こちらの小船も、できるだけそばに近づけ、篝火《かがりび》を燃やし、時に声をあげたりして、敵兵の注意を惹《ひ》くのだ」

「わかりました」

「敵の艦が流れれば、陽《ひ》の出と同時に、夏口《かこう》への水路に進入する。先鋒の次は、旗艦が行く。輸送船も、朝までには到着しているだろう」

「淩統の決死隊は、必ずうまくやります。夜明けには、あの艦の姿はありませんぞ」

呂蒙が、自分の艦へ戻っていった。

やがて、陽が落ちた。篝火が燃やされはじめる。長江《ちょうこう》の水面《みなも》が、別のもののように光を照り返した。

孫権は、楼台の胡床で、じっとしていた。寒いのを心配して甘寧が声をかけてきたが、動かなかった。決死隊は、水の中を進むのである。ほとんどひと晩、水の中に躰《からだ》をつけていなければならないのだ。

深夜、遅れていた輸送船が到着しはじめた。陸に、点々と灯台を設けてあるので、霧さえなければ夜でも航行できる。これも、周瑜《しゅうゆ》のなした仕事だった。

寒さが、肌の中にまで食いこむようで、孫権《そんけん》は小刻《こきざ》みに躰《からだ》をふるわせていた。生きて帰ってくるのか。そう思った。ほかの者をやればよかった、という思いを、ふるえながら孫権は打ち消した。淩統《りようとう》であろうと誰《だれ》であろうと、自分の兵なのである。

夜明けが、近くなった。寒さは、さらに厳しくなっている。

薄明。篝火《かがりび》の明りが、淡いものに見えはじめてきた。

遠い川面《かわも》で、影のようなものが動いた。

孫権は立ちあがり、楼台の手すりから身を乗り出した。動いている。間違いなく、水路の入口を塞《ふさ》いでいた艦が、ゆっくりと動いている。

声があがりはじめた。明るくなってきた。朝の光を、斜めに水面が照り返し、眩《まぶ》しかった。孫権はそれでも眼を見開いて、流されていく敵艦を見つめていた。

伝令船が、滑《すべ》るように近づいてくる。

「先鋒は、水路に進入します」

「決死隊は？」

「淩統殿以下、二十八名が戻りました」

七十二名が、死んだ。痛みを、孫権は胸の奥に押しこんだ。

「全軍を進ませる」

旗。各船で、太鼓《たいこ》が旗に応《こた》えた。

夏口《かこう》への水路。ここからは、長江《ちょうこう》ではない。漢水《かんすい》と呼ばれる。水も、まるで違っていた。長江は、土の色をした水が流れているが、漢水は澄んでいる。

「水軍がぶつかりはじめたら、後方の輸送船は接岸し、兵馬を降ろしてください。私が、陸上軍の先頭を進みます。周瑜殿にも、揉《も》みに揉んで揉みあげる、孫《そん》家の戦をしてこいと言われております」

「よかろう、甘寧《かんねい》。旗を掲げたら、おまえも小船に乗り移って岸へ行け。水軍の大勢が決したら、私も上陸する」

黄祖《こうそ》軍の水軍が、遮《さえぎ》るように展開していた。なんのためらいもなく、先鋒の呂蒙《りょもう》が突っこんでいった。小船を呼び寄せ、甘寧が跳《と》び移る。旗を掲げ、接岸して上陸と輸送船に伝えた。

「よし、呂蒙が敵を二つに断ち割った。総攻めをかけよ。水上から、黄祖の船を一艘《そう》残らず消してしまえ」

太鼓が打たれる。全船が、総艪《そうろ》で進みはじめた。旗艦にむかってくる敵船など、一艘もいなかった。沈みかかった船。溺《おぼ》れ、流されていく兵。

勝負はついている。孫権《そんけん》はそう思った。

接岸の合図を出した。平底の輸送船ほど、たやすくはいかない。接岸用の船が近づいてきて、それに、孫権は乗り移った。一緒にいるのは、周泰《しゅうたい》ほか二十名ほどである。

岸にあがると、すでに馬の用意は整っていた。旗本《はたもと》も、ずらりと馬を並べて待っていた。周泰が、旗本に命令をくだす。たちまち、行軍の隊列ができあがった。

駈けた。駈け抜ける。黄祖《こうそ》。十六年、孫家《そん》が待ち続けた首。

夏口城《かこうじよう》が見えた。甘寧《かんねい》に率いられた五千ほどが、揉みに揉んでいた。その敵を断ち割るように、孫権は先頭で突っこんだ。周泰が、ぴたりと横についている。

馬上の二、三人を斬り落としたところで、敵は潰走《かいそう》しはじめた。

夏口城へ逃げこむことも、許さなかった。逃げる敵を、次々に打ち倒していく。

黄祖は、どこにいるのか。本陣は、どこなのか。甘寧が、夏口城の城門を破った。

城内に殺到する。抵抗はわずかだった。

「黄祖を捜せ。それから蘇飛《そひ》を。二人を討《う》ったら、この戦は終りだ」

城門から一里（約四百メートル）ほど入ったところに、孫権は本陣を置いた。

蘇飛が、捕えられてきた。黄祖軍の、実戦隊長である。

「黄祖だ。逃がすな。絶対に捕えよ。家のすべてを改めよ。小さな小屋も、見落とすな」

孫権は、苛立《いらだ》ちはじめていた。戦に勝つというより、黄祖の首を取りにきたのだ。座っても、いられなかった。逃がしたのか。そう思うと、肚《はら》の中が煮えてくる。

「甘寧、城外も捜せ。逃げるとしたら、どっちだ？」

「多分、北西へ。そちらに、古い江夏城《こうかじよう》があります」

「そこも、踏み潰せ」

「この甘寧が、参ります」

伝令が、飛びこんできた。

「なにっ」

報告を受けた部将のひとりが、大声をあげた。

「殿、城外の湿地帯の中の道で、地元の漁師が老人をひとり捕えました。それが、黄祖としか思えない、というのですが」

「連れてこい。急げ」

すぐに、皺《しわ》だらけの老人が連行されてきた。

襤褸《ぼろ》のような着衣が乱れ、たるんだ皺だらけの胸や腹がむき出しになっていた。

「黄祖《こうそ》です。間違いなく、黄祖です」

甘寧《かんねい》が叫んだ。

「ふん、俺《おれ》も老いぼれたものだ。若造《わかぞう》の前に引き出されるとはな」

この十六年間、孫《そん》家はこんな老人を仇《かたき》として、狙《ねら》い続けていたのか。

「首を打って、塩漬けにせよ」

それだけを、孫権《そんけん》は言い、黄祖から眼をそらせた。

黄祖が、連れていかれる。

気づくと、甘寧が泣きながら平伏していた。

蘇飛《そひ》に恩を受けたことがあるので、なんとか助命を頼みたい、と言っている。

「よい。命は助けてやれ」

本営のための、幕舎《ばくしゃ》が張られた。

孫権は、まず淩統《りょうとう》を呼んだ。

「よくやった、淩統。黄祖《こうそ》を、ついに討った。それを周瑜《しゅうゆ》に知らせたいが、おまえが行け。伝令船を使って、矢のようにな。恩賞の沙汰《さた》は、建業《けんぎょう》で待て」

「はい、矢のように、建業へ戻ります」

この一帯は、制した。荊州《けい》から、脇腹《わきばら》に刃物を突きつけられた恰好《かっこう》だったが、それもなくなった。あとは、ここを維持することだ。

地図を持ってこさせた。部将の配置と兵の数、それから船の数も決めた。

3

江夏《こうか》を、孫権が攻めた。

その知らせを、曹操《そうそう》は鄴《ぎょう》の丞相府《じょうしょうふ》で聞いた。水軍による攻撃で江夏はひと揉《も》みで落とされ、いまは揚《よう》州軍の支配下に入った。

揚州と荊州の、全面的な抗争にまでは発展していない。いまの荊州に、揚州と闘う力があるわけもなかった。老いぼれた劉表《りゅうひょう》は、江夏だけで済んでよかった、と思っているかもしれない。江夏の黄祖は、孫権の父を討《う》った男で、十六年にしてようやく仇《かたき》を取ったということになるのか。

江夏を押さえただけで、孫権がそれ以上大きく動かないのは、こちらに眼《め》をむけているからだ、と曹操は思った。

さすがに、水軍は手強《てごわ》い。領内もまとまっていて、謀略《ぼうりゃく》を仕掛けても、いまのところたやすく弾《はじ》き返されている。昨年も、不満を抱いている豪族を二人抱きこもうとしたが、気づくとその二人の首は刎《は》ねられていた。

南征《なんせい》を、荊《けい》州からはじめるのか揚《よう》州からはじめるのか、曹操《そうそう》はまだ決めていなかった。揚州は手強いが、荊州などはいつでもいい。それぐらいの差が、もう揚州と荊州にはあった。

ところが、おかしなことが起きた。

荊州への前線基地を確保させていた楽進《がくしん》が、劉備《りゅうび》にたやすく打ち払われたのだ。二万の兵力がいた。楽進が、前へ押す攻めの軍人であることは確かだが、倍する兵力で魯陽城《ろようじょう》に拠《よ》っていて、なすすべもなく帰ってくる男ではなかった。籠城《ろうじょう》して敗れたのでもない。原野へ出、陣を組んでむかい合って、奔弄《ほんろう》されているのだ。

劉備の軍に、犠牲《ぎせい》はほとんど出ていないという。楽進は、それほどの負け方をする武将ではないし、劉備の闘い方も知っているはずだ。

劉備の闘い方が、いままでとまるで違ってしまったのか。それとも、別の要素があるのか。答は、すぐに五錮《ごこ》の者が運んできた。

軍師がいたのである。

曹操は、すぐに徐庶《じょしょ》を館《やかた》に召し出した。劉備の軍はたかが六千で、歯牙《しが》にもかける必要のない規模だが、それでも曹操はひどく気になった。昔から、劉備についてはそうだった。

「徐庶、おまえは諸葛亮《しょかつりょう》という男を知っているか？」

「友人と申してよいと思います。よく知っております」

「劉備の軍師となったようだ」

「ほう、あの臥竜《がりょう》が、雲を得ましたか」

「臥竜とは？」

「水鏡《すいきょう》先生の命名です。臥竜と鳳雛《ほうすう》。荊州にいる、二人の俊才です」

「司馬徽《しばき》門下か？」

「とは言えません。私は二年ほど水鏡先生に師事しましたが、二人は出入りしているというだけで、師事はしていないのです。師事することはない、と水鏡先生もお認めになっているでしょう」

「どれほどの器量だ？」

「さあ。私では測りきれません」

「ほう、おまえより上か。いま、役所で細々《こまごま》としたことをやっているおまえではないのだ。劉備《りゅうび》のもとにいたころのおまえだ」

「いつの私でも、測りようがありません。誰《だれ》も、測れないのではないかと思います」

「軍学を、おもにやるのか？」

「いや、すべてでしょう。欠けていると思えるものが、本人にはあるのかもしれません。しかしそれも、測れません」

朝からあった頭痛が、いつの間にか消えていた。

曹操《そうそう》は、徐庶《じょしょ》を館の中庭の亭《ちん》に誘った。丞相府《じょうしょうふ》には、庭などはない。人も多くうるさいので、午後は大抵館に戻ってくる。いずれ、館も丞相府も一緒にした建物を、造るつもりだった。表と奥に分ければいいのだ。

「八門金鎖《はちもんきんさ》の陣を、諸葛亮《しょかつりょう》ならばどう破るだろうか？」

「無手」

「なにもせぬ、という意味か？」

「破り方も、私よりずっと確実に見定めた上でです。八門金鎖は、守りの陣。放《ほう》っておけば、ただ兵が倦《う》んでくるだけです。私のように、どうだというような真似《まね》は、まずやりますまい」

「手強《てごわ》いな」

「考えようでございましょう」

「係累《けいるい》は？」

「そう、何度もうまくいくと思われないことです。丞相らしくありません」

「肉親の情では、動かぬ男か」

「動くかもしれません。しかし、父母は早くに亡くし、叔父《おじ》の諸葛玄《しよかつげん》という者に育てられておりますが、これも死んでおります」

「天涯《てんがい》孤独か」

「いえ、兄がおります。諸葛瑾《しよかつきん》。揚《よう》州の孫権《そんけん》の幕僚《ばくりよう》だという話です。それから弟の諸葛均《しよかつきん》。こちらは、いるということしか私は知りません」

「そうか、揚州に兄か」

「いやな気がされるのではありませんか、丞相？」

「皮肉が多いな、徐庶」

心地よい風が吹いていた。晴れた日は、暖かいと感じる季節になっている。

「諸葛亮という男に、弱味はないか」

「やさしすぎます。人の気持を忖度《そんたく》しすぎるところもあります。そういうやさしさが、いつかあの男を追いつめるのではないか、と何度か思いました」

「美徳に聞えるな、私には」

徐庶《じよしよ》は、曹操《そうそう》と過す時を、別に苦にしているような様子ではなかった。ただ、いまだに自分の能力を出そうとはしていない。

側室のひとりが、下女を連れて通りかかった。曹操を見てびっくりし、引き返していく。名を思い出そうとしたが、出てこなかった。

「しかし、なぜだ？」

「なにがでございますか？」

「諸葛亮《しよかつりよう》は、なぜ劉備《りゆうび》などに仕官した。関羽《かんう》は、なぜあれほど忠誠を尽す。おまえも、劉備に仕官したかったのではないのか？」

「丞相《じようしよう》は、友をお持ちですか？」

「いらぬ。人には、服従する者と逆らう者。この二種類しかいないと思っている」

「劉備殿は、数えきれないほどの友に恵まれています。関羽も張飛《ちようひ》も趙雲《ちよううん》も、もしかすると友という思いを抱いているのかもしれません。どちらがいいというのではなく、丞相とは人間の質の違いがあるのでしょう」

「関羽になら、一州を与えてもいいと思った」

「関羽殿は、もっと違うものを、生きている喜びとでもいうようなものを、欲しがったのでしょう」

「そんなものは、人から与えられるものではない」

「人が奪えるものでもありません。丞相は、それを関羽殿から奪おうとされたのです」

「徐庶、おまえもか？」

「私は、ありふれた平凡な日々の中で、静かな喜びを感じています」

「そんなものなのか、男の一生は」

「さあ」

「私は、おまえが才を見せれば、その分だけなにか与えられる。大才があれば、大きなものを手にできる」

郭嘉《かくか》を失った。この男が代りになれば、と思いはじめているところはある。郭嘉は、曹操に対してだけは、従順だった。この男もそうであれば、荀彧《じゅんいく》の代りもさせられる。しかし、曹操に対してだけ、従順ではないのだ。

「もうよい。帰れ、徐庶」

「大変失礼を申しあげました」

「気にしてはおらん。最後に、ひとつだけ訊《き》いておこう。おまえの知っている諸葛《しょかつ》亮《りょう》とは、どういう男だった？」

「土を耕し、梁父吟《りょうほぎん》をうたい、天と地にとけこんだようにして生きている男でありました。野心も持っていたと思いますが、それがなまなましく感じられることはありませんでした」

「私が鄴《ぎょう》に呼ばなかったら、おまえは劉備《りゅうび》に仕官したか？」

「恐らくは」

曹操《そうそう》は、眼を閉じた。

こういう生き方をしてきた。生き延びるだけでなく、自分が生まれたこの国に、自分の名を刻みこみたかった。それは、夢なのか。野望なのか。

眼を開いた時、徐庶《じょしょ》の姿は消えていた。

荊州《けい》から攻めるべきか。曹操は、南征のことを考えはじめた。劉備と諸葛亮。それに関羽《かんう》、張飛《ちょうひ》という、勇猛《ゆうもう》な将軍もいる。大きくなる前に、叩《たた》いておいた方がいいだろう。

揚《よう》州は、それからじっくりと攻めても遅くない。

数日後、夏侯惇《かこうとん》を呼んで、南征軍の編成を命じた。

「荊州を奪《と》れば、益《えき》州はなにもせずに手に入りましょう。すると、涼《りょう》州も靡《なび》きます。この広い国に、揚州ひとつが孤立するわけです」

夏侯惇は、そんなふうに考えているのか、と曹操は思った。じっくり待てば、そういうやり方もある。しかし、曹操には待とうという気はなかった。闘って、叩き潰《つぶ》してこそ、覇業《はぎょう》というものだ。

「二十万だ、夏侯惇。荊州を奪り、すぐに揚州を攻める。私は、あと三年で覇業を完成させようと思っている。果実が落ちてくるのを、じっと待つ気はないのだ」

「二十万」

「これだけの規模の軍を出すことは、これが最初で最後だろう。益州も涼州も討つが、十万いれば充分だ」

「かしこまりました。精鋭二十万を、選び出します」

しかし、夏侯惇の軍の編成は、途中で滞《とどこお》った。

曹沖《そうちゅう》が、不意の病に襲《おそ》われたのである。

高熱を発し、それが三日続き、四日目には熱こそ下がったが、人相が変っていた。幼い子供が、老人のような顔になったのだ。翌日も翌々日も、その顔のままだった。

医師は何人も呼んだ。みんな、どんな薬を与えていいのかさえ、わからないようだった。ほとんど食べなかったが、水は飲んだ。

二日に一度、曹操《そうそう》は見舞いに行った。変ってしまった顔が薄気味悪く、見たくなかったのである。

軍の編成を続けるべきかどうか考えたが、幕僚《ばくりょう》はみんな反対した。急がなければならない理由はなにもない、というのだ。なんとなく、曹操もその意見に押された。構想だけで、実際には着手していなかったということもある。

十一日目に、曹沖《そうちゅう》は猿《さる》のように皺《しわ》だらけの顔になって死んだ。

結局は役に立たなかった。死の知らせを聞いた時、曹操を包んだ感慨は、そんなものだった。かつて、かわいいと思った息子だった、と自分に何度も言い聞かせてみたが、その感情を思い出すことさえできなかった。自分の役に立たなければ、息子としての意味はない。

葬儀では、泣いた。涙を流した方がいいと思うと、自然に出てくるのだ。郭嘉《かくか》が死んだ時もそうだった。

葬儀のあとぐらいから、ひどい頭痛に襲《おそ》われた。食べものも水も、吐いてしまう。華佗《かた》の弟子の爰京《えんきょう》を呼んで、毎日鍼《はり》を打たせた。それも極細の鍼で、躰《からだ》のつぼの十数カ所に打たせるのである。華佗の鍼のように、きれいに頭痛が消えるということはなかった。それでも、打たないよりはいくらかましである。

「華佗は、掌《てのひら》を当てて、血の滞《とどこお》ったところを見つけた。おまえも、そうできるようになれ。誰であろうと、とにかく掌を当ててみることからはじめるがよい。華佗がなにを感じていたのか、いつかわかるかもしれん」

「先生なら、若君の病がなんだったのか、おわかりになったでしょうか？」

「どうかな。また、腹を切り裂くと言い出したかもしれぬ」

獄《ごく》の番卒《ばんそつ》が、華佗の頭蓋《ずがい》を断ち割ったという。呆気《あっけ》なく、華佗はそれで死んだ。頭を断ち割れば、そうなることは決まっている。

「華佗は、おまえになにを教えた？」

「なにも。そばで見ていろと言われただけです」

「そうか。華佗のことは、もういい。私の頭を断ち割ると言ったのだからな。死ななければならないようなことを、口にしたのだ。それより、治療法を書いたものなど、華佗は残さなかったのか？」

「先生は、いつも身につけておられました。それは、獄で燃やされたそうです」

意外に、狭量な男だったのかもしれない。弟子にさえ、自分が持っている技《わざ》を伝えようとしていない。

「私が鄴《ぎょう》を留守《るす》にしている間、おまえはできるかぎり沢山の人間に鍼を打て。そうやって、なにか摑《つか》むのだ」

「わかりました」

「華佗《かた》が、どこにどうやって打っていたか、頭に刻みこんでおるな？」

「それはもう」

「おまえの鍼がもっと効くようになるまで、侍医にはできぬ。侍医になれば、欲しいものの大部分は手に入る。人からも敬《うやま》われる。心して励め」

華佗を殺したことを、後悔はしていなかった。人の躰《からだ》をいじるからといって、戦場で命をかける兵士より大きな口を利いていいということはない。

出兵は、さらに延期した。

幕僚がそれを勧めたからでも、祈禱師《きとうし》がそう言ったからでもなかった。劉表《りゅうひょう》の病がいよいよ篤《あつ》い。その情報を、五錮《ごこ》の者が持ってきたからだ。死ぬまで待ってみようか、と曹操《そうそう》は思った。

三月の終りに、めずらしい男が鄴にやってきた。馬騰《ばとう》である。鍾繇《しょうよう》が、したり顔で連れてきた。話をしてみると、曹操に帰順したというわけではなかった。

帝《みかど》への奉公のために、鄴にやってきたのだ。難しいことは、望んでいなかった。

「久しぶりに涼州《りょう》を出てきたと思ったら、またおかしなことを考えているな、馬騰殿」

「どこがおかしい。私は、帝の衛尉《えいい》（警固の役）になるためにやってきただけだ。もう歳《とし》でな。せめてこの身だけでもと思ったのだが、息子が付いてきてしまった」

馬休《ばきゅう》と馬鉄《ばてつ》が付いてきているという。馬騰は相変らず偉丈夫《いじょうふ》だったが、髪も髭《ひげ》も白く、そして痩《や》せたようだった。

「馬超《ばちょう》という息子は、馬騰殿？」

「いま、匈奴《きょうど》と闘っておる。なに、ただの平定戦よ。馬超が出ていくと、匈奴はみんな逃げる。槍《やり》で六十三人を突き落としたことを、匈奴は忘れておらん。馬超ひとりになったところを、数百人で襲《おそ》い、ほんのわずかの間に六十三人が突き落とされたのだからな。錦《きん》馬超とも、そのころから言われるようになった」

「そうか、馬超は涼州に留《とど》まったままか」

「私の兵を下に置いているのだ、曹操殿。五万ほどだが、やつがその気になれば、各地から十万以上は集まってくるだろう」

「馬騰殿は、まことに衛尉でいいのか？」

「それしかできぬ。文字も読めぬしな」

「わかった。そう取り計らおう。兵卒の仕事だが、馬騰《ばとう》殿がそれを望むなら」

「待ってくれ。曹操《そうそう》殿がそれを命ずるのか。私は、帝が直々《じきじき》にそれを命じてくださると思って、鄴《ぎょう》まで来たのだ。鍾繇《しょうよう》殿も、帝が任命されると言っていた」

「私は、形式を整えるだけだ。任命は帝がされる」

「よかった。鄴へ出てきて、おぬしにいろいろ指図されるのも、困ったものだからな」

「韓遂《かんすい》は、元気でいるのか？」

「やつも老いた。それでも、帝のためになにか役立とうという気には、なれぬらしい。憐《あわ》れなものよ。いまだに、土地にしがみついたままだ」

「元気であることが、なによりであろう」

「まったくだ、曹操」

呼び捨てにされた。このところ、そんなふうに呼ばれた記憶はなかった。それでも、曹操は肚《はら》を抑《おさ》えた。涼州《りょう》の田舎者《いなか》だ。そう思って見ると、馬騰はましな方だった。

「馬騰は衛尉《えいい》としても、二人の息子までそうというわけにはいかぬな。それぞれ、将軍に任じよう。馬騰の息子なら、当然のことなのだからな」

「勝手にするさ」

「馬超《ばちよう》は、どうしよう？」

「やつは、どんな官位をやろうと喜ばぬ。実力がすべて、と思い定めている男だからな。鄴に出てくるにあたって、私は一族四十人も連れてこなければならなかった。それも、馬超が命じた。あれとなくこれとなく、心配したのだ。いまの馬超には、私も逆らえん」

「まあ、一応将軍位でも贈ってみる」

いまの涼州からは、馬超を連れてこなければ、大した意味はなかった。鍾繇も、最後のところでは気が利かない。

それでも、馬騰が鄴にいるということは、人質《ひとじち》ぐらいの効果はあるのかもしれない。

「鍾繇、御苦労だった。明日、帝のもとへ馬騰を伴い、とにかく謁見《えつけん》させるといい。帝ひとすじという思《じ》いで、馬騰は鄴へやってきたらしいからな」

どこか、自分が焦れているのを、曹操は感じていた。劉表《りゆうひよう》が、なかなか死なないからなのか。荊州《けい》では、あれきり大きな動きはなかった。

劉表《りゅうひょう》はもう、まともに喋《しゃべ》ることさえできなくなっているという。

それでも、死ぬのを待てなくなりそうだった。

4

特に誰《だれ》かと親しくする、ということは避けた。戦《いくさ》では、死地に赴《おもむ》けと言わなければならないのも、軍師だった。劉備《りゅうび》だけは、避けても近づいてくる。これは断りようがなかった。

暇な時、孔明《こうめい》は地図を見ていた。荊《けい》州から揚《よう》州の地図。これは、道だけでなく地形も頭に入っている。それから、全国の地図。すべてを、くり返しくり返し、頭に叩《たた》きこんだ。そうやって、すべてに対処できるようにしておく。特に荊州北部から揚州にかけては、間道から水路まで頭に入れた。

ふだんは、樊城《はんじょう》の本営となった館《やかた》にいるか、奥の居室にいる。劉備から、館をひとつ与えると言われたが、それは断った。住居から本営への移動は、時間の無駄である。

三日に一度は、兵の調練《ちょうれん》にも立ち合った。六千は、騎馬も歩兵も申しぶんない軍勢だった。指揮官が思い描く通りに、兵が動くこと。これが第一だった。それを、劉備軍の兵は充分に満たしている。

八年の間に蓄えた武器も、豊富だった。民政は糜竺《びじく》と孫乾《そんけん》が手分けしてやっているが、糜竺の下にいる簡雍《かんよう》が、意外に能力を持っていた。いかにも切れ者という二人に較《くら》べると、小肥《こぶと》りで、軽口ばかり叩《たた》き、よく酒を飲む簡雍は、愛すべきだが仕方のない男、と見られていた。劉備が涿《たく》県で義勇の兵を挙げたころから、なんとなく一緒にいるという感じだが、戦になどは無論出ない。負け戦で散り散りになっても、半年か一年経《た》つとひょっこり戻ってくる、という感じだったらしい。

しかし、いつも民の中にいた。苦情を直接聞いたり、宥《なだ》めたりしている。すぐに樊城の民にもなつかれたが、驚いたのは、新野《しんや》の民が簡雍を慕って樊城に移ってきたことだった。新野はいま、劉表の幕僚《ばくりょう》のひとりが入っているが、すっかり人が少なくなり、さびれてしまっているという。

関羽《かんう》と張飛《ちょうひ》の軍での役割りも、次第に見えてきた。関羽は、全軍の指揮官である。しかも、劉備に対する忠節を、全身で表していた。勇猛無比《ゆうもうむひ》だが、情も見せる。しかし、超然としていた。張飛は、内に対しても外に対しても、汚れ役である。噂《うわさ》されているほど荒っぽくはないが、調練に耐《た》えられない兵のひとりや二人は、平然と殴《なぐ》り殺す。それで、軍はひきしまっていた。外にむかって、いまは特に蔡瑁《さいぼう》に対してだが、張飛《ちょうひ》が出ていくと多少の無理は通る、というところもある。その二人が敬慕してやまない存在が劉備《りゅうび》で、それは兵たちにも伝わっていた。劉備の外に対する顔は、徳の将軍である。

三人の関係は実に効果的で、わずか六千の劉備軍を、ひどく多彩な軍に見せていた。しかも、意図してやっているのではなく、三人がそれぞれ自分の役割りを考えて勝手にやっている、というのがまたよかった。涿《たく》県を出発した時から、義兄弟だというのも頷《うなず》けた。お互いに補い合い、認め合っているのだ。

そして、軍にはもうひとり趙雲《ちょううん》がいた。生粋《きっすい》の軍人だった。兵の息遣《いきづか》いひとつにも、耳を傾ける男だった。黒か白か、はっきりとものを言う。命じられたことは、黙々とやり、疑問をさしはさまない。関羽、張飛との関係もよく、兵はみんな趙雲を慕っていた。

驚くべき陣容ではないか、と孔明《こうめい》は思った。六千という小人数を考えなければ、しっかりとまとまった国家と言ってもいい。流浪《るろう》の軍の荒廃《こうはい》とは、無縁《むえん》である。

おのずから、孔明も自分の使命がなんなのか考えた。

「曹操《そうそう》の動きが、ぴたりと止まった」

劉備が、孔明の居室へやってきて言った。新野《しんや》で、甘《かん》夫人が男の子を産んだが、樊城《はんじょう》へ来てからは、ほとんど館へは帰らず、本営に寝泊りしていることが多かった。

「息子が、死んだのだそうだ。しかし、それに悲嘆して、戦を思いとどまるというような男ではないのだがな」

「劉表《りゅうひょう》殿の病が篤《あつ》いことを、知っているのですよ。はっきり言って、死ぬのを待っている。劉表殿が死ねば、劉琦《りゅうき》殿と劉琮《りゅうそう》殿の間で、後継の争いが起きる、と読んでいます。袁《えん》家の兄弟の争いを待っていた時と、同じです」

「確かに、後継の争いは、もう起きているようなものだ。蔡瑁を快く思わぬ者が、長男の劉琦殿を担ごうとしている。蔡瑁が、それを許さぬな。おかしな死に方をした幕僚が、二人いる」

「殿は、どうされるおつもりです？」

「劉表殿の後継は、家のことだ。外の者が口を出すことではあるまい」

「本心で、そう思っておられますか？」

「いや。しかし、私が劉琦殿が長男ではないかと後押しして、どうなる。たとえ蔡瑁を押しのけたとしても、曹操が迫ってくる。荊州《けい》をまとめて、曹操と対峙《たいじ》できる力を養う余裕など、ありはしないのだ」

「まさしく、その通りでございます」

「曹操《そうそう》が官渡《かんと》で袁紹《えんしょう》と対峙していた時、私は隙《すき》を見て徐《じょ》州を奪った。官渡では曹操は劣勢だった。絶対に、徐州に来ることなどできない、と読んでいた。ところが、あの男は来たのだ。あの時の曹操の果敢《かかん》さを思い出すと、いまでも心がふるえる。肌に粟《あわ》が生じてくる。甘い男ではない。私に、みすみす荊《けい》州を渡すものか」

「そうなると、荊州から逃げなければなりません。どうされます？」

「わからぬ。とにかく生きるために逃げ、逃げた先でどうするか考えた。それが、いままでやってきたことだ」

「やはり、揚《よう》州の孫権《そんけん》と結ぶしかありません。その方向で、動いてもよろしゅうございますか？」

「無論だが」

「劉表《りゅうひょう》殿の後継の問題についても？」

「どう、関係あるのだ、私が孫権と組むことと？」

「逃げるだけでは駄目です。逃げながら、攻撃するのです。そのために、あらゆる方策を使います。劉琦《りゅうき》殿のことも、そのひとつです」

「どういうことか、説明してくれ、孔明《こうめい》」

「機に臨んで策を講じる。これは戦場であろうとどこであろうと、やらなければならないことです。しかし、事前に打てる手は、すべて打っておくことです」

「聞こう。おまえの考えは、すべて私に明かしておいてくれ。そうすべきだと思ったら、必ずその策に従う」

劉備《りゅうび》の眼《め》が、じっと孔明を見つめていた。ここ何日も考え続けていたことを、孔明ははじめて口に出した。

「孫権が江夏《こうか》を攻め、黄祖《こうそ》を討《う》ちました。柴桑《さいそう》から武昌《ぶしょう》にかけて、揚州軍が固めています。いま、江夏太守《たいしゅ》として揚州軍に対峙しようという者は、荊州にはおりません。劉琦殿が江夏太守を志願すれば、誰も反対はしないでしょう。襄陽《じょうよう》を離れることにより、蔡瑁《さいぼう》の手による劉琦殿の抹殺という事態も防げます」

「しかし、劉琦殿に、江夏太守がつとまるかな？」

「殿は、何事も真直《まっす》ぐにお考えでございますな。しかし、相手は曹操なのです。こちらも、あらんかぎりの知恵を搾《しぼ》ろうではありませんか」

「劉琦殿に、江夏太守はつとまらぬ。蔡瑁もまともに兵をつけたりはしないであろう。とすれば、どうするかだが」

「殿が七年間温めてこられた、荊州の豪族との関係があります。あえて立つという者を、劉琦《りゅうき》殿に付けます。四千でも五千でもいい。江夏《こうか》の西の端《はし》に、拠点《きょてん》を作ればいい。決して揚《よう》州軍と対峙するために来たのではない、と孫権《そんけん》には知らせましょう。揚州の情勢に眼を凝《こら》している孫権には、わかるはずです。劉琦殿のもとに集まった兵は、殿の兵です。ここにまず、力をひとつ確保できます。それは、いますぐにもできることです」

「劉琦殿が、承知するかだ」

「伊籍《いせき》殿に、説得して貰《もら》います。文官として、同行もして貰いたいと思います。それと、簡雍《かんよう》殿と」

「簡雍を?」

「伊籍殿とは、いい組み合わせです。兵の装備から兵糧《ひょうろう》まで、手配する文官が必要です。簡雍殿は、地もとでの兵糧調達には適役でしょう」

「わかった。私の考えは、そこまでは及ばない。驚嘆するばかりだ」

「荆《けい》州での戦は、負け戦ですな。逃げるにしくはなしでしょう。その逃げ方は、機に臨んで考えますが、わが軍の主力は守り通さなければなりません。相手が曹操《そうそう》となると、これもまた考え抜かなければなりますまい」

「わが軍の、主力は温存するか。孔明《こうめい》、いまどんなことを考えている?」

「この樊城《はんじょう》と襄陽《じょうよう》の間には、漢水《かんすい》が流れています。これは、江夏に入る川です。それを使えば、劉琦殿の軍とも一体になれます」

「なるほど」

「船を、確保することですな」

「それは、できるだろう。漢水には、荊州水軍の数百艘《そう》がいると言われている」

「逃げる際に、できるかぎり兵数も増やしたいと思います。殿に同心しようという者が、襄陽にもおりましょう」

「何人かは、思い浮かぶ。それぞれ、五百ほどの兵を抱えた武将だ」

「その時にならなければ、どれほどの数になるかもわかりません。ただ、その本隊は、なんとか温存しましょう。殿がもし曹操だったとして、荊州に入ったら、まずなにをなさいます？」

「私を、潰《つぶ》す。手強《てごわ》いというほどではないにしても、私は眼障《めざわ》りなはずだ」

「襄陽から、劉備玄徳《りゅうびげんとく》はすぐに逃げます。やはり、潰しにかかりますか？」

「大軍である。一軍で追撃し、もう一軍では速《すみ》やかに江陵《こうりょう》を奪《と》る」

江陵は、荊州の一大兵站《へいたん》基地だった。兵糧、武器の蓄《たくわ》えは厖大《ぼうだい》なもので、城も堅固だった。北を考えても、東の揚州を考えても、江陵は兵站基地としては絶好だった。

「劉表《りゅうひょう》殿も、昔はやることはやっていたのですね。荊州《けい》には、きちんと江陵《こうりょう》という臍《へそ》がある。黄祖《こうそ》殿が、何度破られても、すぐに立ち直れたのは、江陵の物資によるのでしょうな」

「間違いなく、曹操《そうそう》は江陵を奪《と》りに来る」

「ならば、襄陽《じょうよう》から江陵にむかって逃げるのが、一番いいようですね」

「誰が、逃げる？」

「当然、囮《おとり》がです。本隊は温存するのですから」

「殿が。そして、私が。ほかにも騎馬隊には加わって貰います。曹操が追うのは囮でなければ、なんの意味もないのですから」

「誰が、囮になる？」

「そうだな」

「賭《か》けの要素は、あります。戦には、多かれ少なかれ、その要素はあるものでしょう」

「このような軍略は、はじめて耳にした。逃げながらの攻撃、と申したな、孔明《こうめい》。私は、大変な軍師を得た。そう思う」

「戦です。なにが起きるかわかりません。ただ、殿にとっては、ここは一番苦しいところです。多分、生涯にないほどに。ですから、私もあらんかぎりの知恵を搾《しぼ》ります」

劉備《りゆうび》が頷《うなず》き、にこりと笑った。思わずひきこまれそうな笑顔だ。乱世を生き抜いてきた。ただ人間に魅力があるだけ、とは思えない。卑怯《ひきよう》なこともしただろう。屈辱にまみれたこともあるのだろう。しかし、失われていないなにかが、確かに劉備の中で輝いている。関羽《かんう》も張飛《ちようひ》も、その輝きを守ってきたということなのか。

「話は、早い方がいいかな。伊籍《いせき》殿はこっちへ来ていたぞ。簡雍《かんよう》と一緒のところを見かけた。襄陽は、よほど居心地が悪いのであろうな」

「そうですか。殿も、同席なされますか？」

「いや、二人で話す方がいいだろう。私が声をかけておく」

言って、劉備は気軽に立ちあがった。

孔明は、地図に眼をやった。襄陽から江陵までの地図である。どこに丘があり、川がどう流れ、どこに谷があるか。

劉備は、応累《おうるい》という間諜《かんちよう》を使っていた。気持としては主従なのだ、と劉備は言った。仕事の対価は与えているが、それ以上の仕事をしている、と孔明は思った。ひと晩、話をしてみて、劉備の人柄に魅《ひ》かれたとかいう以前に、その志《こころざし》に共鳴するものを持っているのだ、ということがわかった。徐庶《じよしよ》の、古い知り合いでもあった。孔明《こうめい》を知っていて、それは徐庶から聞いたようだった。

小肥りで、眼が細く、銭が好きだと言ってはばからない応累《おうるい》を、孔明は信用してもいいと思った。

その応累の手の者に、確認するようにもう一度地形を調べさせたのだ。詳細な地図になった。

「お呼びでしたか、諸葛亮《しよかつりよう》殿」

伊籍《いせき》が入ってきた。痩身《そうしん》で、涼しい眼をした男である。

「呼ぶなどと。殿が、そう声をかけられたのですな」

「いや、緊張します。諸葛亮殿が私に用事とは、世間話などであるわけがない」

孔明と字《あざな》で呼ぶのは、劉備とそのまわりにいる人間たちだけである。伊籍はそれを知っているはずだが、遠慮したのだろう。いまだ、劉表《りゆうひよう》の幕客《ばつかく》のままである。

「伊籍殿のことは、ほとんど聞いて知っているつもりです。なぜ、劉表殿の幕客に留《とど》まっておられるかということまで」

「恐れ入ります」

伊籍の涼しい眼は、あまり表情を見せなかった。

「申生《しんせい》と重耳《ちょうじ》のことを、御存知《ごぞんじ》ですね」

春秋時代、晋《しん》の献《けん》公の子である。後継争いで継母にうとまれた二人が、対照的な運命を辿《たど》った。国に残った申生は自殺に追いこまれ、国外に出た重耳は、のちに帰国し覇者《はしゃ》となった。

「諸葛亮《しょかつりょう》殿は、劉琦《りゅうき》様のことを言っておられるのですか？」

「そうです」

「国外へ出ろと」

「それはたとえのようなもので、江夏《こうか》にむかわれたらいかがでしょう？」

「空席の江夏太守を志願する。蔡瑁《さいぼう》殿にとっては、厄介払《やっかいばら》いになるでしょうね。ただし、兵さえもつけてくれない。江夏は揚《よう》州軍の勢力下に入っていますので、税の徴収もできない。つまりは、流浪に似たようなものにしかなりません」

「まず兵は、劉備玄徳《りゅうびげんとく》に心服する荊《けい》州の豪族が、義軍というかたちで参加します。武器は、蓄えたものが樊城《はんじょう》にあります。どれぐらいの人数になるかは、わかりません。江夏の近くに駐屯《ちゅうとん》されればよい。兵糧《ひょうろう》は、文官が集めます」

「文官とは？」

「あなたと、簡雍《かんよう》殿」

「伊籍《いせき》殿がいて、はじめて劉琦《りゆうき》殿も安心されるでしょう。病床の劉表《りゆうひよう》殿から、伊籍殿が離れられればですが」

「私が」

「揚《よう》州軍に、攻められる。その可能性はたえずあると思います。戦の中などに放《ほう》り出せば、劉琦様はもちません」

「情勢を、考えてください。なぜ、孫権《そんけん》は江夏《こうか》を奪《と》ったのか。曹操《そうそう》の南征《なんせい》に対するために、側面からの脅威《きようい》を除いたということでしょう。これ以上、戦を拡《ひろ》げられるわけがありません。それに、揚州の敵ではないということを、知り人を通じて伝えます」

「伝わりますか？」

「こちらの意図が、わかって貰えれば」

「それも、説明してください」

伊籍は、劉琦に江夏太守を志願することを勧める、と孔明《こうめい》は読んだ。このまま襄《じよう》陽《よう》に留《とど》まれば、なにか起きることは眼に見えている。手の内は明かしておいた方がいい、と孔明は判断した。

「江夏へ行く軍は、劉琦殿のものであって、劉琦殿のものではない。つまり、われわれはそこに力をひとつ確保しておきたいのです。曹操との、本格的な戦に備えて。それを説明すれば、孫権も納得するでしょう」

「襄陽では、戦にならぬと？」

「本格的な戦には。いま、荊《けい》州軍に、それができるまとまりはありますまい」

「確かに」

言って、伊籍は考える表情をしていた。

「明日、襄陽で劉琦様に申しあげてみます」

「劉表殿から、離れられますか、伊籍殿？」

「劉表様は、劉琦様を頼む、と私におっしゃったことがあります。まだ言葉も確かで、私が誰かおわかりになる時に。劉表様への最後の恩返しと、思い定めることにいたします」

劉表は、すでに言葉も確かではなく、人の顔の判別すらできなくなっているようだった。

「諸葛亮《しよかつりよう》殿、二十八歳におなりでしたね」

「ええ」

「徐庶《じよしよ》がよく言っていた。諸葛亮を得た者が、天下に覇《は》を唱えると。まさかその若さて、と私は思っておりました」

「徐庶《じよしよ》の買い被《かぶ》りでしょう」

「いや。人は齢《よわい》を重ねればいいものではない。それが、よくわかりました」

伊籍《いせき》が出ていくと、孔明《こうめい》はしばらく居室の中を歩き回った。

それから、低い声で呟《つぶや》き、竹簡《ちくかん》（竹に書いた手紙）を認《したた》めはじめた。

兄の諸葛瑾《しよかつきん》へ。異腹であるし、父を早く亡くした。親しい兄弟というわけではない。数年に一度の音信があった程度だ。弟も含め、それぞれが孤独と惨《みじ》めさを嚙《か》みしめなければならなかった。そういう宿運だった、と孔明は思っている。

兄が、孫権《そんけん》の家中で、どれほどの力を持っているかわからない。力があるから貸してくれる、ともかぎらない。せめて、内容だけでも孫権に伝わればいいと思う。

書き終えて、眼を閉じた。読み直しはしなかった。

5

久しぶりの海だった。

いつも川の上にいるので、海の打ち寄せる波が、周瑜《しゆうゆ》には不思議な力を持って感じられた。打ち寄せた波が引いていく。それは川にもあるが、海ほど規則正しいものではなかった。

周循《しゅうじゅん》が、駈《か》け出しては、波に追われて戻ってくる。それほどの波は、やはり川にはない。

下女に赤子を抱かせた小喬《しょうきょう》は、松の下で陽《ひ》を避けていた。海が見たい。言ったのは小喬だった。皖《かん》県の生まれである。考えてみればずいぶんと海から遠く、見たことがないというのも理解できる気がした。海の水が塩辛いのだということも、当然知識としてしか知らなかった。

海に来て小喬が最初にやったのは、海水を掬《すく》って口に含んでみたことだった。その子供のような仕草が、周瑜の笑みを誘った。

孫権が、戦《いくさ》の指揮を執《と》り、黄祖《こうそ》を斬《き》った。それで、孫権の心の状態は、ずいぶんと違うものになった。会議でなにか言う時も、自信に満ちていたし、全体を見通した発言をするようになったとも思えた。

曹操《そうそう》は、動かない。劉表《りゅうひょう》の死を待っているのは、明らかだった。ただ、袁紹《えんしょう》が死んだ袁《えん》家のように、後継の争いが起きる可能性は低くなった。長男の劉琦《りゅうき》が、黄祖のあとの江夏太守《こうかたいしゅ》となって、赴任してきたのである。それは、後継の争いから降りたという意思表示にも思えた。

一万二、三千の軍を連れていた。江夏郡《こうかぐん》の奥まで入ることはできないので、雲杜《うんと》のあたりに駐屯《ちゅうとん》している。

その兵について、諸葛瑾《しょかつきん》に竹簡《ちくかん》が届いた。劉備《りゅうび》の軍師となった弟の諸葛亮《しょかつりょう》という者からで、やがて劉備軍に加わってくる、対曹操《そうそう》戦のための兵だという内容だった。

探ってきた幽《ゆう》の報告を聞いて、周瑜《しゅうゆ》は直観的に諸葛亮の書簡を信じた。水軍ではないのだ。いま江夏にいる揚《よう》州軍とは、水軍がないかぎり闘えない。

それにしても、諸葛亮とはどういう男なのか。荊《けい》州攻めのために拠点《きょてん》を守っていた、曹操の部将の楽進《がくしん》を、劉備軍が半分以下の兵力でたやすく追い出した。あれは、諸葛亮の献策でもあったのか。

曹操がどういう攻め方をしてくるか、周瑜はそればかりを考え続けていた。やはり、荊州だろう。楽進を追い出すほどの軍勢がいるということは、側面を衝《つ》かれたら手強《てごわ》いということを意味する。荊州を潰《つぶ》してから、揚州と曹操は考えているはずだ。

楽進が追い出されたことが、荊州攻めの根拠になるだろう。それがわかっていて楽進を追い出し、なおかつ江夏に力を温存しようと考えたのなら、諸葛亮という男は油断ができない。はじめから、揚州と連合して曹操に当たるという想定で動いているのだ。

劉備軍の本隊は六千だという。それとあの兵を併せて、およそ二万。曹操との兵力差を考えたら、一万でも二万でも欲しい。しかし、組むのが危険だという思いもある。

諸葛瑾の、馬のように長い顔を、周瑜は思い浮かべた。温厚な男である。話には、いつも筋が通っている。しかし、文官だった。戦の呼吸などというものは、知らない。

揚州軍だけで、曹操を相手にできないか。会議では、多分、降伏論も出てくるはずだ。それを論破するのに、二万の軍勢はかなり効果的かもしれない。

周瑜自身は、揚州軍だけで闘いたかった。水の上なら、それは難しくない。しかし、陸戦になると、兵力の差が直接影響してくる。それは、孫権《そんけん》にもわかっているはずだ。

水の上だけで、曹操を打ち払う方策は、見つからなかった。荆州を攻めれば、曹操は必ず江陵《こうりょう》を落とすだろう。そしてそこで、船を手に入れる。荆州水軍は、大小合わせて一万艘《そう》と言われていた。一万艘が二万艘でも、水の上ならこわくない。

「父上、濡《ぬ》れてしまいました」

周循《しゅうじゅん》が駈け寄ってきて言った。

「いいのだ、循《じゅん》。あとで全部着替える。濡れてしまっていいぞ。母上に叱《しか》られたら、父が取りなしてやる」

「ほんとうですか？」

「裸になって泳いでもいいのだが、波に巻きこまれることもある。浅いところで我慢していろ」

「貝がいましたよ。石かと思ったら、貝でした」

「少し深いところへ行けば、魚もいるのだがな」

「父上は、海に入らないのですか？」

「そうだな。泳いでしまおうか」

周瑜《しゅうゆ》は、着物を脱ぎ捨て、上半身裸になった。周循も、真似《まね》をしている。周循の手を握って、海に入った。思ったほど、冷たくはない。腰のあたりまでで、周循は背が立たなくなった。

「泳いでみろ、循」

周循が、泳ぎはじめる。顔を濡らしてはいるが、楽に泳いでいた。海の方が、川よりなぜか躰《からだ》が浮くのだ。

「沖へ行くぞ、循。付いてこい」

周瑜は、泳ぎはじめた。周循は、健気《けなげ》に付いてきている。周瑜の背も立たなくなった。ひとしきり、泳いだ。周循は、息をあげながらも、まだ泳ぎ続けている。最初に教えたのが、泳ぎだった。ようやく歩くようになったころ、川に放りこんだのだ。そうしていると、数日で周循は泳ぐようになった。

「疲れたか？」

「大丈夫です、父上」

言った周循の息は、すでに切れていた。

「浜まで、戻らなければならないのだぞ。疲れていると、戻れなくなるぞ」

「父上に、付いていきます」

「私は、見えなくなるほどの沖まで泳げる。それでも付いてくるか？」

「付いていきます」

「そうか、付いてくるか」

周瑜は笑い、周循の手を摑《つか》むと、肩に摑まらせてやった。ゆっくりと、陸の方へ戻っていく。小喬《しょうきょう》が、浜に出て立ち尽しているのが見えた。沖にむかって泳いだので、びっくりしたのだろう。

「循《じゅん》、気持がいいか？」

「はい」

「もっと泳いでいたいが、あっちで母上が怒っている。少しぐらいは、叱られる」

「大丈夫です」

「強い男になれ。強い男というのは、自分を知っている。決して、無理なことはしない。自分を大きく見せたりもしない」

「はい」

周瑜《しゅうゆ》は、声をあげて笑った。自分に言い聞かせている、という気がしたのだ。

浜に座りこんで、小喬《しょうきょう》が泣いていた。

「どうしたのだ、小喬？」

「あなたと循が、私から遠くなっていくばかりでした。戻ってこないかもしれない、と思うと涙が出てきて」

「それは、悪かった。循が、あまりに気持よさそうだったのでな」

「でも、とってもよかった。あなたの背中に摑まっている循が、とってもかわいくて、ああ、父子なんだわ、と私は思いました」

「小喬も、私の肩に摑まって泳いでみるか？」

「いやです、そんな」

「女だものな」

館《やかた》に帰った。警固の兵は、ずっと遠くにいる。警固などいらないと言ったが、孫《そん》権《けん》が強引に兵二百を押しつけてきた。その上、くどくどと注意もした。孫策《そんさく》が死んだ時のことを思い出したのかもしれない。

「海は、広いのですね、ほんとうに。長江《ちょうこう》は広いと私は思っていましたが、海はもっと広い。どこまで行っても、尽きることがないのでしょうか？」

「陸はある。私は、あると信じている。海の終りが、この世の終りだと言う者もいるが、そんなことはないと思う」

家族が揃《そろ》って出かけてきたのは、はじめてだった。戦の連続だった。やらなければならないことが、それこそ山のようにあった。若いから、学ばなければならないこともあった。

いまは、落ち着いていられる。曹操《そうそう》が攻めてくると思っても、悲壮な気分に包まれることはない。できるかぎりの闘いをすれば、負けはしないのだ、と思う。

「戦は、やはり嫌いか、小喬？」

「当たり前です」

「後悔させているのかな、私の妻であることを？」

「まさか。戦に出たあなたを、じっと待つのがいやなのです。心が張り裂けそうになって、夢ばかり見ます」

「いつか、戦のない世がくるだろう。そのために戦をしている、と思うしかないのだ。私は、信じている。だから、闘う」

生きている、とも思える。それは言わなかった。小喬《しょうきょう》に理解できることではないだろう。闘っている時が、最も生きていると思える。そして、天下を見ている。曹操《そうそう》の南征《なんせい》を阻止できれば、間違いなく天下は見えてくるのだ。荊《けい》州は、主なき国になっている。そして、益《えき》州を奪《と》る。天下二分。覇者《はしゃ》が誰《だれ》か、その時にははっきり見えるだろう。

建業《けんぎょう》へ戻ると、また仕事の山だった。

新しい造船計画がある。そのためにかける賦役《ふえき》について、張昭《ちょうしょう》が反対している。しかし、新しい船は必要なのだ。長江《ちょうこう》を溯《さかのぼ》り、益州へ進攻するための船である。孫権《そんけん》は、まだ態度を決めていない。周瑜《しゅうゆ》と張昭の議論を、黙って聞いているだけである。なんのための船だ、と張昭は訊《き》いてくるが、まだ周瑜には答えられなかった。

　曹操が、三公（漢《かん》王室の最高職。司徒《しと》、司空《しくう》、太尉《たいい》）を廃し、丞相《じようしよう》（最高行政長官、首相）に就任した、という情報が入ってきた。正式には、曹操は司空（建設土木の責任者）だった。

「いよいよ、攻めてくるか」

　孫権が言った。

「あらゆる権力を、自分に集中させた。いつも戦の先頭に出てくる、曹操らしいやり方ではないか」

「いままでも、曹操は部下には丞相と呼ばせていました。実際には、なにひとつ変りはないはずです。自分を大きく見せようとしているだけだ、と私は思いますな」

「それも、出陣の肚《はら》を決めたからであろう」

「まあ、そうは言えます」

　曹操は、急いでいる。周瑜は、そう思った。河北《かほく》四州など、ようやく平定されたばかりなのだ。これから、年ごとに豊かになっていく。それに較《くら》べて、揚《よう》州は豊かになる余地がもう少なくなっていた。孫権や張昭の、民政の手腕がしっかりしているからだ。

年ごとに、強大になれる。それがわかっていても、あえて曹操《そうそう》は攻めてくる。熟《う》れた果実が落ちるのを、収穫とは思えない男だ。木ごと力で押し倒して、はじめて自分のものだと思える男なのだ。袁紹《えんしょう》を破ったころから、曹操のその性格ははっきりしてきた。

「備えは、万全です」

「会議を説得しなければならん。揚《よう》州が一丸《いちがん》となって曹操に当たらなければ、虚を衝《つ》かれかねん」

孫権《そんけん》の、慎重《しんちょう》さが出てきているのかもしれない、と周瑜《しゅうゆ》は思った。だとしても、孫権は闘う決意をしているはずだ。孫堅《そんけん》の子であり、孫策《そんさく》の弟ではないか、と周瑜は思った。

橋上

1

二十万の大軍だった。

十四万は許都《きよと》に集結していて、鄴《ぎよう》に揃《そろ》ったのは六万だった。

出陣の儀式など、曹操は好きではなかった。帝《みかど》がやりたがったから、やらせてやったようなものだ。どんな儀式をしようと、祈ろうと、戦《いくさ》に勝てるわけではなかった。

儀式を終え、帝に見送られて鄴を発《た》った。

鄴と許都を結ぶ道。何度、ここを通っただろう。はじめて軍を率《ひき》いて鄴にむかった時は、まだ道幅がこの半分もなかった。

それだけ、自分は大きくなったのだ、と曹操は思った。

いる。制圧した地域は、すぐに民政を整えなければならない。自分の国なのだ。

夏侯惇《かこうとん》を除く、ほとんどの将軍を従軍させた。程昱《ていいく》や荀攸《じゅんゆう》という、文官も伴って

許都《きょと》に入った。

二日、そこに滞陣《たいじん》し、進発《しんぱつ》した。二十万の大軍が揃うと、壮観だった。これだけの軍を、動かせるようになったのだ。義兵を募《つの》って出発した時は、わずか五千だった。

許都にいる間に、劉表《りゅうひょう》が死んだという情報が入った。死を待ちきれずに、出陣した。ほとんど死んでいるようなものだ、という五錮《ごこ》の者の報告もあった。長男の劉《りゅう》琦《き》が江夏《こうか》に行ったので、後継の争いも期待できなくなった。

つまらないことを考えた、といまにして思う。勝てるか勝てないかの戦をするわけではない。必ず勝てる。屈服《くつぷく》させるためだけに、出かけていくようなものなのだ。

留守《るす》は、夏侯惇と荀彧《じゅんいく》に任せた。夏侯惇がいるかぎり、各地の守将も気を抜きはしないだろう。一番の懸念《けねん》は河北《かほく》での叛乱《はんらん》だが、ほとんどその芽も残っていない。

二十年以上、戦陣で生きてきた。何度も、死地に立った。地獄をくぐって、ここまで来たようなものだ。

諸葛亮《しょかつりょう》。ふと思い出した。徐庶《じょしょ》が、あまりにほめすぎたからか。そして、揚《よう》州の

孫権《そんけん》と周瑜《しゅうゆ》。みんな、若造《わかぞう》だった。くぐってきた地獄が違う。見てきた死者の数が違う。

劉備《りゅうび》など、問題ではなかった。自分を見たら、また逃げるだけだろう。

曹操《そうそう》は、五十四歳になっていた。

斥候《せっこう》を放《はな》ちながら進んだ。進軍の時はそうすべきだから、している。全体に、行軍は速かった。

「輜重《しちょう》が遅れています」

郭嘉《かくか》の代りにそばに置くことにした賈詡《かく》が、何度もそう言った。曹操は、取り合わなかった。輜重が運ぶのは兵糧《ひょうろう》で、それは行く先にいくらでもある。最後の戦ぐらい、もっと愉《たの》しませろ。曹操は、そう言いたかった。

劉備は、樊城《はんじょう》でじっとしていた。

六千の劉備軍は揃っている。新野《しんや》から付いてきた十万の民も、樊城にいた。曹操が出動したこと。二十万の大軍であること。それは、軍が進発した日から摑《つか》んでいた。

襄陽《じょうよう》からの呼び出しを、劉備は待つ構えをとっていた。そこで、なんらかの話し合いはあるはずだった。

その間に、劉表《りゅうひょう》が死んだ。その知らせも、劉備《りゅうび》には届かなかった。

「降伏ですな、これは」

孔明《こうめい》が言った。

「降伏なら降伏と、知らせてくるだろう」

「殿がこわいのですよ。ほんとうに怒ると、なにをするかわからない、と蔡瑁《さいぼう》は思っていますね。それに、もともと殿を好いてはいません」

「それと、知らせないことは別だろう。樊城《はんじょう》は襄陽《じょうよう》の前衛だぞ」

「なにも知らせてこないから、降伏なのですよ。蔡瑁のやりそうなことです」

「一戦も交えずにか？」

「殿は、戦備えを充分にしておられます。降伏とは、いくらなんでも言いにくいのでしょう」

「それが、蔡瑁か」

「抗戦派を、刺激することもわかっています。殿が言われることは、まったくの正論に聞えるでしょうから」

「荊《けい》州が、駄目になるのがわかる」

二十万の大軍にしては、曹操《そうそう》の進軍は速かった。

劉備は、じっと耐《た》えた。心の中が、風に吹かれた木の葉のように揺れ動いたが、耐え続けた。蔡瑁が、戦を放棄《ほうき》する。それも、想定の中に入ってはいた。まさか、という驚きが劉備にはあるだけだ。

待っていて、見えてくるものもある。劉備は、そう思っていた。江夏《こうか》に行った劉《りゅう》琦《き》には、一万四千もの兵が集まった。二千でも三千でもと思っていたから、一万四千は、単に多いというだけではない。

「孔明、私は、どの時点で動くのがいいと思う？」

「曹操軍が、宛《えん》か新野《しんや》に達した時でしょう。劉琮《りゅうそう》に、きつく言われるとよい。一戦も交えずに降伏するのが、男かと。長く荊州牧《ぼく》（長官）をつとめた劉表の、ほんとうの息子かと」

孔明は、しきりに地図を見ている。そして、なにか計算している。

関羽《かんう》、張飛《ちょうひ》、趙雲《ちょううん》の将軍たちは、兵たちと一緒にいることが多かった。兵が心の拠《よ》りどころにするのは、自分たちの指揮官である。

樊城は、静かだった。城壁に登れば、漢水《かんすい》が見えた。長江《ちょうこう》とは違う、澄んだ水である。あれが、血の色の水になることはあるのか。

応累《おうるい》は、しばしば城内に来て、劉備《りゅうび》と孔明《こうめい》に曹操《そうそう》軍の動きを報告した。

襄陽《じょうよう》から降伏の使者が出た、という知らせは、曹操軍が越境を開始しているという知らせとほとんど同時だった。

やはり、と劉備は思った。孔明は、地図になにか書きこんでいるだけで、心を動かした容子《ようす》もなかった。

全身に、じわりと汗が滲《にじ》み出してきた。二十万の大軍が、進撃してくるのをただじっと待っている。そんな経験は、はじめてだった。戦場にいる方がまだ楽だと思えるほど、重苦しい気分に包まれはじめた。

「いよいよですね」

地図から顔をあげ、孔明が言った。

「最初を逃げきれるかどうか。これは、天運に任せましょう。駄目なら駄目で、仕方のないことです。打ち砕かれたら、とにかく生き延びる。それを第一に考えてください」

「落ち着いているな、孔明は」

「自分でもはじめて気がつきましたが、開き直ってしまう性格のようです」

孔明が、笑った。

劉備は孔明に促されて、三人の将軍を呼んだ。

「これから、城を出ます。襄陽へ行き、その後、ひたすら江陵《こうりょう》にむかって進みます。ただし、騎馬だけです」

「千二百の騎馬で、江陵を奪《と》れるとも思えないが、孔明殿？」

関羽《かんう》が言った。

「江陵へむかう道を、途中まで進むだけです。襄陽を出たら、関羽殿は歩兵を率いて船に乗ってください。乗る者がいない船は、流してしまうのです。行き先は、夏《か》口《こう》」

「夏口」

「ただし、五十艘《そう》ほどの船は、鍾祥《しょうしょう》の対岸の漢津《かんしん》あたりで待たせていただきたい。当陽《とうよう》近辺で、騎馬隊は方向を変えます。それを、船で拾って、漢水《かんすい》を渡すのです」

「わかった。結集は、夏口なのだな」

「そうです。揚《よう》州軍の前線基地もそこです。われらは、揚州軍とともに、曹操と闘います。ただし、揚州軍がわれわれを受け入れるかどうか、はっきりしていません」

「下手《へた》をすれば、攻められるのか、揚州軍に？」

「劉備《りゅうび》軍の旗を掲《かか》げ、矛《ほこ》を天にむけて、十里手前で留《とど》まってください。もし揚《よう》州軍が攻撃してくるようなら、迎え撃たずひたすら逃げること。その前に、陸上を行くわれわれが、夏口《かこう》に到着しているとは思うのですが」

「わかった」

「張飛《ちょうひ》殿と趙雲《ちょううん》殿は、その場に臨んで、闘い方を決めていただくしかありません。曹操《そうそう》軍とは、かなりきわどい駈《か》け引きになります。お二人の武勇に恃《たの》むところが、大きいのです」

「わかった」

張飛と趙雲が、同時に言った。

「行きましょう。曹操軍二十万が、樊城《はんじょう》に進攻中。城内の民にはそれを教え、付いてくる者は連れていきます」

「連れていく?」

張飛が、大声を出した。

「武装もせず、女子供も混じった民をか」

「新野《しんや》から付いてきているのです。追い返しても、付いてくるかもしれない」

「ここまでだ、と思うところまで、民は連れていく。理屈の問題ではないのだ、張飛」

劉備が口を挟んだ。

「しかし、殿。曹操に追いつかれます。いかにまだ宛《えん》だといっても」

「それも、仕方があるまい。だから孔明《こうめい》は、おまえたちの武勇が恃みと言っているのだ」

別の考えが、孔明にはある。劉備には、それはわかっていた。それがなにか、訊《き》くまいとも思った。

「やれやれ。存分に暴れ回れると思ったら、女子供のお守《も》りか」

「暴れる機会は、この先いくらでもあります。いまはとにかく、夏口で全員が落ち合えるかどうかなのです」

「突っ走りゃいいじゃないか、夏口まで。充分に間に合うぜ、孔明殿」

「すでに、戦ははじまっている。いいか、張飛殿。われわれが最初になすことは、曹操軍を江陵《こうりょう》にむかわせることなのだ。そのためにはわれわれが江陵にむかい、しかも追いつかれそうにならなければならない」

三人とも、はっとしたようだった。さすがに、歴戦である。孔明がやろうとしているることがなにか、いまのひと言でわかったようだ。民を使って、進軍を遅らせる。

追いつかれたら、千二百の騎馬は、民に紛れて逃げる。いままでの劉備軍《りゅうび》なら、考えられない戦法だった。

「責めは、すべて軍師たる私のものです。民が死んだという責めは」

「もういい、孔明《こうめい》」

劉備は言った。本来なら、責めは自分だと言うべきなのだ。

「行こう」

関羽《かんう》が、短く言った。

降伏の使者が来た。

最もいい状態で、南征《なんせい》は進んでいる。荊州《けい》に入ったらすぐに、降伏なのだ。揚州《よう》も、こういうふうにいけばいい、と曹操《そうそう》は思った。

ただ、気になることがあった。

劉備が、動いていない。全軍が樊城《はんじょう》にいるが、特に籠城《ろうじょう》の気配でもない、と五錮《ごこ》の者が報告してきた。襄陽《じょうよう》が降伏するのに、樊城での籠城の意味はない。

なぜ、動かないのか。荊州内に、降伏反対派はいないのか。

江夏郡《こうか》の西にいた、劉琦《りゅうき》の一万数千の軍が、ゆっくりと夏口《かこう》方面へ移動している、という報告が入った。

裏陽は降伏しても、反対派は江夏にいた、ということなのか。反対派を結集しそうな劉備が、まったく動いていない。

「どう思う、賈詡《かく》？」

「劉備が、動かないはずはありますまい。まして、襄陽の降伏がはっきりしたのですから。しかし、それも小さなことです。丞相《じょうしょう》は、悠々と大軍を進められればよい、と思います」

この戦では、威光を見せつければいい、というのが賈詡の考えだった。だから、ゆっくり進む。闘うのが損だと考える時間を、たっぷりと相手に与えてやる。

しかし、曹操には、どうしても劉備を無視することができなかった。考えてみれば、数多くの群雄が立った。二十数年の間に、次々と倒れた。いま生き残っているのは、自分と劉備だけではないか、と思う。生き延びるなにかを、劉備は持っていたのだ。たとえば、陶謙《とうけん》に譲《ゆず》られた徐州《じょ》を、あっさりと呂布《りょふ》に奪われた。それが曹操の眼《め》には、徐州を捨てたというように見えたのだ。あっさりと、一州を捨てることができる男。それでなにを得たか、はっきりわからない。ただ、劉備は生き延び、呂布は死んだ。

「甘く見るな。劉備玄徳《りゅうびげんとく》という男を、甘く見てはならん」

「しかし、二十万のこの大軍に、六千でどうやって立ちむかうのです？」

それは、曹操《そうそう》にもわからなかった。しかし、劉備は気になる。

「孫権《そんけん》の動向の方が、私は大事だと思います。柴桑《さいそう》が本営。夏口《かこう》が前進基地。荊州《けい》を横から衝《つ》く構えではありませんか。しかも、西へ真直《まっす》ぐ進めば、江陵《こうりょう》です。厖大《ぼうだい》な武器と、数年分の穀物が蓄《たくわ》えられているといいます」

「孫権が江陵を奪《と》りにきたら、それで終りだ。二度と、揚《よう》州には帰さん」

つまり、構えさえはっきり見えたら、気にはならない。大軍で押し潰《つぶ》せばいいだけのことだ。

「劉備には、諸葛亮《しょかつりょう》という軍師がついたらしい。これは、二十数年の戦の経験が言っていた。楽進《がくしん》を打ち払った手並みを見ても、ただ者とは思えぬぞ、賈詡《かく》」

「お言葉ですが、軍学もきわめられた丞相《じょうしょう》が、若い軍師を気になさることはない、と思います」

行軍は、続いていた。

曹操は、まだ考え続けていた。このままでは、襄陽《じょうよう》に着いてしまう。樊城《はんじょう》も、たやすく踏み潰せる。座して、それを待つ男ではないはずだ。

宛《えん》から新野《しんや》へむかう途中で、五錮《ごこ》の者が報告に来た。劉備が、やっと動いた。

「馬鹿な。十万もの民を連れているだと？」

「間違いないと思います。劉備の軍勢と一緒に、民も樊城から出てきました」

「張遼《ちょうりょう》を呼べ」

しばらく考えて、曹操は言った。張遼が、土煙《つちけむり》をあげて駈けてくる。

「すぐに、劉備を追え。首を取るのだ。あの男は、江陵にむかう気だ。江陵で、十万の民に武装させる気だ」

「しかし、女や子供も？」

賈詡が言った。

「私は、青州《せい》黄巾《こうきん》軍百万と、兗《えん》州で闘った。あの時は、女も子供も老人もいた」

「追います」

張遼が言った。騎馬一万。曹操軍では、最も迅速な部隊だった。

「駈けに駈けます。ひとつだけ、御指示をいただきたい。劉備の首か江陵かとなった時、私はどちらを取るべきでしょうか？」

「江陵を先に奪れ。そののち、劉備の首だ。私は、両方を望んでいるがな」

「わかりました」

張遼《ちょうりょう》が、土煙をあげながら駈け去った。劉備《りゅうび》が動いたことで、曹操《そうそう》はかすかな安堵《あんど》を覚えていた。

襄陽《じょうよう》に駈けこんだ。

死んだ劉表《りゅうひょう》の館《やかた》。いまは幼い劉琮《りゅうそう》や、蔡瑁《さいぼう》一派がいるはずだった。門は閉ざされ、三百ほどの守兵が門外に立っていた。

「劉琮殿、劉備です。一戦も交えず曹操に降伏したというのは、まことですか?」

守兵が阻《はば》むので、劉備は門外から大声で怒鳴った。

「それは、亡き劉表殿の御遺志ではありますまい。劉琮殿、曹操と闘うのだ。ここは荊《けい》州、地の利はわれらにある。ともに闘い、曹操を北へ追い返そうではありませんか。いや、曹操を討《う》とう。そのためなら、この劉備は、身命を擲《なげう》ちますぞ。劉琮殿、劉表殿の弔《とむら》い合戦だ。この劉備玄徳《げんとく》とともに闘われるのだ。蔡瑁ごときの、言いなりになってはなりませんぞ」

弔いだ、弔い合戦だ。そう叫びながら、張飛《ちょうひ》と趙雲《ちょううん》の騎馬隊が、襄陽の中を駈け回った。館の門は閉ざされ、中はしんとしている。

「劉琮殿、劉琮殿。幼き劉琮殿に、前線に立てとは言わぬ。この劉備が、必ずお守りしてみせる。だから、御出陣くだされい。亡き劉表殿の弔いのためにも、総大将として御出陣くだされい。子の道、人の道を、捨てられてはなりませんぞ」

城郭《まち》の各所から、少しずつ武装した者が集まりはじめた。それはいつか、数千に達し、劉備の背後で、曹操を討てと叫びはじめた。

「蔡瑁ごときは、八つ裂きにしてやる。自らの保身のために、国を売る不忠者が。劉琮殿、大義を見失わないでください。ここは、弔い合戦に出るのが、人の道なのですぞ。亡き劉表殿を、嘆かせるのは不孝の道です」

劉備は、同じことを叫びながら、襄陽の城郭の中を駈け回った。再び館の前に戻った時は、武装した数千が従っていた。ただ曹操に降伏する。それを恥と心得ている人間が、これだけいるということだった。

「劉琮殿。この劉備は闘います。たとえひとりだけになろうと、劉表殿のために闘います。それが、武将の道だからです。男の道だからです。この劉備、人の道を踏みはずしてまで、生き延びようとは思わぬ。さらばだ、劉琮殿。劉備玄徳、いまより、義のための戦にむかう。さらば、不孝の子よ」

馬腹を蹴《け》り、劉備は城門の外まで駈け出した。六千から七千の、武装の兵がいつの間にか後方についていた。

「関羽《かんう》、船は？」

「準備はできております。必ずや、曹操《そうそう》に一矢《いっし》を報《むく》います」

郭城《まち》で集まった六、七千の兵を、関羽が船に乗せはじめた。

「実にいい演説でございましたぞ、殿。義は殿にあります。われらに従う民とともに、死地へむかいましょう」

孔明《こうめい》が叫んでいた。

「また会おう、関羽」

それだけ言い、劉備《りゅうび》は馬腹を蹴って駈けはじめた。


本営の奥で、孫権《そんけん》は腕を組んでいた。

柴桑《さいそう》の前を流れているのは、長江《ちょうこう》である。夏口《かこう》まで行けば漢水《かんすい》が注ぎこんでいて、その水は澄んでいる。漢水の水と長江の水がぶつかるところは、きれいな線になっていた。最初に見た時は、土色の水と緑の澄んだ水の境界が、水ではない別のもののように見えて、不思議な気がしたほどである。

曹操が、ついに来た。

攻めたのは荊州《けいしゅう》で、まだ揚州《ようしゅう》には指一本触れていない。やがて、荊州から揚州にむかって攻めてくるのは、間違いのないことだろう。柴桑に本営を置いてはいるものの、それは江夏《こうか》郡制圧の拠点《きよてん》であり、曹操と闘うためというわけではなかった。しかし、曹操は、すでに荊州に進攻しているのだ。

荊州を奪《と》ると、曹操は一旦矛《いったんほこ》を収めるのか。それとも、余勢を駈って揚州に雪崩《なだ》れこもうとするのか。

夏口から柴桑にかけての軍は、二万五千である。船の数も、かなりある。しかし揚州軍の本隊は、夏口から鄱陽《はよう》にかけて展開していた。調練《ちようれん》も兼ねている。周瑜《しゆうゆ》は、あらゆる事態を想定しての、調練を命じているようだ。

曹操とは闘うべきだ。孫権は、そう思っていた。しかし、幕僚《ばくりよう》の意見は分かれている。会議はまだ開いていないが、降伏論があることは予想できるのだ。なにしろ、二十万という大軍だった。

諸葛瑾《しよかつきん》の弟が、劉備の軍師をしていた。諸葛亮《しよかつりよう》という。何度か、兄に書簡《しよかん》を寄越《よこ》した。孫権は劉備と連合して曹操に当たるべきだというのである。兄弟の縁《えん》を頼って、揚州にすがろうとする態度でないことは、書簡を読めばわかった。最初の書簡は、江夏の西に駐屯《ちゆうとん》している劉琦《りゆうき》の兵は劉備軍に加わる、と断ったものだった。二度目の書簡では、戦の理を説いていた。

諸葛瑾《しよかつきん》は、実直な能吏である。文官としては、いずれ張昭《ちようしよう》の跡を継ぐ者だ、と孫《そん》権《けん》は思っていた。信頼を置いている部下のひとりである。

江夏《こうか》の西にいる劉琦《りゆうき》軍は、そのままにしておいた。荊《けい》州の情勢を見ていたが、劉《りゆう》備《び》が反曹操《そうそう》派を結集する動きはなかった。荊州全体はわからないが、襄陽《じようよう》には降伏の匂《にお》いが満ちている。ならば、劉備はどこかで動くしかないはずだ。

周瑜《しゆうゆ》や魯粛《ろしゆく》とは話し合った。劉備軍がどれほどの規模かは別として、荊州内の勢力とは結ぶべきだという意見を、二人とも持っていた。しかし、むこうからの接触はない。自分が、細かいことを気にしているのが、孫権にはわかっていた。それでも、何日か考えこんだ。

そしてようやく、魯粛を荊州へやったのだ。荊州の情勢を見てくること。劉備と話し合ってくること。仕事はその二つを与えてある。

決断が遅いのだろうか、と孫権は思った。なにしろ、すぐに決められない。あれこれと考える。そのうちに、情勢が動き、また考え直す。

結局、劉備への使いも、それで遅れた。

周瑜は、揚《よう》州軍だけでも闘うつもりだ。はじめからそうで、連合できる相手がいればいいが、戦は独自にやれる態勢を作っておくべきだ、と言っていた。

他者を頼らず。いかにも、周瑜らしかった。

一歩、周瑜に近づいたら、一歩離される。そんな気がした。黄祖《こうそ》を討って、これで武将としても並べると思ったが、大敵を前にすると覚悟の差のようなものを感じてしまう。

兄の孫策《そんさく》が死んだ年齢を、すでに越えていた。孫策の呪縛《じゅばく》など、もうない。自分は揚州の総帥《そうすい》であると、いまならばいい切ることもできる。

しかしやはり、周瑜を前にすると、どこかで萎縮《いしゅく》していた。

「殿、黄蓋《こうがい》殿がおみえです」

父の代からの、三代にわたる部将だった。老いてはいるが、まだ軍を率いて闘う気概も体力も失っていない。程普《ていふ》、黄蓋、韓当《かんとう》という老将が、軍の頂点にいることがどれほど役に立ったか、周瑜にはよく聞かされた。

三人の老将も、周瑜にはある敬意を払っているようだ。

「酒を」

孫権は、従者《じゅうしゃ》に命じた。

白い髭《ひげ》を撫《な》でながら、黄蓋は孫権のそばに立った。

「ひとつだけ、お訊《き》きしたいことがございました、殿」

三人の老将は、ふだんの会議には出てこない。若い者が喋《しゃべ》りにくいだろう、と三人で話し合ったということだった。孫策《そんさく》のころの会議には、まだ出ていたのだ。

「あまりお話しする機会とてありませんので、いい機会だと思いました」

従者が、酒を運んできた。黄蓋《こうがい》は、孫権《そんけん》が注《つ》いでやった酒を、一杯だけ飲んだ。

「殿は、天下を望んでおられますか？」

「天下か」

いまは、曹操《そうそう》をどうするかだ、と孫権は言いそうになった。しかし、曹操と闘うということは、そのまま天下を争うことになる。

あまり、天下を考えたことはなかった。天下という遠いものを見るより、足もとを見ていなければならないことが多かった。足もとを見ながら、天下も望む、というほど自分は器用ではない、とも思う。

「揚《よう》州を、誰《だれ》にも侵《おか》されたくない」

「揚州を、ですか？」

「まとまった、しっかりした国であったら、曹操もたやすく攻められぬ」

「しかし、曹操は眼の前に来ておりますぞ」

「一歩も揚州に踏みこまぬ。それなら、曹操と争う意味はない。攻めるというなら、受けて立とう」

「つまり、曹操には屈せぬ、とおっしゃられるのですな」

幕僚の中にある降伏論を、黄蓋はいくらか知っているのかもしれない。

「私など、もう老いぼれで、いつ死んでも惜しくはありません。しかし、殿はお若い。周瑜《しゆうゆ》殿もです。闘うと言われるなら、今後二十年、三十年と、曹操の一族と闘い続けるという覚悟が必要です」

「私は、足もとだけを見ている。つまり、揚州だけを。それがいま、荊州の江夏《こうか》郡にまで拡《ひろ》がった。いずれ、荊州も私の足もとになるかもしれん。つまり、私はそういう生き方をしていく」

そうやって、いつか天下が見えてくるだろうか。もし見えてきたとしたら、天下を望むということになるのかもしれない。

「私は、三代の主《あるじ》に仕えてきました。孫堅《そんけん》様のころは、乱世がはじまったばかりで、拠《よ》って立つ地も荊州長沙《ちようさ》郡にすぎませんでした。孫策様は揚州全域を手にされましたが、いつ掌《てのひら》からこぼれ落ちていくか、危ういところもございました。殿はその揚州を、しっかりと固められました」

「なにが言いたいのだ、黄蓋？」

「孫堅《そんけん》様や孫策《そんさく》様より、殿は天下にお近いのです。自らの足で、そこまで進まれたのです」

揚《よう》州。それは手にとるようにわかる。荊《けい》州が加わったとしても、眼配りはできるだろう。しかし中原《ちゅうげん》が加わる、河《か》北《ほく》が加わるということになれば、孫権《そんけん》には想像ができなかった。

天下という器ではない、という気もした。

「殿は、天下の近くにおられます」

曹操《そうそう》に屈するな。黄蓋《こうがい》はそう言っているのかもしれない。

黄蓋は、かつて父の孫堅が、反董卓《とうたく》連合軍に参加し、めざましい働きをしたころの話をした。そのころの武将で生き残っているのは、曹操ひとりであるという。劉《りゅう》備《び》などは、公孫瓚《こうそんさん》の部下にすぎなかった。

昔話は、好きではなかった。いまはいまだ、と孫権は思う。

ひとりになると、また考えこんだ。

周泰《しゅうたい》に案内されて、潜魚《せんぎょ》が入ってきた。

「襄陽《じょうよう》が、降伏の使者を曹操に送りました。樊城《はんじょう》の劉備はそれを知り、劉琮《りゅうそう》のもとへ掛け合いに行きましたが会えず、いまは十万の民とともに江陵《こうりょう》へむかっております」

「十万の民？」

「江陵で、武装させる気かもしれません。それから、関羽《かんう》を大将とする一万余は、漢水《かんすい》を下ってきています」

「劉備は、全軍ではないのか？」

「正確な数は、わかりません。なにしろ、十万の民と、おびただしい輜重《しちょう》を連れておりますので」

荊州の軍事の要《かなめ》は、江陵だった。江陵を確保すれば、劉備はそこで態勢を立て直すことができる。逆に曹操は、劉備を討ち、自ら江陵を奪《と》りたがっているだろう。荊州水軍の主力も江陵にあり、そこを奪れば、数千の軍船を手に入れることにもなる。

こちらへ来る。長江《ちょうこう》を下って、江夏《こうか》から、揚州を攻めるつもりだ。そのために、なんとしてでも江陵《こうりょう》を奪ろうとするだろう。

劉備が、それを阻《はば》めるとは思えなかった。しかし、関羽が率いる漢水の一万余。江夏の西にいる劉琦《りゅうき》の一万数千。これは無傷だった。

劉備は、なにを狙《ねら》っているのか。

混乱した。もう少し、曹操《そうそう》の動きを見ているしかないのか。

建業《けんぎょう》からも、文官が柴桑《さいそう》に集まりはじめていた。こちらは、非戦派である。曹操と闘う。それは決めている。しかし、会議をまとめることができるのか。まとまらなければ、曹操に膝《ひざ》を屈するしかないのか。

考え続けた。できることは、それだけだった。

2

どこで追いつかれるのか。

孔明《こうめい》は、それだけを考えていた。もとより、追いつかれることを前提とした行軍である。十万の民を連れた行軍は、蟻《あり》が這《は》うようにのろい。十里（約四キロ）にわたって、伸びきってしまってもいた。

張飛《ちょうひ》も趙雲《ちょううん》も、黙々と進んでいた。動かなくなった輜重《しちょう》がいれば、馬で曳《ひ》いてやる。遅れた一団は、急がす仕草はするが、辛抱《しんぼう》強く待ってやる。

曹操には、官渡《かんと》での袁紹《えんしょう》戦以来の、軽騎兵がいる。張遼《ちょうりょう》という、かつては呂布《りょふ》の部将だった者が指揮していて、曹操軍随一の迅速さを誇っているという。

曹操が、自分が考えたほどの武将なら、必ず張遼を駈《か》けさせるはずだ。

「一日に二十里（約八キロ）しか進めん。これではどうにもならん」

張飛が呟《つぶや》いた。なぜ民を伴っているか、知っている。だから、不満を言いたてることはしない。ただ、呆《あき》れているのだ。

劉備《りゅうび》は、黙々と進んでいた。阿斗《あと》と名付けられた、赤子を抱いた甘《かん》夫人。それに寄り添う糜《び》夫人。輿車《こしぐるま》は用意してあったが、悪路で、しばしば歩かなければならなかった。夫人たちの一行には、二十名ほどの侍女も付いている。

「孔明殿。最後尾に、誰《だれ》かいた方がいいのではないだろうか？」

趙雲が、馬を寄せてきて言った。行軍三日目である。夜は進むことは不可能で、脱落する者も出はじめていた。

「しかしな、趙雲殿」

「誰かというより、私がそこにいようと思うのだが」

最後尾は、危険だった。そこに、遅れた民がいるのなら、曹操軍も蹴散《けち》らすだけだろう。しかし、たとえ数百であろうと、精強《せいきょう》な騎馬隊がいたとしたら、大軍で押し包むに違いなかった。民の中では、いかに趙雲といえど、縦横に騎馬隊を駈け回らせることはできない。

「私が、追撃の軍とぶつかる。その間に、殿は安全な場所にまで行けるかもしれない」

「殿は、先頭におられる。十里（約四キロ）先だ。趙雲《ちょううん》殿は、十里を耐《た》え抜けると言うのか？」

「耐えてみせる。とにかく、最後尾にはまとまった軍がいた方がいい」

「趙雲殿を失うかもしれない決断を、私にしろと？」

「全員が死ぬ。それよりはいい」

「かなりきわどいことになる、と趙雲殿は思っているな」

「これは、曹操《そうそう》に仕掛けた、とてつもない罠《わな》ではないのか。江陵《こうりょう》を手に入れれば、曹操はためらわず揚《よう》州を攻める。なにしろ荊《けい》州水軍のほとんどの船が手に入るのだからな。そんな大きな罠には、それなりの餌《えさ》も必要だろう。曹操が荊州に腰を据えて、じっくりと揚州を攻めにかかる。孔明《こうめい》殿としては、絶対にそれを避けたいのではないのか。ただ逃げ惑う民が相手なら、敵はそのまま先頭まで駈け抜ける。私は、そう思う。いや、私なら、そうする」

最後尾に追いついた時に、かなり厳しい抵抗を受ける。それで、曹操軍は民の中を駈け抜けにくくなる。どこかでまた、強い抵抗にぶつかるかもしれない、と考えざるを得ないからだ。

これも、賭《か》けか。劉備《りゅうび》軍の至宝とも言うべき将軍を、ひとり失うかもしれない賭け。

ここを凌《しの》がなければ、なにひとつはじまらないのだ。せっかく温存した二万余の兵力も、役に立たないことになる。

孫権《そんけん》との連合。つまり対等に手を結ぶためには、やはり二万の兵力は必要だった。そして江陵で船を手に入れた曹操が、そのまま揚州に攻めこもうと思うためには、劉備の首か江陵かの、きわどい選択をさせることも必要なのだ。

「どういうふうにやる、趙雲殿？」

「八百騎を、四隊に分けて進ませる。最後尾の二百を追い立てると、一里先で四百になり、さらに一里先で六百。三里先で八百となった時、敵の先鋒《せんぽう》は痛撃を受ける。先鋒の一千や二千は、蹴散《けち》らせる。それぐらいの抵抗は、必要ではないのか、孔明殿」

その方が、確実だった。報告を受けた曹操も、江陵を奪《と》れたことでよしとするだろう。劉備が江陵を諦《あきら》めた、とも思ってくれるだろう。

「頼もう、趙雲殿」

「私には、孔明《こうめい》殿のような軍略はない。この槍《やり》を遣《つか》って、はじめて人後に落ちぬと思えるだけだ。殿のために、槍を遣える。その場を与えてくれたことに、感謝する」

死なないでくれ、と孔明は言おうとした。その時、趙雲《ちょううん》はすでに駈け去っていた。

張飛《ちょうひ》は、先頭の劉備《りゅうび》のすぐ後ろだった。劉備の旗本《はたもと》が、五十騎。あとは、張飛の四百騎だけである。趙雲は最後尾で、その間には十万もの民がいる。

どちらが最後尾か、趙雲と話し合った。

どちらも、譲《ゆず》らなかった。頼む、と趙雲がひと言いった。趙雲に頼まれたのは、はじめてだった。それで、最後尾を譲った。劉備のそばにいる者も、必要なのだ。

張飛には、気になることがひとつあった。

董香《とうこう》が、具足《ぐそく》を付けて兵の中に混じっているのだ。十五名ほどで、甘《かん》夫人、糜《び》夫人の輿車《こしぐるま》を守っている。王安《おうあん》も、董香に付けていた。女のくせにと思ったが、そこには若干の心配も入り混じっている。王安はそれを察したのか、輿車の警固につくことを、自ら志願した。生意気な、と思う気持の中に、多少の安堵《あんど》があった。

おかしな行軍だった。いや、行軍とさえ言えない。移動する十万の民を、わずかな数の騎馬が守っている。

まったく、孔明という男は、不思議なことを考える。揚《よう》州の孫権《そんけん》と組んで、曹操《そうそう》とぶつかる。まずそれがあって、そのためにはなにをすればいいか、考える。それも、実に緻密《ちみつ》に考える。張飛など、絶対に思いつきもしないやり方が、そこから出てくる。

こうしてああすれば、こうなる。そんなことを考えるのが、張飛は苦手だった。敵がいて、力のかぎりそれにぶつかる。戦場ではそれでいい、と思っていた。兵の動かし方に、駈け引きはある。それはあくまで、戦場で兵がぶつかり合っている時のことだ。

孔明を、嫌いというわけではない。どこか、親しみにくいところがある。孔明にそれを気にした様子はないが、構えてしまうようなところが、張飛にはあった。

多分、いい軍師なのだ。だから、孔明が劉備につくことになったのは、悪くないとは思っていた。軍師が必要だということは、関羽《かんう》も趙雲も感じていたはずだ。

とにかく、こんな行軍は早くやめにしたかった。馬も、駈けたがっている。はじめの一日は我慢していたが、二日目からは、なぜ駈けさせないのかと、しばしば首を振るようになった。

駈けに駈けさせているから、馬は駈けるのが自分の使命だと思いこんでいるのだ。

雨が降り、道のところどころが泥濘《でいねい》になった。こういう時、厄介《やっかい》なのは輿車や輜《し》重《ちょう》だった。しばしば、車輪をぬかるみにとられる。何人かで押したり、馬で曳《ひ》いたりする。そのたびに、進軍は滞《とどこお》るのだ。

孔明《こうめい》は、先頭の劉備《りゅうび》についていることが多かった。ただ、相当に斥候《せっこう》を放《はな》っているらしく、しばしば隊列を離れて報告を受けていた。

曹操《そうそう》軍は、まだ追いついてこないらしい。襄陽《じょうよう》を出た時に、かなりの距離があった。曹操の位置がどこで、いつ追撃軍を出したかは、はっきりわからない。しかし、軽騎兵ならば、もう追いついてくる。

「張飛《ちょうひ》殿。なにかあったら、とにかく殿を頼む。二人きりになったとしても、夏口《かこう》まで殿をお連れしてくれ」

孔明が改めてそう言ってきたのも、追撃軍が迫っているという予感があるからなのだろう。

民は、疲れはじめていた。甘《かん》夫人や糜《び》夫人も、かなり疲れているようだ。四百の部下は、百騎ずつ最後尾まで駈けさせた。それを何度もくり返させる。馬も兵も、こんな行軍では、心を緩《ゆる》ませてしまうからだ。騎馬隊が駈けることによって、民は守られているという気分に、いくらかでもなれるだろう。

「王安《おうあん》」

呼んでから、輿車の警固だったことに、張飛は気づいた。いつも、そばにいる。だから、なにかあると、呼ぶのが習慣になっていた。

待ち続けた。

最初の勝負だった。孔明はここさえ乗り切ればと言ったが、乗り切ったあとにはもっと難しい勝負が続いている、と劉備には思えた。

先の先まで考えるのは、孔明に任せるという気になっていた。とにかく、自分がいまやらなければならないのは、逃げきることだ。逃げきらないかぎり、なにもはじまらない。

江陵《こうりょう》を奪《と》る。以前の自分なら、そこまでは考えただろう。しかし、守兵三万。襄陽《じょうよう》が降伏したのなら、劉備は敵ということになる。三万で守る城を、六千の軍で落とせるとは思えなかった。攻めている間に、曹操軍に背後を衝《つ》かれ、また負けることになっただろう。

いまは、江陵を奪るふりをしているのだった。これまで、劉備の頭にそんな発想が生まれたことはない。

主力を温存するというのも、はじめてのことだ。いつも全軍で闘い、それでも寡《か》兵《へい》だった。ひとりひとりを強くするしかない、と考えて、関羽《かんう》や張飛《ちょうひ》や趙雲《ちょううん》は、ほかの軍ではやらないような、厳しい調練《ちょうれん》をくり返してきたのだ。

「お疲れではありませんか、殿？」

「孔明《こうめい》か。私を心配するより、付いてきている民の心配をしてやれ。私の後ろからは、張飛が大きな眼《め》をして付いてきている」

「張遼《ちょうりょう》の軽騎兵だろうと思います。追ってくるのは。よほど急いでいただかなければ逃げきれません」

「くどいな、孔明。みんな、そんなことは心得ている」

「これは、失礼いたしました」

自分を死地に立たせる。だから孔明もくどくなるのだろう、と劉備《りゅうび》は思った。それは、具足があまり好きではないのか、孔明は筒袖鎧《とうしゅうがい》をつけているだけだった。それは、まるで雑兵《ぞうひょう》のようでもあり、ちょっとおかしな恰好《かっこう》だった。兜《かぶと》など、無論被《かぶ》っていない。

「追いつかれたら、逃げる方向を指示せよ。それだけでよい。おまえも、逃げのびることに、全力を使うのだ」

「そうですね。私も、自分の心配をすることにします」

孔明が、笑った。

妻たちと子が逃げきれるか。その心配は、劉備にもあった。いざとなれば、民の間に紛れこめ。そう伝えてある。かつて徐《じょ》州でひどい殺戮《さつりく》をやったようなことは、曹操《そうそう》ももうしないだろう。天下が目前なのだ。民は、自分の民だという意識が、曹操には出てきているはずだった。

「敵です」

不意に、孔明が言った。越えてきたばかりの丘から、白い布が振られていた。すぐに、伝令も到着した。

「半数は、趙雲殿が引き受けています。残りの半数は、民を蹴散《けち》らしながら、こちらへむかっています」

張飛が、駈けてきた。

「長坂《ちょうはん》へ。長坂橋を渡ってください。張飛殿は長坂橋を固め、味方を収容し、敵を渡らせず、味方の収容を終えたら、橋を落とすこと」

孔明が叫んだ。張飛の率《ひき》いる騎馬隊が、すでに劉備を囲んで駈けはじめていた。

追いすがってきたのは、五千ほどの騎馬隊だった。趙雲《ちょううん》が半分は引き受けているというから、一万はいるのか。逃げ惑う民を蹴散《けち》らしながら、真直《まっす》ぐに劉備《りゅうび》を追ってきた。

3

張飛《ちょうひ》は、四百騎を二隊に分けた。二百は、なにをおいても劉備を守り、長坂橋《ちょうはん》を渡る。あとの二百は、張飛が率《ひき》いて敵を引きつける。そのため、張飛は『劉《りゅう》』の旗を掲げさせた。

勝つための戦《いくさ》ではない。とにかく敵を引きつける。それだけを考えて、張飛は駈《か》け回った。時に、敵の中に突っこんでいく。蛇矛《じゃぼう》を振り回しながら、敵を叩《たた》き落とす。そのまま敵の中を駈け抜け、逃げる。

それをくり返した。

三千か四千は引き受けている。張飛はそう思った。しかし、一千から二千は、劉備を追っているのだ。たまるか。叫んで、張飛は五、六人を蛇矛で叩き落とし、長坂橋にむかって駈けた。真直ぐに、駈けられはしない。しばしば、敵に遮《さえぎ》られた。

そのたびに、張飛は蛇矛を振り回した。

孔明《こうめい》がいた。

「なにをしている、孔明？」

叫んだ。

「民は、殺されていない。蹴散らされているだけだ」

「そんなことを。早く長坂橋に行け。なんのために、俺《おれ》たちが躰《からだ》を張っていると思う」

「張遼《ちょうりょう》の兵は、民を殺そうとはしていない」

「おまえが死んだら、意味はないだろう、孔明。俺のあとから付いてこい」

「殿は？」

「俺が、保証してやる。劉備玄徳《げんとく》は死なねえ。それより、おまえの方が心配だ。長坂橋まで、駈けに駈けるぞ」

「待て、張飛。奥方たちは？」

「知るか、そんなことまで。付いてこいよ。いまは駈けるしかねえんだ。余計なことをぬかすと、鼻を叩き潰《つぶ》すぞ」

敵。『張《ちょう》』の旗《はた》。張遼だった。

「見ろ。張遼《ちょうりょう》が来たぞ。駈けろ。おまえがいたんじゃ、暴れられねえ」

長坂橋《ちょうはん》。劉備《りゅうび》は渡ったのか。

追いすがる敵を、蛇矛《じゃぼう》で払い落としながら、張飛《ちょうひ》は駈けた。

二百騎が、橋を固めていた。孔明《こうめい》が橋を渡るのを見届けると、張飛は四百騎で敵に備えた。二千か、三千か。長坂橋に通じる道は狭い。押し寄せてくる敵を、三度、四度と打ち払った。

趙雲《ちょううん》の部隊も、戻ってきはじめた。

劉備の夫人の一団と董香《とうこう》の姿はなかった。押し寄せる敵を打ち払いながら、張飛はそのことを考えていた。王安《おうあん》もいる。機転は利くはずだ。急げ。張飛は叫んだ。

味方を収容していく。敵は打ち倒した。

俺は張飛だ。橋を背にして立ち、張飛は何度も呟《つぶや》いた。どいつであろうと、打ち殺してやる。

二百騎で、集まっている敵を一度かき回した。趙雲の兵が、五騎、十騎とまとまって駈け戻ってくる。それは橋を渡し、劉備と合流させた。

劉備は馬を失い、長坂橋までの一里（約四百メートル）ほどを、自分の足で走った。旗本《はたもと》は、襲ってくる敵の相手でどうにもならなかったのだ。

橋を渡った時は、息が切れて立っていられないほどだった。やがて、旗本が橋を渡ってきた。孔明も、無事に駈けこんできた。

川は深い谷を流れていて、橋を渡らないかぎり、たやすくはこちらに来られない。

「趙雲殿と張飛殿が、なんとか踏ん張ってくれるといいのですが」

「大丈夫だ。おまえは戦場での、あの二人のほんとうの姿を見たことは、まだないのだ。あの二人が死ぬことなど、私には想像もできない」

「殿、われらだけでも、漢水《かんすい》にむかって進みましょうか。兵も、百ほどは集まっています」

妻たちの姿がなかった。それは仕方がないことか、と劉備は思った。民に紛れていた方が、安全かもしれないのだ。

孔明は、右手に軽い傷を負っていた。張飛に出会う前だ。剣が、顔をかすめた。腕に痛みが走ったのは、その直後だった。

民を無差別に殺すなどということを、孔明が見たかぎりでは、曹操《そうそう》軍はやってこなかった。気になったが、それはいくらか安心できた。張飛が見つけてくれなければば、橋を渡るのにもっと苦労しただろう。張飛《ちょうひ》の馬群に包まれ、わけもわからないうちに橋を渡っていたのだ。

「橋から二里のところで、陣を組む。渡ってくる兵は、その陣に加える。千を超えたら、漢水《かんすい》にむかおう」

なるだけ早く、劉備《りゅうび》だけでも漢水にむかわせたかった。しかし、劉備の性格では、ひとりだけとは考えられないだろう。

孔明《こうめい》は、百ほどの騎馬に、円陣を組ませた。さらに渡ってきた兵は、別の円陣を組ませ、それが百になると、また別の陣を組ませる。そうやって円陣が十になれば、千騎が橋を渡ったことになる。

甘《かん》夫人と糜《び》夫人の姿がなかった。民に紛れて逃げている、と思いたかった。

張遼《ちょうりょう》の軽騎兵は、さすがに速く、しかも精強《せいきょう》だった。最後尾が一千にも満たない騎馬だと見きわめたのか、そこには五千を当て、残りの半分は、先頭にむかって突っ走ってきたのだ。丘の頂《いただき》からの合図がなければ、孔明にはわからなかっただろう。伝令より、速かった。

きわどいところだったが、劉備は一応逃げきった。長坂橋《ちょうはん》は、孔明が想定していた逃げ道でも、最も安全なもののひとつだった。あとは、できるかぎり味方を収容し、橋を落とせばいいのだ。

劉備の息は、まだ乱れているようだった。自分の足で走ったせいか、具足《ぐそく》も軍袍《ぐんぽう》も泥で汚れている。頰《ほお》についた泥が、乾きかけていた。

「三百は、戻ったな」

劉備が言った。三つの円陣が完成し、四つ目が作られようとしている。

趙雲《ちょううん》は、駈け回った。張飛からの伝令で、劉備が長坂橋を渡ったことは知った。部下を、二隊は長坂橋にむかわせた。二、三千の敵がいるようだが、それぞれ突破して橋を渡るしかなかった。

張遼の騎馬隊が、五百規模の隊でいくつも駈け回っていた。散ったといっても、十万の民だ。そこここで、逃げ回っている。蹄《ひづめ》にかけられて、倒れている者も少なくなかった。

「趙雲様、あれを」

ひとりが叫び、指さした。丘のところに、十騎ほどが追いつめられている。

その十騎が守っているのは、甘夫人と麋夫人の一行だった。攻め立てているのが、およそ三百騎。趙雲は、全身の血が熱くなるのを感じた。叫び声をあげていた。突っこむ。自分の躰《からだ》ではないような気がした。五人十人と、槍《やり》で撥《は》ねあげていく。突っ切った。

「馬を。甘《かん》夫人と糜《び》夫人に、馬を」

敵の馬が四、五頭、引っ張ってこられた。三百騎ほどの敵は、ようやく散りはじめた。しかし、土煙《つちけむり》が二つ近づいている。

「逃げきれません、趙雲《ちょううん》様。せめて、阿斗《あと》様だけでも。あとは、私が守ります」

見ると、王安《おうあん》だった。張飛《ちょうひ》の妻の董香《とうこう》もいる。

「若君は？」

阿斗を抱いた侍女が、前へ出てきた。

敵。このまま逃げきれるのか。とっさに、趙雲は覚悟を決めた。

「若君は、私がひとりでお連れする。王安、私の部下とともに、夫人をお守りしろ。ひたすら、長坂橋《ちょうはんきょう》にむかって駈けるのだ。若君を長坂橋のむこうに無事お連れしたら、私は必ず戻ってくる。生きていろよ」

具足の前を開き、趙雲は阿斗の躰を包みこんだ。敵。趙雲の部下と王安たちを合わせて二百足らず。切り抜けられるのか。

「円陣を組め。奥方を中央に」

王安の声を背に、趙雲は一騎で駈け出していた。遮《さえぎ》ろうと、十騎ほどが出てくる。趙雲は雄叫《おたけ》びをあげ、頭上に槍を差しあげた。駈ける。ここは、駈けながら打ち払うしかない。全身の血が沸いたようになった。三騎、五騎。打ち倒し、撥ねあげた。二、三騎が、逃げる。しかし、五、六騎がまたむかってきた。真中を、断ち割って駈けた。趙雲の気魄《きはく》が、馬にも乗り移っていた。敵の馬が、怯《ひる》んでいる。五、六人を打ち払った時、趙雲は駈け抜けていた。長坂橋。見えている。しかし、敵が塞《ふさ》いでいた。行くしかなかった。あとひと息、力を出せ。力のかぎり駈けろ。趙雲は、馬に呼びかけた。おまえだけが、頼りだ。

敵が、こちらをむく。肚《はら》の底から、趙雲は雄叫びをあげた。槍。構えているだけである。穂先に触れたものは、撥ね飛ぶ。しかし、敵は多い。駈けても駈けても、敵の中だ。

不意に、敵が動揺した。敵の躰がいくつか、宙に舞いあがった。張飛《ちょうひ》。三十騎ばかりを連れて、敵を断ち割っている。

「趙雲、早く来い。助けてやる。これは貸しだぞ」

張飛が叫んでいた。駈けた。張飛とすれ違う。張飛に背後を守られるようにして、長坂橋を渡った。

「若君だ」

「なにっ」

「頼むぞ。俺は、もう一度行かねばならん。戻るまで、ここを守ってくれ」

駈け出した。再び、敵の中。

すぐに、敵が割れた。

4

長坂橋《ちょうはん》に、むかえなかった。

敵に囲まれながら、駈《か》けているという恰好《かっこう》なのだ。

ここは自分が、と王安《おうあん》は思っていた。張飛《ちょうひ》には、別の役目がある。董香《とうこう》は女だ。たとえ足が飛び、腕が千切れても、口でたてがみに食らいついて、馬を駈けさせてやる。

甘《かん》夫人も、糜《び》夫人も、馬に乗っていた。しかし、遅い。それは、どうにもならない。

死ぬわけにはいかなかった。二百足らずだった味方は、散り散りになり、もう三十騎ほどしかいない。

剣。ぶつかってきた敵の腹。貫《つらぬ》き通す。董香が、戟《げき》を振るっている。倒しても倒しても、敵はいた。

遠くから、一騎駈けてきた。群がる敵を、撥《は》ね飛ばしながら、すさまじい勢いで駈け寄ってくる。趙雲《ちょううん》だった。倒れた。はっとしたが、趙雲はすぐに立ちあがり、そばにいた敵の馬を奪うと、乗っていた。

「あっちだ。趙雲様も戻ってこられた。もうひと息だ。奥方様、耐《た》えてください」

敵が打ちかかってきた。持っていた戟を、王安は奪い取った。自分の戟は、敵と打ち合った時に、銅帽《どうぼう》（柄の先）から折れてしまったのだ。

「王安、横に敵じゃ」

董香《とうこう》の声がした。とっさに前屈《まえかが》みになり、王安は戟を横に薙《な》いだ。手応《てごた》えはあったが、脇腹《わきばら》に痛みも走った。

どれほどの傷なのか。まだ死んではいない。死んでいなければ、闘えるということだ。

民の姿は、かなり少なくなっていた。敵が方々で土煙《つちけむり》をあげている。趙雲を、二十騎ほどが追った。ものともせず、趙雲はふりむきながら、追いすがる敵を槍《やり》で突き落とした。趙雲《ちょううん》の叫び声が、原野に谺《こだま》した。追おうとする敵も、それでたじろいだようだ。

「遅くなった、王安《おうあん》。若君は、無事に長坂橋《ちょうはん》を渡られた」

ほっとした。使命の半分は果した。阿斗《あと》になにかあったら、張飛《ちょうひ》に合わせる顔がなくなるところだった。

「敵は、半数は江陵《こうりょう》へむかった。大丈夫だ、突っ切れる。そう信じて駈けるのだ。奥方、よろしいですな」

哮《ほ》えるように言う趙雲は、返り血で具足《ぐそく》もなにも赤く染まっていた。

駈けはじめた。脇腹の痛みが、ひどくなった。痛いのは、生きているからだ。王安は、そう自分に言い聞かせた。四十騎ほどの敵が駈けてきた。先頭の趙雲を見て、たじろいだようだ。そこへ、趙雲は突っこんでいった。敵が割れる。割れた敵を、王安はひとり二人と打ち倒した。董香《とうこう》も、戟《げき》を振り回している。長坂橋が見えてきた。原野にいるのは、五十騎ほどの敵のかたまりが、五つか六つだった。残敵の掃討という感じで動いている。こちらを、味方だと思っているのか、見逃されることが多かった。一隊だけ、密集隊形で突っこんできた。趙雲が、先頭の二人をほとんど同時に突き落とした。

「劉備《りゅうび》軍に、趙雲子竜《しりょう》あり。憶《おぼ》えておけ」

叫びながら、趙雲が槍を振るう。王安も、戟を遣《つか》った。趙雲ひとりがいるだけで、敵は魔物でも見たように竦《すく》む。それでも、打ちかかってきた。趙雲の槍が、王安の戟が、敵を打ち倒す。駈け続ける。董香は、ぴったりと二人の夫人についているようだ。

さすがに、趙雲は激しく呼吸を乱していた。王安にまで、鞴《ふいご》のような息遣いが聞えてくる。それでも、槍の勢いは弱くならない。

駈けた。ふっと、眼の前が白くなるような感覚に、王安は襲われた。

十騎ほどを連れて、猛然と張飛が敵を突っきってきた。趙雲は、さらに馬腹を蹴《け》った。ここまで来れば、張飛がいる。そう思って駈けた。いて欲しいところに、張飛はいた。

「頼むぞ」

趙雲は叫んだ。張飛が、馬を返し、敵の中へ駈けこんでいく。趙雲が並ぶ。波が引くように、敵が引いた。長坂橋を固めている張飛の部下も、できるだけの圧力をかけているようだ。

橋。甘《かん》夫人と糜《び》夫人を通した。それから、趙雲《ちょううん》も渡った。

「安心しろ。任せておけ。この長坂橋《ちょうはん》に、敵は一歩も踏みこません」

張飛《ちょうひ》の大声を、趙雲は背中で聞いた。

槍が、どうにもならないほど、重たく感じられてきた。馬に乗っているのも、つらいほどだった。

一里（約四百メートル）先。劉備《りゅうび》の陣が見える。王安《おうあん》が、戟《げき》を落とした。なにをやっている。言おうとして、趙雲ははっとした。眼《め》を見開き、しっかりと馬に乗り、しかし王安は死んでいた。それが、趙雲にははっきりとわかった。

思わず、董香《とうこう》の方に眼をやった。董香は、馬から落ちそうな糜夫人を、片手をのばして支えていた。そのまま馬を進め、劉備の円陣の中に入った。

趙雲は、王安の小柄な躰《からだ》を、馬から抱き降ろした。董香が、低い悲鳴をあげる。

「王安が」

覗《のぞ》きこんで、劉備が言う。見開いた眼を、趙雲は閉じてやった。

「死ぬまで闘い続け、死んでからも、奥方を守るために、しっかりと眼を見開き、戟を持っておりました」

「そうか」

董香が、王安の躰を抱きすくめ、泣き声をあげた。甘夫人も、糜夫人も泣いている。

「若君と奥方を守ったのは、この王安です。ほめてやってください。張飛の代りをして、自分がやらなければならない、と思ったのでしょう。戟を落としたのも、橋を渡ってからでございました」

「あたら、若い命を散らせたか」

「殿、ここは私と董香殿がおりますので、早く漢水《かんすい》へむかってください。そうでなければ、張飛はいつまでも橋を落とせません」

劉備が、頷《うなず》いた。さらば。小さく言う、劉備の声が聞えた。

十騎以上まとまって、戻ってきた味方が二組いた。突っこんでくる。張飛は、百騎を前に出し、挟撃《きょうげき》というかたちをとった。張飛が出ていくと、敵は二つに割れた。二十数騎が、駈けこんでくる。

劉備軍騎馬隊、千二百騎だった。いまのところ、橋を渡ったのは、千余騎である。劉備の旗本《はたもと》の五十騎もいるから、二百騎近くは失ったということか。ほとんどが、最後尾にいた趙雲の隊だった。

張飛《ちょうひ》は待った。あとひとりでも二人でも戻ってこないか、と思ったのである。しかし、もう誰《だれ》も戻らない。敵が、じわじわと詰め寄ってきただけだ。

ここまでだろう、と張飛は思った。

部下を、退《さ》げた。十騎ずつ、橋を渡らせる。撤収と見たのか、敵は追撃に移ってきそうな態勢をとりはじめる。

「腰抜けども」

張飛《ちょうひ》は大喝した。

「俺《おれ》を打ち倒さないかぎり、この長坂橋《ちょうはん》は渡れんぞ。誰か、骨のあるところを見せてみろ。いま、橋の上はこの張飛翼徳《よくとく》ただひとりだ」

敵はまだ、追撃の態勢を見せ続けている。

不意に、背後から一騎近づいてきた。董香《とうこう》だった。張飛は、ちょっと狼狽《ろうばい》した。

「どうしたのだ?」

「王安《おうあん》が、死にました」

「なにっ」

橋の手前で、張飛とすれ違った王安は、かすかな笑みを張飛にむけたような気がした。しかし、顔色は悪かった。腹のあたりから、血も流していた。

「若君を守り、奥方二人を守り、奮迅《ふんじん》の働きをいたしました。私はここで、王安の弔《とむら》いを」

「おまえは、ここにいろ。ここにいて、俺を見ていろ」

静かに、張飛は言った。全身に、怒りが駈け回っている。自分ではどうにもならないほど、それは激しかった。

張飛は、馬をちょっと進めた。

「招揺《しょうよう》、王安が死んだとよ」

馬に語りかけた。招揺の世話を、王安はいつも嬉々《きき》としてやっていた。

「ここは、おまえと俺で弔い合戦だ」

さらに、馬を進めた。蛇矛《じゃぼう》を両手で持ち、馬の腹を腿《もも》で締めあげた。蛇矛を振りあげる。叫び声。魂を砕いてしまいたかった。駈ける。もう一度、叫び声をあげた。

敵の先頭。蛇矛をまともに受け、飛んだ首が谷に落ちた。

躰《からだ》が、止まらなくなった。敵が、後退《あとずさ》りしはじめる。四、五人、まとめて薙《な》ぎ倒した。打ちかかってくる者はいない。逃げるだけである。その敵を追い、張飛はさらに十人、十一人と馬から叩《たた》き落としていった。

敵が一斉に退《ひ》きはじめた時、張飛は三十人近くを打ち倒していた。

息など、乱れてはいなかった。一騎で、橋を渡った。董香《とうこう》が、じっと張飛《ちょうひ》を見ている。

「橋を落とせ」

張飛が言うと、あらかじめ橋脚につけられていた綱が引かれた。橋は二つに折れたようになり、それから谷へ落ちていった。

王安《おうあん》は、草の上に横たわっていた。

起きろ、と張飛は蹴《け》りつけたくなった。戦《いくさ》だった。いつ、誰が死ぬか。それが、戦なのだ。王安は、武人として死んだ。

「埋めてやろう」

「ここに?」

涙を流しながら、董香が言った。

「ここにだ。死んだ場所の土になる。それが戦をする者の覚悟だからだ」

それ以上は言わず、張飛は黙って穴を掘りはじめた。手伝おうとする部下を制し、董香だけが加わった。

土を盛ったが、石すら置かなかった。墓は心の中にある。それでいいのだ。

「おまえは、奥方に付いていろ。具足など脱いでだ」

「具足は、付けて行きます」

「おまえを、こうやって埋めたくはないのだ、香々《こうこう》」

「戦に果てたら、あなたの手で埋めていただきたいと思います」

「俺を、喜ばせるな、香々」

「嬉《うれ》しいのですか？」

「いい女房だ。そう思っている。さあ、行くぞ。殿に追いつかなければならん」

乗馬を命じた。

整然と、隊列を組んで進んだ。趙雲《ちょううん》の隊ほどではないにしろ、やはり部下は何人か欠けていた。戦だからな、と張飛は低く呟《つぶや》いた。

5

日没前に、野営した。

小さな幕舎《ばくしゃ》がひとつあり、それは劉備《りゅうび》の二人の夫人が使った。まだ、それほど寒い季節ではなかった。それに、かなりの物資を、関羽《かんう》が船で運んできているはずだった。明日には、関羽と落ち合える。

千二百の騎馬隊が、千数十に減った。敵が一万もいたことを考えると、善戦だったと言っていいだろう。ただ、負傷者は多かった。漢水《かんすい》まで、その気になれば駈《か》け通せたが、傷の手当ての方が大事だと、孔明《こうめい》は判断したのだ。

何カ所かで、火が燃やされた。

張飛《ちょうひ》が、どこからか牛を二頭連れてきて、見事な太刀《たち》捌《さば》きで解体した。方々で、肉が焼かれはじめる。酒はないが、張飛は上機嫌に見えた。

孔明は、戦《いくさ》のことを考えていた。

間違ってはいない。うまい具合に、追ってきた一万を、江陵《こうりょう》へむかわせた。そこには、武器や兵糧《ひょうろう》が厖大《ぼうだい》にあり、曹操《そうそう》に降伏する兵も二、三万人いる。なによりも、数千艘《そう》といわれる、荊《けい》州水軍の船があるのだ。

曹操が、戦をやりたくなる条件は、すべて揃《そろ》っていた。

つまり、戦そのものは負けたが、戦略の闘いでは、緒戦の勝利と言っていい。揚《よう》州の孫権《そんけん》が、船まで得た曹操と、闘う意志を持っているかどうか、ということに戦略の核心は移ってきた。孫権は闘う、という前提で、孔明は戦略を組み立てている。

孫権は、降伏すれば、戦略は基本から崩れ、今日の戦も無駄になる。孫権は、闘うはずだ。

しかし、どれぐらいの兵を出せるのか。五万か十万か。いずれにしても、関羽《かんう》の一万余と、劉琦《りゅうき》の一万四千は無傷なのだ。闘うなら、絶対に欲しい勢力で、降伏するなら、逆に近づかれたくない軍のはずだ。劉琦の軍が、夏口《かこう》の近くまで移動しているが、孫権軍に攻められた、という知らせは入っていなかった。

対等の連合。それでなければならない。そして、少なくとも曹操《そうそう》が荊州から撤退するだけの、はっきりした勝利も必要だった。

劉琮《りゅうそう》は降伏したので、曹操さえ追い出せば、荊州に主はいない。全部が手に入るほど孫権も甘くはないだろうが、連合した相手なら半分はやってもいい。

「孔明殿、肉を食わぬか」

張飛が持ってきた。大きな葉の上に、焼いた肉が載せてある。

「済まぬな」

「なんの。いまのところ、孔明殿が思い描いた通りに進んでいるではないか。軍師の力は、大変なものなのだな。おまけに、俺《おれ》たちの軍師は、口だけではなく、剣を執《と》って闘うこともある」

「今後は、実戦の中に出るのはやめようと思う。冷静な眼《め》で、戦を見られなくなるし」

「そうだろうな。軍師が興奮して戦をやっていたんじゃ、俺たちと同じになる。しかし、次の曹操《そうそう》との戦が愉《たの》しみだな、俺は」

張飛《ちょうひ》が従者《じゅうしゃ》にしていた、王安《おうあん》という者が死んだ。孔明《こうめい》はそれについて、張飛にも言わなかった。誰《だれ》であろうと、人の死に心を動かしていたら、やはり戦が見えなくなる。

「張飛殿、奥方が戦に出ておられるのか？」

「いや、お恥《はずか》しい。ふだんは間違っても戦場に出したりしないのだが、殿の奥方がおられたのでな。具《ぐ》足《そく》も武器も持っている。これはこわいぞ、孔明殿。特に夫婦《ふうふ》喧《げん》嘩《か》をしたあとなど、酒を食らって眠るのがこわくなる」

「そういう方なら、寝首など狙《ねら》いはせぬ。堂々と決闘されるだろう」

「それも、こわいな。女に負けたとなると、沽《こ》券《けん》にも関《かか》わるし」

張飛が、大声で笑った。

孔明は、木の葉に手をのばし、焼いた肉を口に入れた。まだ熱く、肉汁がたっぷりあって、うまい肉だった。

「俺の家は、肉屋でね。もっとも、大して働いちゃいないんだが、肉の捌《さば》き方はよく見ていた」

「鮮やかなものだった」

「ま、肉が入用な時は、俺は役に立つかもしれん。羊でも豚でも捌ける」

それだけ言って、張飛は腰をあげた。

兵が二人来て、孔明の脇《わき》に焚火《たきび》を作りはじめた。

「どうしたのだ？」

「明け方は冷えるから、軍師殿のそばにも火を燃やせと張飛様から言われました。いまから燃やしておくと、明け方には炭のようになって暖かいのです」

「そうか、ありがたい。ところで、傷を負った兵たちの具合はどうかな？」

「手当ては、明るいうちに終りました。重傷の者、八名。あと四十数名は、大した傷ではありません。十日もすれば、闘えるようになります。ほかにも、半数はどこかに傷を受けていますが、肉の脂などを擦《す》りこんで治します」

孔明は頷《うなず》いた。時々薪《たきぎ》を足してくれと言い残して、兵は去っていった。

曹操は、水軍を得た。荊《けい》州の兵も得た。兵糧《ひょうろう》や武器も得た。孔明は、反芻《はんすう》するように思い返した。戦をする条件は、すべて整っている。二十万の南征《なんせい》軍を出しながら、荊州では戦らしい戦はない。あの男が、そんな状態で満足するはずがなかった。必ず、揚《よう》州を攻める。

孔明《こうめい》がいま気になるのは、曹操《そうそう》が荊州《けい》から動かないということだった。荊州を安定させた上でじっくり攻められると、揚州《よう》はどうしようもないのだ。なしくずしに崩《くず》れていくことは、眼に見えていた。

自分の戦略に、間違いはないはずだ。何度も、そう思った。しかし、実際の戦では、なにが起きるかわからないところがある。

頭の中で考える。いままでの人生で、孔明がやってきたのは、それだけだった。それを現実に当て嵌《は》めていくというのは、はじめての経験なのだ。

深く考えても、仕方のないことだった。これから、もっと痛い経験をさせられるだろう。耐《た》えられれば、それでいい。

兵たちが、少しずつ眠りはじめ、やがて野営地は静かになった。二十人ばかりの、見張りが動いているだけである。

いつの間にか、孔明も共に横たわって眠っていた。

人が動く気配で、眼が醒《さ》めた。

劉備《りゅうび》が、歩いていく姿が見えた。ちょっと離れた焚火《たきび》のところで、張飛《ちょうひ》が膝《ひざ》を抱えていた。劉備は、張飛のそばに腰を降ろした。短い言葉が交わされたようだ。それきり、二人は喋《しゃべ》らなかった。張飛がうつむき、劉備が腕を組んでいる。

王安《おうあん》のことを喋ったのだろう、と孔明は理由もなく思った。君臣とはこういうものか、と孔明は改めて二人を見直した。君臣ではなく、父子のようでもあった。

翌朝は、晴れていた。

漢水《かんすい》まで、あと四十里（約十六キロ）。ゆっくりと進んだ。先頭は張飛で、劉備を挟んで、趙雲《ちょううん》だった。

きのう、かろうじて虎口《ここう》を逃れるような戦をした軍勢とは、とても思えない。これから出陣するのだと、錯覚したくなるほどだ。

「兵力は温存できたぞ、孔明」

馬を並べていた劉備が言った。

「はい」

「二万五千に達する。これは、なかなかの軍であろう」

「士気さえ高ければ」

「わが兵の士気を、疑うな、孔明。劉琦《りゅうき》殿の軍は別として、もとからの劉備軍の兵たちの士気は、旺盛《おうせい》だぞ」

「わかっております」

そういうものを見極めるのも、軍師の仕事なのかもしれない。兵が思い通りに動かなかったら、どんな作戦にも意味はないのだ。

漢水《かんすい》が近づいてきた。

「さて、あとはどうやって孫権《そんけん》と連合するかだな」

「私を、使者にお立てください」

「ほかに、つとまる者はおるまい。私が見るかぎり、孫権は慎重《しんちょう》な男だぞ」

「御懸念《ごけねん》には及びません。軍師には、武器はなくても、言葉はあります」

「おまえは、見事に剣を遣《つか》いこなすではないか。ほんとうのところ、感心していた」

「恐れ入ります。師は、おりません。自ら、山中で木立を打って鍛えました」

「それでいい。戦場では、誰の門下かなどということは、何の役にも立たぬ。力がすべて。いっそ、清々《すがすが》しくはあるな」

「力が、すべてですか」

「二十数年闘ってきて、私はしみじみとそう思う」

「殿に言われると、そういう気もいたします」

「私は、力が欲しいのだ、孔明《こうめい》。二十年闘って、私が心底から欲しいと思ったのは、力だけだ」

「殿に力を持たせる。そのための努力を、私はすればいいのですね」

「天下が欲しいのだ、孔明。力は、そのためにあるものだ」

先頭にいる、張飛《ちょうひ》の軍から伝令が来た。

「ほう、関羽《かんう》が待ちくたびれておるのか」

二里ほど進むと、陽《ひ》の光を照り返した、漢水の水が見えた。五十艘《そう》ほどの船も並んでいる。

「殿、御無事で」

「うむ、曹操《そうそう》軍は、江陵《こうりょう》を奪っただろう。驚くほどの備蓄を見て、狂喜するに違いない。二十万の大軍となると、問題になるのはまず兵糧《ひょうろう》だろうからな」

「蔡瑁《さいぼう》のやつ、こういうところだけは、抜け目なくやっていたのだな」

「わずかなところで、蔡瑁は愚《おろ》かさに落ちています。使うために備蓄するのに、蔡瑁はそれを使おうともしませんでした。臆病《おくびょう》だったということもできましょう」

孔明が言うと、劉備《りゅうび》は頷《うなず》いて笑った。

「わが軍一万は、ここから十里（約四キロ）のところに駐屯《ちゅうとん》しております。襄陽《じょうよう》から奪ってきた軍船が、およそ二百。劉琦《りゅうき》殿の一万数千も、それほど遠くではありません」

「これで揃《そろ》ったな、孔明《こうめい》」

「揃いました」

いつ、どうやって夏口《かこう》から柴桑《さいそう》へ、劉備《りゅうび》の使者として入るかだ。孫権《そんけん》や、その幕僚《ばくりょう》を、なんとしてでも説得しなければならない。揚州《よう》が降伏すると、この国の覇権《はけん》は曹操《そうそう》のものだった。

「とにかく、本営をお決めください、殿。その間に、私は孫権への使いの準備をいたします」

「これからは、負けられぬ戦だな」

張飛《ちょうひ》と趙雲《ちょううん》が、馬ごと兵を船に乗せる指図をしていた。

揚州目前にあり

1

襄陽《じょうよう》で、劉琮《りゅうそう》、蔡瑁《さいぼう》らに会った。

劉琮はまだ子供で、怯《おび》えた表情をしていた。江夏《こうか》郡に出たという兄の劉琦《りゅうき》も、それほどの器量であるとは聞かない。劉表《りゅうひょう》は、子には恵まれていなかったということか。地の利には、恵まれていた。その気になれば、まだ固まっていなかった揚州を奪《と》り、南から曹操に大きな圧力をかけ続けることもできたはずだ。そうなれば、自分がもったかどうかはわからない、と曹操は思った。劉表は、動かなかった。だから荊《けい》州が戦に巻きこまれることも少なかったが、それも長く続きはしなかった。

「青《せい》州へ行かれよ、劉琮殿。蔡瑁は残す。劉琮殿の旗本《はたもと》だけを連れていくのだ」

降伏した者を、殺すわけにはいかない。青州で、それなりの食邑《しょくゆう》（禄《ろく》を農家の戸数で決めた）を与えておけばいい。青州《せい》は、曹操《そうそう》の部将がしっかりと固めている。樊城《はんじょう》には、兵糧《ひょうろう》どころか、民も残っていなかった。漢水《かんすい》の軍船数百も、関羽《かんう》が奪い去ったという。張遼《ちょうりょう》に追撃させた劉備《りゅうび》は、江陵《こうりょう》には行き着けなかったが、逃げきったという。

さらに、江陵には二万ほどの兵をむけてある。

張遼からの伝令が、駈《か》け戻ってきた。

江陵には、厖大《ぼうだい》な兵糧と武器があるという。二万五千の守兵も降伏した。食糧がどれぐらいか、正確な量はわからないが、二十万の軍で一年分以上は充分にあるという。

なによりも、軍船四千艘《そう》以上が、手に入った。

急ぎすぎると荀彧《じゅんいく》はつまらぬ心配をしたが、勝てば手に入るものはあるのだ。急ぎすぎるというのは兵糧に無理が出るからで、袁紹《えんしょう》との官渡《かんと》での戦《いくさ》が、荀彧は身にしみているのだろう。

幕僚《ばくりょう》を集めた。

まず、漢水方面へ別働隊を出した。劉備は多分、夏口《かこう》あたりに散った兵を集結させるだろう。勝たなくてもいい。牽制《けんせい》しているだけで、劉備軍が襄陽《じょうよう》へ戻ってくることは防げる。

　襄陽は、荀攸《じゅんゆう》と曹洪《そうこう》に任せた。

　降伏に不服な者が叛乱《はんらん》を起こすかもしれないと思っていたが、襄陽近辺は蔡瑁《さいぼう》が固めていて、不服派は関羽の軍に加わって漢水を下っている。わずか数千だった。

「なんの犠牲もなく、荊《けい》州は奪った」

　幕僚たちを前にして、曹操は言った。

「しかし、制圧戦がある。荊州は水が多い地であり、水軍が必要であろう。幕下に蔡瑁を加え、荊州水軍の指揮をさせる」

　誰《だれ》もが、ほっとしたような表情をしていた。調練《ちょうれん》こそやったが、水軍の指揮について自信を持っている者はいないのだ。

「甘く見るな。まだ揚《よう》州がある。荊州の制圧戦も、たやすくはない」

　荊州の制圧に関しては、河北《かほく》四州を制圧した時ほどの困難はほとんどない、と曹操は見ていた。劉表《りゅうひょう》の息子たちが力を持っている、というわけではないのだ。劉琦《りゅうき》が一万数千というが、これは劉備に付く軍だろう。

　張遼はよく劉備を追ったが、首は取れなかった。それが、ひっかかる。もっとも、劉備の首は、自分が出陣した時も取れはしなかったのだ。戦の見切りは早い。これは昔からで、じわじわと追いつめていくのも方法だ、と曹操《そうそう》は思っていた。

「襄陽《じょうよう》の守兵を残し、全軍江陵《こうりょう》へむかう。出発は明朝から。私の本隊は、明後日に進発《しんぱつ》する。于禁《うきん》、水軍の陣容を整えよ。荊《けい》州兵をうまく使うのだ。蔡瑁《さいぼう》の下に、おまえがいるというわけではないぞ。蔡瑁をしっかりと見張り、反逆の気配があったら、即座に斬《き》れ」

「荊州兵の数は、どれぐらいでございますか、丞相《じょうしょう》？」

「それも、おまえが調べるのだ。陸軍と水軍を、蔡瑁とともに振り分けろ。底の底まで、蔡瑁は信用してはならん。あれは、ただ風に靡《なび》く草だ。最後は、おまえの判断が優先するのを忘れるな」

于禁《うきん》が、頭を下げた。

襄陽近辺の荊州兵を併《あわ》せると、全軍で三十万に達する。曹操が見たかぎりでは、弱兵だった。それも、使い道はある。船を漕《こ》ぐのに使ってもいいのだ。

江陵に本営を置いた時は、三十数万の大軍になっているはずだった。それを見ても、孫権《そんけん》はむかってこようとするだろうか。

「すぐに、揚《よう》州攻めに移られますか？」

幕僚が去ると、ひとり残った賈詡《かく》が言った。急ぎすぎる。賈詡もそう言うなら、揚州の戦力の分析をもう一度してみよう、と曹操は思っていた。それでも三、四カ月だ。それ以上は、待つ理由もない。

「おまえの考えを聞こうか」

「江陵で準備を整えられたら、しばらくお待ちになれませんか？」

「ほう、どれぐらいだ？」

「二十日ほど。長くても、ひと月」

「なにをする？」

「降伏するかどうか、見定める時間です。孫権に、考える時間をやるということです。考えれば考えるだけ、孫権は自分の不利を悟ると思います。間を置かずに攻めると、死に物狂いで刃向ってくるかもしれません。そういう敵は、厄介《やっかい》でもあります」

「水軍を整えるのに、ちょうどいい」

「孫権の幕僚への工作は、程昱《ていいく》殿がよろしいかと」

「やらせよう。しかし、揚州の内は堅い。特に麾下《きか》の幕僚はな。豪族に手をのばしてみたが、すぐに探り出し、首を刎《は》ねた。なかなかに厳しい」

「会議が紛糾《ふんきゅう》する。そのために、打てる手は打っておくべきです。いままでの揚州を見ていると、孫権《そんけん》は熟考の男です」

「確かにな」

「それほど、時をかけるべきではない、と私が思うのは、劉備《りゅうび》の存在です」

「劉備ごときが」

「そう思われるかもしれませんが、あの男は油断ができません。一戦も交えずに降伏したことに、不平を抱いている荊《けい》州の豪族もいるはずです。劉備は、その勢力を結集しかねません」

曹操《そうそう》の心の底では、いつも劉備という男がひっかかっていた。負け続けの男だ。そのくせ、しぶとく生き延びている。

劉備のことがひっかかると、曹操は口に出しては言えなかった。せいぜい六千の軍勢を抱えた男。相手にする方がおかしいと、幕僚たちに言われかねない。

「六千なら、放置できる男だが」

「三万を超えたら、警戒すべきだろうと思います。そして、三万に近づいています」

「とにかく、江陵《こうりょう》で、水軍を加えた編成を新しく作ろう。荊州軍を併せて、三十万余の軍になったが、幸い兵糧の心配はなさそうだ」

「時代は、丞相《じようしよう》を中心にすでに回りはじめております。この上は、速やかな全土の平定を果たされるべきです」

賈詡《かく》は、それだけ言って退出していった。

しばらく、ひとりで長江《ちようこう》、漢水《かんすい》を中心にした地図に見入っていた。荊州はともかく、揚《よう》州を制圧するには、やはり水軍だった。荊州の軍船を、無傷で手に入れられたのは大きい。江陵には、大規模な造船の施設もある。

江陵から、長江を下って建業《けんぎよう》までの進路が、曹操にははっきりと見えた。はじめて、覇《は》道《どう》が見えた、と曹操は思った。

兵の身なりをした五錮《ごこ》の者が、老人を伴って入ってきた。

よく見ると、老人は石岐《せきき》だった。

「久しいのう、石岐。漢中《かんちゆう》に行っているという話だったが」

「このような老骨には、もう役に立つ場所がありません。せめて、五斗米道《ごとべいどう》をなんとかしようと考えましたが」

「張魯《ちようろ》の館《やかた》にいる、という話は聞いていた」

「それより、丞相にはお礼を申しあげなければなりません。各郡に、ひとつふたつと浮屠《ふと》（仏教）の寺や義舎《ぎしや》（信者の住い及び宿泊所）を建てさせていただいております。これは、河北《かほく》四州にも及びはじめたようで」

「もとからの、約束であった。眼《め》を離さずに、私は浮屠《ふと》を見ているが、太平道《たいへいどう》のように方《ほう》（教区）が強いわけでもない。組織という意味では、結びつきはずっと弱いようだ」

「ひとりひとりの、信仰を大事にしようというのが、寺の意味でございますから」

石岐《せきき》は、顔に皺《しわ》を刻んでいた。つるりとした、年齢のわからない顔ではなく、明らかに老人という顔になっている。

人の心にある信仰が消せないものなら、なにを認めるかを考えればいい。曹操《そうそう》はそう思っていた。それで曹操が認めたのが、浮屠である。しかし、万人が浮屠の信仰を持つとはかぎらない。太平道であろうが、五斗米道《ごとべいどう》であろうが、構いはしないのだ。心の中に信仰がある。それは、生きる喜びかもしれないからだ。

まとまって、ひとつの勢力になる。ほとんど軍勢に近いものになる。それがどれほど厄介かは、黄巾《こうきん》の乱が証明していた。いまは、宗教をまとまった勢力にしない、ということしか曹操にはできなかった。これから先に考えなければならない問題は、いろいろと出てくるはずだ。それは、乱世を終らせてからの方がいい、という判断はしていた。乱世が同じ信仰を抱く者の結びつきを、想像できないほどに強くする。

それは、明らかにあるのだ。

しばらく、五斗米道の話をした。

石岐は、五斗米道を潰《つぶ》すために、漢中《かんちゅう》に入ったはずだ。それを考えると、浮屠も他の宗教を認めないところがある、とも思えてくる。当面は、五斗米道を潰すのはいいことだ、と曹操は思っていた。ひとところでまとまり、中央の支配を受けようとしないし、あまつさえ信徒を組織して軍勢にしている。劉璋《りゅうしょう》の軍がしばしば追い返されているから、その精強《せいきょう》さはあなどれない。

「どうだ、張魯《ちょうろ》は、少しは普通の人間に戻ったのか？」

「もともと、普通の人間でございました」

石岐が、ちょっと笑ったように見えた。五錮《ごこ》の者を統率していた男。いまは、その立場も若い者に譲《ゆず》っている。はじめのころと較《くら》べると、五錮の者の顔ぶれは変り、人数は十倍近くに増えていた。

「普通の人間が、教祖となって、その苦しみがまた、信徒には崇高なものに見えているのでございますな」

「しかし、巫術《ふじゅつ》をなし、病も治すそうではないか」

「すべて、母親から教えこまれたものでございますな。巫術は、ある意味では技《わざ》であり、病はほんとうに治療しているのです」

「巫術《ふじゅつ》が技というのは、わかる気もする。病を治せば、それは医術ではないか」

「ほんとうの医術は、躰《からだ》を治します。五斗米道《ごとべいどう》は、心を治すのです。簡単に申しあげますと、病人に過去の悪行を告白させる。気にかかっていることを喋《しゃべ》らせる。それだけなのでございますよ。不思議に、それで治る者も少なくないのです。治らなければ、すべてを告白していないと見なされますな」

「なるほどな。わかる気もする」

「五斗米道の信徒になり、義舎《ぎしゃ》に入り、張魯《ちょうろ》をそばで見て参りました。自分が教祖であることに、張魯は苦悩しております。それでも続けなければならないのが、教祖なのでございますよ。信徒がいることが、枷《かせ》になっているのです」

「聞いてみると、そういうものかもしれぬな。張魯の心も、病《や》んでいるのかもしれん」

「私は、そう思っております」

「普通の人間に戻ることが、治ることか？」

「まさに」

「しかし、軍勢は容認できぬな。張衛《ちょうえい》という弟は、先年まで黒山《こくざん》の張燕《ちょうえん》と接触していたらしいし、涼州《りょう》の馬超《ばちょう》とも会ったという。馬超の方は、五錮《ごこ》の者からの報告だ」

「漢中《かんちゅう》は、独立しております。これは同時に、孤立を意味するわけで、丞相《じょうしょう》の天下統一が成った時は、どう抗《あらが》っても押し潰されてしまうと見通しています。そのため、ほかの独立勢力と結ぼうと考えているのですな。それと、益州《えき》のすべてを、五斗米道の国にしてしまうことを考えている、と思います」

「劉璋《りゅうしょう》は、父の劉焉《りゅうえん》と違って、どこか甘いところがあるが、そこだけは鋭く見抜いて、漢中をしきりに攻撃しているということか」

「鋭くというより、本能的に見抜いていると言った方がいいかもしれません。張魯の母に、父親が誑《たぶら》かされたと思っていますし。劉焉が、母親との肉欲に溺《おぼ》れたことは確かです。ただ、劉焉は益州を独立させてしまうために、五斗米道を利用しようとしていた、とも思えます。益州牧《ぼく》（長官）に赴任した経緯と言い、考えられることだと思います」

劉焉が益州に赴任すると、すぐに音信が絶えた。五斗米道の妨害によるためと思われていたが、石岐《せきき》の話を聞いていると、頷《うなず》けるものがある。音信が、完全に途絶することなどありはしない。漢中を通る道以外にも、長江《ちょうこう》を使う方法があるのだ。

「しかし、なんのための益州《えき》独立だ」

「朝廷の先行を見通したのではありますまいか。だから、益州に漢《かん》王室をそのまま移すか、あるいは同族である理由をもって、自ら帝《みかど》となろうとしたか。そこに到《いた》る前に、寿命《じゆみよう》が尽きたのかもしれません」

「漢王室か」

「四百年続いた王朝の血とは、なまやさしいものではありませんな」

それも、やがて片が付く。この国を制圧してしまえば、漢王室など必要はなくなるのだ。その時、いまの帝の首を刎《は》ねればいい。斬れば血が噴き出す、ただの人間であることを、人民に見せてやればいい。

「朝廷のことで、ひとつ御報告があって参りました」

黙ってそばに控えていた五錮《ご》の者が、声をひそめるようにして言った。

「なんだ？」

「許都《きよと》の朝廷の衛尉《えいい》（警固の役）である馬騰《ばとう》が、勝手に鄴《ぎよう》に来て、帝のそばに仕えているそうです」

「あの田舎者《いなかもの》が」

また、朝廷に関《かか》わる厄介事だった。

帝を推戴《すいたい》している、という事実は、いまだ大事だった。全土の制圧を果すまでは、賊《ぞく》軍という汚名は好ましくない。

「馬騰の傍若無人《ぼうじゃくぶじん》さには、荀彧《じゅんいく》様も手を焼いておられるようです」

馬騰ならば、それだけのことはやってのけるだろう。涼《りょう》州を制していたという自負があるはずだし、帝を思ってなにが悪い、という信念に近いものも持っている。涼州では、息子の馬超《ばちょう》が、大軍を率《ひき》いているという心強さもあるだろう。

「しかも、帝が馬騰を気に入られ、しばしばお召しになるようです」

「つまらぬことを」

馬騰より、帝の方に曹操《そうそう》は腹を立てた。いま生きていられるのは、誰のおかげだ、という思いは消し難くある。帝の血、というだけで政事《まつりごと》ができるほど、いまこの国は甘くない。これほどの乱世を呼んだのも、腐りかかった帝の血なのだ。

「わかった。しばらくは、眼を離さないようにしておけ」

帝のことになると、荀彧はぎりぎりまで報告してこないだろう。あれほどの男でも、帝の血というものには眩惑《げんわく》されている。

石岐《せきき》と、しばらく別な話をした。

なぜ、人は信仰を持たずにはいられなくなるのか。生きることに喜びを見いだせないからなのか。

石岐《せきき》の話は、やはり曹操《そうそう》には理解できないところがあった。

なぜ、信仰なのか。おのが力を信じることが、なぜできないのか。

石岐も、浮屠《ふと》の信者だった。

2

魯粛《ろしゆく》という者が訪ねてきたのは、本営を構えてすぐだった。

揚《よう》州の、孫権《そんけん》の使者だという。

劉備《りゆうび》は孔明《こうめい》を呼び、二人で会うことにした。

温和そうな表情で、濃い眉《まゆ》と髭《ひげ》を持っていた。眼《め》には、気力が漲《みなぎ》っている。それが、劉備には不快ではなかった。

「劉備様と、諸葛亮《しよかつりよう》殿でございますな」

拝礼し、魯粛は言った。

「揚州の、孫権の使者として参りました。もっとも、連合の話ではなく、江夏《こうか》西部に駐屯《ちゆうとん》している劉琦《りゆうき》殿の軍を、決して敵視しないということをお知らせするためでした。もうひとつ、荊州《けい》の情勢をこの眼で見てくるのも、使命のひとつでございましたが、そちらには意味がなくなりました。曹操の進軍が速く、またあっさりと劉《りゅう》琮《そう》殿が降伏してしまわれましたので」

「劉琦軍を決して敵視しない、というお言葉には、お礼を申しあげる。劉琦軍とここにいる劉備軍は、一体のようなもの。そのお言葉には、劉備軍も含まれていると考えてよろしいのですな」

「無論です」

「して、孫権殿はこれからどうされるのです。柴桑《さいそう》におられるということは、江夏は守るという構えであることはわかります。しかし、曹操は江陵《こうりょう》にまで進んできますぞ」

「劉備様、曹操はまだ襄陽《じょうよう》でございましょう」

「曹操の進軍は速い。これは、さきほど魯粛殿も申されたではありませんか」

「しかし、まだ襄陽です。たとえ速やかに江陵へ進んだとしても、すぐに揚州を攻める態勢は作れますまい」

魯粛は、温和な表情を、まるで変えようとはしなかった。孔明は、なにも言わず、動きもしない。

「孫権《そんけん》殿は、自信をお持ちなのかな？」

「さてと、わが主《あるじ》に、自信があるのかどうかはわかりません。なにしろ、曹操《そうそう》は二十万の兵を率《ひき》い、降伏した荊《けい》州の兵も加えると、三十万を超えるでしょうから」

「とすると、降伏される？」

「文官を中心にして、降伏という意見は強くあると思います」

「魯粛《ろしゅく》殿、つまらぬ肚《はら》の探り合いはやめませんか」

孔明《こうめい》が、はじめて口を開いた。

魯粛が、口もとでふっと笑った。孔明とのやり取りが愉《たの》しめる、とでもいうような感じだった。劉備《りゅうび》は、黙って二人のやり取りを聞くことにした。

「曹操は、荊州を攻めました。降伏は、曹操にとっては願ってもないことでしょう。ただ、襄陽《じょうよう》が降伏したからといって、戦《いくさ》が終ったわけではない。長い平定戦があります。その場合の要《かなめ》が、私が見るところでは、江陵《こうりょう》でありましたな。江陵を、劉備様が奪《と》られる。そこを拠点に、反曹操の勢力を集める。江陵を落とすのは、いかに曹操とて手間取ったでしょう。なにしろ、蓄えの量が半端ではありませんからな。劉備様が、そこで一年でも二年でも闘われる。そして最後は、兵糧《ひょうろう》を焼いて、城を捨てられる。その時、われらに連合を申し入れられたら、受けやすかったと思います」

「いま、連合を申し入れるのはよくない、と魯粛殿は言われるのですね」

「劉備様は、江陵を奪ろうとされなかった。軍勢だけで駈《か》け抜けたら、奪れたはずなのに、どうも民を十万も連れておられたようですな。こんな場合の行軍では、考えられないことです。案の定、曹操の軽騎兵に追いつかれ、その軽騎兵がそのまま江陵を奪ることになった。そして劉備様は江陵を諦《あきら》められ、江夏《こうか》で温存していた兵力と合流された。こういうことですね、諸葛亮《しょかつりょう》殿？」

「確かに」

「それは、無理矢理に揚《よう》州を戦に引きずりこむという行為になったのではありませんか？」

「それに、魯粛殿は腹を立てておられるのですか？」

「腹は立てておりません。しかし、いささかの理不尽があるかと」

「われら劉備軍、六千です。降伏に納得できずにわれらに付いた荊州兵が二万数千。合わせても三万。それが、二十万の曹操軍とどう闘えと言われるのです」

「江陵を奪れば、守兵の二万数千のうち、二万は加えることができたのでは？」

「数合わせだけでしょう、それは」

孔明《こうめい》は、魯粛《ろしゅく》を見つめていた。魯粛は孔明と劉備《りゅうび》を交互に見ている。

「まず、江夏《こうか》の西に駐屯《ちゅうとん》していた、劉琦《りゅうき》殿の一万数千。これは江夏だからいられた軍です。でなければ、曹操《そうそう》が来るだいぶ前に、蔡瑁《さいぼう》に潰《つぶ》されています。劉琦殿は、襄陽《じょうよう》を逃れるため、江夏太守《たいしゅ》を志願された。江夏郡の中以外に、いる場所はなかったのです。そして、関羽《かんう》将軍が率いた一万。これには劉備軍の本隊である四千の歩兵も入っています。これは、襄陽から漢水《かんすい》を使って江夏に入る。その道しかありませんでした。残りの千二百騎も、漢水を使うことはできたのです。しかし曹操の追跡をそらすためには、江陵《こうりょう》にむかわざるを得なかった。江陵にむかっていれば、そちらに曹操は軽騎兵をむけてくるでしょうから。千二百で、なぜ江陵を奪《と》らなかったのかと問われれば、自信がなかったとお答えするしかありません。あるいは、全滅したくなかったからだと。江陵の二万五千の守兵の立場から見ると、逃げてくるのは千二百。それを追って一万。さらにその背後に厖大《ぼうだい》な大軍がいるとなれば、その千二百にどういう態度をとるか。しかも、襄陽の降伏は知っているのです。千二百を討《う》とうとして、当然ではありませんか。とすれば、大軍の中で孤立することになるわれらは、途中で道をそれるしかなかった」

「わかりました。確かに、江陵を奪るのは、かなり難しいことだったでしょう。しかし、はじめから奪ろうという気持はなかったのではありませんか？」

「揚州《よう》が、荆州《けい》のように、一戦も交えずに降伏する、とは思っていませんでしたので」

「つまり、揚州をなにがなんでも戦に引きこむ」

「引きこまれているのです、曹操が南征《なんせい》を企《くわだ》てた時から」

「外交が」

「ありませんな、それは。曹操は、寡兵《かへい》を承知で袁紹《えんしょう》と対峙《たいじ》し、河北《かほく》を奪った男ですよ。あの時と較《くら》べたら、揚州は子供のような相手ではありませんか。その兵力、その大きさだけを較べたら。外交に頼ろうとする揚州を、なぜ受け入れなければならないのです？」

「時は、稼げます」

「なんの意味があります。荆州を併せた曹操は、日ごと揚州を落としやすくなっていくのですよ」

「つまり、なんの方策もなし、ということですな」

「降伏、という道があります」

「それでは、劉備軍は？」

「決して、曹操《そうそう》には屈しません。降伏した揚《よう》州と、曹操の大軍に踏み潰されても、最後の一兵まで屈しません」

魯粛《ろしゅく》が笑い声をあげた。孔明《こうめい》も、口もとだけで笑った。

「これは、大した謀略《ぼうりゃく》ですな、諸葛亮《しょかつりょう》殿」

「追いつめられているのです。これぐらいのことはやります。窮鼠《きゅうそ》の一策と、魯粛殿にはおわかりいただけましょう」

「待ってくれ、謀略とはどういうことだ？」

劉備《りゅうび》は口を挟んだ。

「この場所のことです、劉備様。曹操との戦を避けて、劉備軍を追い払おうとするには、夏口《かこう》から漢水《かんすい》へ入らなければなりません。その時曹操は、劉備軍を挟《はさ》み撃つためだけに動きはしないでしょう。江陵《こうりょう》から速やかに長江《ちょうこう》を下り、夏口を塞《ふさ》ぐ。これで、揚州軍は袋の鼠《ねずみ》です。いやでも、劉備軍と連合せざるを得ない位置に、陣を取っておられる」

「なるほど、と私が言ってはいかんのか」

魯粛と孔明が、同時に笑った。

「いや、江陵をめぐるやり取りを見ていて、もしかするとと思いましたが、これほどの軍師が劉備軍にいるとは。私は諸葛瑾《しよかつきん》殿と親しいのですが、弟がこんな男だとは、ひと言も申されなかった」

「それで、魯粛殿」

「私の考えを、申し述べます」

魯粛の眼が、すっと細くなった。柔和《にゆうわ》な表情が消え、鋭い線が浮き出してきた。

「私は、曹操と闘うべきだ、と考えています。わが主、孫権《そんけん》も」

「わかりました」

「しかし、揚州には会議というものがあります。大きなことは、そこで決めてきました。わが主は、実にうまくその会議を使ってきましたが、今度だけは、思うようにならないのです。おわかりですか。会議の決定というものは、わが主にとっては、かなり大きな意味を持つものなのです」

「水軍都督《ととく》の、周瑜《しゆうゆ》殿がおられる」

「確かに、周瑜の意見は会議の大勢を決します。ただ、周瑜は揚州軍のみで闘い、勝つ気でいます。もしかすると周瑜ならと、私も思わないではありません」

「それほどの？」

「知謀《ちぼう》、胆力《たんりよく》、すべてで秀《ひ》いでた男です。しかし私は、劉備軍と連合したい。少しでも、曹操《そうそう》との兵力差を詰めたい。同時に、会議でわが主、孫権《そんけん》の強権も発動させたい。その二つを、うまくやりたいのです」

「私が、孫権様のもとへ、劉備《りゆうび》の使者として出向く。会議は、周瑜《しゆうゆ》殿に制していただく。そういうことにいたしませんか、魯粛《ろしゆく》殿」

「どういう順序にするかは、機に臨んでということで、とにかく諸葛亮《しよかつりよう》殿は、柴桑《さいそう》まで私と同行していただけますか？」

「望むところです」

孔明《こうめい》が劉備の方へ眼をむけてきたので、劉備は頷《うなず》いた。

「ひとりでも、使者としてむかおうと思っていたところでした。兄の諸葛瑾《しよかつきん》に書簡《しよかん》は出しておりましたが、それが上へ届くものかどうかは、不安でもありました」

「諸葛瑾殿は、書簡のすべてをわが主にも見せておられます。私に荊州《けいしゆう》へ行けという命が下ったのも、わが主が、あの書簡を気にしたからだと思います。もしかすると、連合の可能性を探ってこいという、謎《なぞ》もかけられたのではないか、と私は感じました」

「兄とは、数年に一度の音信しかありません。別々に育ちましたので、お互いにその性格を摑《つか》みきっていないところもあります」

「揚《よう》州では、まず張昭《ちようしよう》という者の跡を継ぐ、民政の手練《てだ》れでしょう」

「生きる道も、それぞれということになりました」

孔明が、兄弟の話をしたことなど、ほとんどなかった。最初に会った時から、孤独な翳《かげ》はどこかに湛《たた》えていた。

幼いころ、叔父《おじ》に育てられたこと。その叔父が死ぬと、学者の家で下働きをしながら、憑《つ》かれたように書物を読んでいたこと。酒を飲みながら、一度だけそういう話をしたことがある。最後に出入りしたのが、司馬徽《しばき》のところで、教えることはなにもない、と言われたようだった。

最後は、自分できわめるしかないのが学問というものだ、とも言っていた。

「今日は、劉備玄徳《げんとく》様にお目にかかれて、よかったと私は思っています」

「いや、まともな話さえできなかった。私は戦ばかりをしてきた男で、言葉というものの遣《つか》い方を知らぬ。恥《はずか》しいことです」

「いや、なにか感じるものが、確かにありました。諸葛亮殿のような方が、主君として仰《あお》がれているということも、私にはよくわかりました」

「いつ、柴桑へむかいます、魯粛殿？」

「劉備様のお許しがあれば、明日の早朝にでも」

「私に、否《いな》やはない。孔明《こうめい》、今夜の魯粛殿《ろしゅく》の宿舎を用意させよ」

魯粛が、頭を下げた。

劉備《りゅうび》は、眼を閉じた。八年、荊州《けい》で耐《た》えてきた。それも、曹操《そうそう》と闘うためだけだった、と思った。

3

闇《やみ》の中。

太鼓《たいこ》の音。闇が裂け、光が現われるのではないか、という気がしてくる。しかし、闇は闇のままだ。

周瑜《しゅうゆ》は、旗艦《きかん》の楼台《ろうだい》の胡床《こしょう》にいた。

小さな篝《かがり》が舳先《へさき》と艫《とも》にある。闇の中には、赤い小さな点が散在していた。

夜戦の調練《ちょうれん》である。夜だけでなく、霧や豪雨で視界を塞《ふさ》がれた時も、この調練は役に立つ。太鼓一度で右、二度で左、三度は後退である。微妙な梶《かじ》のとり方は、高い音の太鼓を使う。篝火は、船と船の距離を測るためである。艨衝《もうしょう》でやっていた調練に、艦も加えた。

太鼓の音。船が、緩《ゆる》やかに右に曲がっているのを感じる。高い太鼓が、五度、六度と連続する。先頭と真中と最後尾の小船が、篝火を見て、全軍の方向が同じかどうか確認し、鉦《かね》で警鐘を送る。

充分に調練を重ねているので、鉦が打たれることはほとんどなくなった。夜間に、数百艘《そう》の単位で船隊行動ができる水軍は、どこにもいないはずだ。

多数の軍船を擁《よう》するということに、それほど大きな意味はない。水上戦では、すべて船隊としての動きだった。だから、調練なのだ。揚《よう》州水軍は、兵が血反吐《ちへど》を吐くまでの調練をぐり返している。

曹操が、荆州に進攻してきた。

兵数二十万という。荆州軍も併《あわ》せると、三十万は超える。おまけに、荆州水軍の船も、曹操は手に入れているだろう。江陵《こうりょう》を中心にして、荆州水軍も船の数だけは多かった。

曹操に勝てるのか、そういう馬鹿げた問いかけは、無視した。勝つ自信はある。同じように、曹操にも自信はあるだろう。そしてほんとうは、やってみなければわからない。それが戦《いくさ》なのだ。

「淩統《りょうとう》、船隊の速度をあげよ」

周瑜《しゅうゆ》が命じると、淩統《りょうとう》が鼓手に指示を出した。太鼓と鉦で、かなり細かい連絡ができるまでになっている。

「鄱陽《はよう》までだ。夜が明けた時、鄱陽を攻撃するように船隊が整列している。それができる速度で進め」

鄱陽は、主に調練の基地として使っていた。皖口《かんこう》が本拠だが、造船所が多い。民間の小舟も、頻繁に往《い》き交っている。

船の速度があがってきた。

どの位置にいるのかは、河岸の灯台の灯を見ればわかる。

「淩統、曹操《そうそう》の先鋒《せんぽう》が、江陵《こうりょう》を奪ったそうだ。張遼《ちょうりょう》という部将で、軽騎兵を率《ひき》いて、実に迅速に移動するらしい」

「名は、聞いたことがあります。以前は呂布《りょふ》の部将で、騎馬戦にたけているという話です。先年の、烏丸討伐《うがんとうばつ》でも、大きな働きをしたそうです」

「軽騎兵か」

曹操の軽騎兵は、官渡《かんと》での袁紹《えんしょう》戦のあたりから力を発揮しはじめている。重装備の騎馬隊もいて、張部《ちょうこう》という部将が率いていた。野戦にも攻城戦にも適応できる、ほぼ完璧《かんぺき》な軍編成だった。

ただし、陸軍だけだった。

曹操に、水軍はない。たとえ何千艘《そう》の船を手に入れたとしても、それは水軍とは言わない。陸兵が、船を手にしたというだけのことだ。

陸上と較《くら》べると、兵の装備からして水上では違っていた。余計な具足《ぐそく》は付けない。最低限の、筒袖鎧《とうしゅうがい》だけである。それは、将も兵も変らなかった。水に落ちたら、具足の重さで沈む。

「曹操は、荆州《けい》を制してすぐに、揚州《よう》も攻めようとするでしょうか？」

「江陵で水軍を整えたら、すぐに来る」

「三十万を超える、と噂《うわさ》している者もおります」

「こわいか？」

「それが、よくわからないのです。三十万と言われても、想像がつきません」

「五百人乗っている艦と、二十人が乗っている艨衝《もうしょう》二艘とでは、どちらが勝つと思う」

「それは、闘い方でしょう」

「その通りだ。水の上は、兵数ではない」

「それが、まだ曹操にはわかっておりませんか？」

「南船北馬。原野戦では、いくら精鋭《せいえい》を揃《そろ》えたところで、ひと呑《の》みにされるだろう。あれだけ精強な騎馬隊もいることだしな。しかし、水の上なら」

「これだけの調練を積んでいるのです。二艘の艨衝《もうしょう》で、大きなだけの艦は沈められます」

周瑜《しゅうゆ》は、鄱陽《はよう》での調練では、淩統《りょうとう》をそばに置いていた。まだ二十歳である。江夏《こうか》での戦で、父を失った。射殺したのが、あのころは黄祖《こうそ》のもとにいた甘寧《かんねい》である。いまは同じ孫権《そんけん》の幕僚《ばくりょう》となり、新年の、江夏の戦にはともに従軍した。いまだに、甘寧を父の仇《かたき》だと思い続けている。眼《め》を離せば、斬《き》り合いもやりかねないので、そばに置くことにしたのだ。

甘寧を孫権に引き合わせたのは、周瑜と呂蒙《りょもう》だった。江夏をよく知っているという理由だけでなく、武将としてすぐれたものを持っていると判断したからだ。淩統とは、因縁《いんねん》と言うしかなかった。

十五歳で父を亡くした時から、周瑜は淩統をかわいがっていた。淩統と甘寧が殺し合いをすることは、なんとしても避けたかった。

「周瑜様、会議で降伏と決まることはないのでしょうか？」

「ない」

あるはずがない。降伏するために、揚州内を鎮定し、水軍を育てあげてきたのではない。それでも、孫権は開戦の決断を下していなかった。会議の動向を気にしているのである。それは、孫権のいいところでもあり、時として欠点にもなることがあった。つまり、内政では齟齬《そご》がなくなるが、戦では決断が遅れるということになる。

文官の中に、降伏を主張する者が出るのは、ある意味では仕方のないことだった。文官は、国力を正確に測る。そこから、勝敗を導き出す。本能と言ってもいいものだった。

国力では、曹操《そうそう》と差がありすぎるのだ。

戦は国力だけではない。

そう言っても、文官は根拠を求めてくる。

「周瑜様は、会議には出られないのですか？」

「まだ、早い。降伏を主張する者たちには、飽きるまで主張させる」

「しかし、会議の大勢が」

「最後の決断は、殿だ。殿が、この周瑜の意見を容《い》れぬと言われるはずがない」

「周瑜様、私ごときが言うべきことではないかもしれませんが、会議には出られた方がよろしいと思います」

「なぜ？」

「すべて、人間がやることです。殿も、人間です」

「信用できぬと言うのか？」

「言い過ぎました。しかし、決断されるのは殿です。その殿のおそばに、周瑜《しゅうゆ》様はおられた方がよろしいと思います」

「その心配はするな、凌統《りょうとう》。おまえは、陸戦だけでなく、水上でも立派に闘える将となることだけを考えろ」

「はい」

「なにも心配はするな。落ち着くところに、落ち着く」

闇《やみ》の中で、凌統の表情はよく見えなかった。

鄱陽《はよう》まで、周瑜は楼台の胡床を動かなかった。

太鼓の合図もなく、船がむきを変えた。敵陣の手前という想定で、合図もすべて光で出すのだ。夜明けまで、船は停《とま》っている。川の上では、停っているためにも、艪《ろ》は遣《つか》わなければならない。それも、調練のひとつだった。全船が、ほとんど静止している。

やがて、夜が明けた。

全船隊が、一斉に鄱陽の城にむかった。

陸の陣でも、しっかりと迎撃の構えをとっていた。それを見定めて、周瑜は左手を挙げた。調練終了の合図である。

滑《すべ》るように近づいてきた小船に、周瑜は淩統を連れて乗りこんだ。

桟橋に、張昭《ちょうしょう》が立っていた。なんの用件か、ほぼ見当はついた。

「柴桑《さいそう》から、わざわざ調練の検分とは恐れ入ります、張昭殿」

多少の皮肉をこめて、周瑜は言った。

「早く建業《けんぎょう》へ戻りたいのだ、周瑜殿。年貢《ねんぐ》のことなどで、問題が山積しておりましてな」

「ほう、では、張昭殿は曹操《そうそう》と闘うべしという意見に傾かれましたか？」

「なにを、そんな。曹操は三十万を超える大軍ですぞ」

「しかし、年貢がどうのとおっしゃいませんでしたか？」

周瑜は、本営にむかって歩いていった。張昭が、小走りでついてくる。

「年貢の問題は、早急に片づけなければならん。経済が、国の基本です」

「だから、曹操と闘う肚《はら》を決められたのでしょう、張昭殿」

「周瑜《しゅうゆ》殿、会議に出られよ」

「張昭《ちょうしょう》殿が、曹操《そうそう》と闘うと決めてくださったのなら、会議など無用でしょう」

「私が、いつ闘うと言った。曹操軍は三十万。荊《けい》州は闘わずして降伏し、曹操はその水軍さえ手に入れるのですぞ。どこにわれらの活路があると思われるのだ、周瑜殿は？」

「降伏論のままですか、張昭殿は。ならば、年貢の心配などされる必要はない。曹操の幕下には、優れた文官が多数おります。そんなものは、彼らがたやすく片づけてくれます」

「なぜ、揚《よう》州の年貢を、曹操の家臣に委《ゆだ》ねなければならぬのだ」

「降伏するからです」

「降伏と言っても」

「虫が良すぎる。殿はそのままで、民政は任せろ。それでは、降伏になりません。降伏ということは、殿も私も、曹操の部将になることです。張昭殿は、どこかの役所で仕事を与えられましょう。おわかりですか、降伏とはそういうことです」

「話し合いはできるはずだ。揚州の自治を認めるという話し合いぐらいは」

「甘い。降伏した劉琮《りゅうそう》は、どう扱われます。青州刺史《せいしゅうしし》（牧《ぼく》と並んで長官）です。青州はすでに、曹操の幕僚が固めていて、ただの飾りにすぎない刺史です」

「揚州には」

「水軍がある。それも、曹操軍に吸収されます。都督《ととく》の交代などどうでもいいようなものですが、すべてが曹操の思いのままなのです。降伏するというのは、そういうことです」

「なにか、あるはずだ。条件の話し合いが。それまで、曹操が無視すると思うのか」

「勝った者は、すべてを無視します。勝ったのですから」

「ひと時でも降伏を、と私は言っているのだ、周瑜殿。いまの曹操に、揚州が勝てるわけがない。三十万ですぞ」

張昭は、揚州にとっては大事な人間だった。孫策《そんさく》が縦横に暴れられたのも、死んだ孫策から、孫権《そんけん》がなにも失わずに継承できたのも、すべて張昭の力だったと言ってもいい。揚州の内部が、ここまで固まってきたのも、張昭の功績である。

ふだん、周瑜は張昭と意見が大きく異なることはなかった。お互いに、譲り合うことで、すべてはうまく運んだのだ。

しかし、降伏は違う。

「張昭《ちょうしょう》殿。軍人の中で、降伏に賛成する者がどれほどいますか？」

「豪族の中に、二、三人」

「それは、軍人の賛成ではない。もともと孫《そん》家が揚《よう》州を支配することを快く思っていなかった者たちの、賛成です。そういう豪族の首を、いままでいくつも刎《は》ねてきた。まだ、二つ三つ残っているということですな」

「いかに周瑜《しゅうゆ》殿とて、言葉が過ぎる。その二、三人は、揚州の安定のために力を尽してきた者たちだ」

「ならば、すでに軍人とは言えない。文官が思っている以上に、軍人は降伏を重いものだと受けとめています」

「周瑜殿、私にはどうしても理解できない。話し合いをすれば、曹操《そうそう》はそれを守る」

「守らなかったら？」

「その時こそ、闘えばいいではないか」

「その時、私から水軍の指揮権は奪われている。殿は、幷《へい》州かどこか、辺境としか言えないような地域の、しかも名目だけの刺史《しし》でしょう。どうやって闘うのです。おまけに、曹操軍は、百万にふくれあがっています」

「先の百万より、いまの三十万であろう、周瑜殿」

「いまの三十万なら、私は打ち破ってみせます。先の百万なら、ひれ伏すだけですな」

「百万にならない。そういう画策をすればいい」

「張昭殿の首が飛びます。三十万が百万になるよりもっと確実に、張昭殿の首が飛ぶ。飛んでしまった首でも、約束が違うと言えるのですか、張昭殿」

本営の建物に入った。衛士《えじ》ひとりの、眼の配り方も違っている。こういう軍を、失うべきではなかった。

「私は周瑜殿と、孫家の揚州というものを考えてきたつもりだ。ここで孫家を滅ぼすのか、それとも血を保つのか、じっくり考えられるべきだと思う」

「考えるまでもありませんな。曹操には屈せません。先々代の孫堅《そんけん》将軍は、曹操を超える存在であったし、孫策《そんさく》は御存知《ごぞんじ》の通り、曹操の背後を衝《つ》こうと常に狙《ねら》っていた。暗殺は、曹操の手によるものだった、といまも私は信じています。そういう曹操と、手を結ぶどころか、降伏しろと張昭殿は言われるのですか」

「降伏といっても、一時的な」

「御老人」

張昭《ちょうしょう》を見据《みす》え、周瑜《しゅうゆ》は言った。

張昭は、五十をいくつか越えたばかりである。張昭の表情が、堅いものになった。仕方がない、と周瑜は思った。

「私のような者だけでなく、淩統《りょうとう》のような若者が死ぬ覚悟をしております。御老人は、それほど死ぬのがこわいと思っておられるのですか？」

「なんと」

「降伏論は、つまるところそういうことです。そのお歳《とし》で、自分の生命にこだわるのは、見苦しいとしか申しあげようがない」

張昭の眼が、怒りの色に満ちた。憤然《ふんぜん》として、張昭は本営の部屋を出ていった。

「周瑜様」

「心配するな、淩統。いずれ、張昭殿もわかってくださろう」

魯粛《ろしゅく》が、荊《けい》州に出かけていた。会議に魯粛がいれば、張昭がここまで出かけてくることはなかっただろう。

「御老人でよかったのですか。張昭殿は、まだ五十三のはずです」

淩統が、おかしなことを言った。言われてみればそうだ、と周瑜は思った。魯粛がいたら、御老人と言ったところで、たしなめただろう。孫権《そんけん》なら、叱《しか》りつけてきたかもしれない。

「淩統、各隊の水夫《かこ》の具合を見てこい。特に艪手《ろしゅ》のな」

「はい」

淩統が駈《か》け出していく。

魯粛はいつ戻ってくるのか、と周瑜はまた考えた。そろそろ、会議も押さえにかかった方がいい。孫権に開戦の決断をさせる自信はあるが、遅れると面倒だった。すぐに決断ができない。困ったものだとこういう時は思うが、ふだんはその慎重《しんちょう》さが幸いしていることも多いのだ。それが孫権の性格、と思うしかなかった。

船の兵たちが上陸をはじめ、本営の周囲も人の気配が多くなった。

揚《よう》州軍、十三万である。どこかを併《あわ》せたという軍ではない。揚州軍として育てあげてきたのだ。その中の十万を、曹操《そうそう》戦には動員するつもりだった。それでも、いかにも少ない。しかも曹操は、百戦練磨の総大将だった。ほとんどの戦で、自ら出陣し、時には先頭に立ってさえいる。

その戦歴を思い浮かべただけで、圧倒されるような気分に包まれる。しかし、恐怖感はなかった。地味だが、絶対に負けられない揚州の鎮定戦は、自分が指揮してきたようなものだ。そこで身につけたことも多い。自分も揚州も、ともに力をつけたはずだ。

孫権《そんけん》は、戦線には出すまい、と周瑜《しゅうゆ》は決めていた。総大将が後方の本営にいるのは、当たり前のことだった。孫権の決断の遅さが、曹操《そうそう》を相手では致命傷になりかねない。

自分が死んでも、本営が無傷であれば、また闘える。張昭《ちょうしょう》の言に従って、降伏することもできる。

益州《えき》の劉璋《りゅうしょう》が、曹操に兵糧《ひょうろう》を送った、という情報を潜魚《せんぎょ》の手の者が伝えてきた。益州も、曹操の動向には、かなり神経質になっている。帝《みかど》を擁《よう》していることも、大きいかもしれない。逆らえば、逆賊《ぎゃくぞく》という汚名を浴びせることができるのだ。本来なら、天下を統一すれば、曹操は自ら帝となるだろう、と周瑜は思っていた。

曹操が逆賊である。

孫家《そん》には、孫堅《そんけん》以来の勤王の志《こころざし》が生きていた。それでいい、と周瑜は思っている。帝は帝として敬われる存在でいて、天下は力がある者が取ればいい。

淩統《りょうとう》が、駈け戻ってきた。

報告をはじめる。幼いと思えるほど、若い声だった。

4

曹操は、江陵《こうりょう》の北、麦城《ばくじょう》に駐屯《ちゅうとん》していた。

江陵の兵が増えすぎて、すぐには態勢が整わないからだ。

いま、江陵には約十五万、麦城には十万がいる。

まず、水軍を整えなければならなかった。

荊州《けい》水軍をまとめるために、降将の蔡瑁《さいぼう》をやり、それに徐晃《じょこう》ほか三名の部将をつけた。その水軍が、三日かけてようやく整いつつあるという。

軍議を開いた。

騎馬隊をどうやって移動させるか。まずそれがひとつあった。川が多く、渡渉《としょう》に渡渉を重ねなければならない。橋をかけても、切って落とされれば、そこで騎馬隊は孤立する。何軍にも分けると、兵糧《ひょうろう》の搬送もひどく煩雑《はんざつ》になる。

五軍に分けて、進むことにした。まず二万は、先鋒《せんぽう》として江陵から進発《しんぱつ》する。陸口《りくこう》あたりを目指せばいいが、急ぐ必要はない。第二軍の三万が進発した時点で、麦城の十万が江陵に入る。中軍の水軍は十万。後軍に三万、二万と続く。六万が予備軍である。

「曹仁《そうじん》、予備軍のうちの三万で、江陵《こうりょう》を固めよ。防備は、さらに強化するのだ」

「ここまで来て、後方守備でございますか。私は、できれば先鋒を」

「大軍である。先鋒には、いくらでも若い部将がいる。この戦《いくさ》の生命線は、江陵と襄陽《じょうよう》を結ぶ線だ。それが、すべての押さえになる。だから、いくら不服でも、襄陽には曹洪《そうこう》を残してきた。江陵を守るのは、おまえしかおらん」

襄陽から江陵を結ぶ線は、万一の場合の退路にもなる。どれほどの大軍を擁《よう》しての戦であろうと、退路は常に曹操の頭にあった。それは、曲げようもない軍略の基本だった。

「鄱《は》陽《よう》から皖《かん》口《こう》にかけての、広大な水域で、揚《よう》州水軍が調練《ちょうれん》をくり返しております。戦場を、そこだと見ているのでありましょうか」

部将のひとりが言った。

「孫権《そんけん》は、まだ戦の意志を明らかにしないまま、柴桑《さいそう》にいる。その後方で調練をしているに過ぎぬ」

「丞相《じょうしょう》、誘いをかけるのは、いかがでしょうか。三万ほどの軍を進攻させ、ぶつかってきたら本隊が動く」

「ここは、河北《かほく》や中原《ちゅうげん》ではない。たえず水に遮《さえぎ》られることを考えなければならん。騎馬隊の動きは、制約されるはずだ」

鄱陽や皖口で決戦、と孫権が考えているとは思わなかった。揚州の中である。やる気なら、江夏《こうか》へ出てくるだろう。揚州には入れない、という意志を態度で示すはずだ。

「小細工はせぬ。全軍が、敵の本隊とぶつかるつもりでいよ」

それから、部将同士の議論が交わされはじめた。

孫権が降伏してくる可能性は少なくない、と曹操《そうそう》は思っていた。荊《けい》州は、一戦も交えずに降伏したし、益《えき》州は、帝《みかど》の軍に対してという名目で、すでに兵糧《ひょうろう》を送ってきている。本気で攻める態勢を示せば、益州も降伏するだろう。

ただ、揚州には強硬派がいた。周瑜《しゅうゆ》という将軍である。三十四歳とまだ若いが、揚州水軍を育てあげた人物だった。強硬派というより、降伏の発想がなく、曹操が揚州を侵《おか》したら打ち払うという、自然な姿勢でいるらしい。これだけの大軍を前にしてそう言っていられるのは、よほど傲慢《ごうまん》な男か、それとも事態を見る眼《め》がないのか。しかし、調べれば調べるほど、幕僚《ばくりょう》にぜひ迎えたいと思うような将軍だった。かすかな、脅威《きょうい》すら曹操は感じた。そういう男が、劉備《りゅうび》と手を結ぶと、厄介《やっかい》な相手になりかねない。

五軍の編成を細かく決め、軍議を終えた。

荀攸《じゅんゆう》、賈詡《かく》、程昱《ていいく》の三人を残した。

「おまえの存念を、まだ聞いておらぬな、荀攸」

「しからば、私は揚《よう》州攻略は無駄だと思います。荊《けい》州を鎮定し、栄えさせれば、人も物もこちらへ集まります。そうやって、徐々に弱体化させ、むこうから帰順を申し出てくるような状況を作るのが、良策と考えます」

「戦をするな、ということか。どれほどの時がかかる？」

「三年から、五年」

「待てぬな」

「荀攸殿。揚州は、いままでわれらが攻めたところより、しっかりまとまっている。民政が充実しているのだな。そこを弱らせるには、もしかすると五年では足りぬかもしれぬ」

「程昱殿は、謀略《ぼうりゃく》を試みられたのか？」

「何度も。内部から乱れさせるのは、難しい。軍人も揃《そろ》っているが、文官がまた優秀なのだ。こちらの工作も、すぐに表面に浮き出してしまう。何年も、外にむかわず内を固めた。それがしっかりと生きている。工作を仕掛けるたびに、そう感じる」

五錮《ごこ》の者も、揚州で死んだ者は多かった。ほかでは、あまりなかったことである。三十名ほど潜入させて、すでに二十名は死んでいた。残る十名も、発覚を警戒して身動きがとれないのだという。

「主力の軍を破ることだと思います。それで、文官の力が強くなります。いまでも、文官の降伏論は強いという話です」

賈詡が言った。

「それほど、待てぬな」

曹操《そうそう》が言うと、三人とも黙った。

「この国を統一したら、私は兵の数を半分に減らしたいと思っている」

「全国を見渡すと、兵が多すぎることは確かです。兵を帰農《きのう》させれば、収穫は増え、民は富み、自然に国は安定します。それこそ、丞相《じょうしょう》がおやりになることだろうと思います」

荀攸が言った。

「兵数を減らす。それは揚州も益《えき》州も涼《りょう》州も同じでなければならん。つまり、私の下に置いておかなければならんのだ。そして、それをいつまでも待てるほど、この国には余力はない。民は疲れきっておる」

民が富む。それは、誰《だれ》もが夢見ることだろう。余力が充分になれば、匈奴《きょうど》、鮮卑《せんぴ》、烏丸《うがん》、羌《きょう》、という異民族も制圧し、この国に加えることができる。

「荀攸《じゅんゆう》、孫権《そんけん》に私からの書簡《しょかん》を書け。半分は恫喝《どうかつ》、半分は懐柔。それから、許都《きょと》、鄴《ぎょう》との連絡を密にせよ。帝《みかど》がまた、おかしな動きをしかねん。これに関しては、荀《じゅん》彧《いく》は当てにできぬ」

「帝に、許都へお戻りいただくのがよろしいかと思います。丞相《じょうしょう》が言われているのは、馬騰《ばとう》のことでございましょうが、ただの衛尉《えいい》、廷臣《ていしん》が多くいる許都の方が、逆に動きにくいと思います。帝と馬騰が直接会うのさえ、廷臣たちは許そうとしないでしょうから」

涼州《りょう》に、馬超《ばちょう》がいる。これは、揚《よう》州の片がついてから考えればいいことだった。

「程昱《ていいく》は、最後まで揚州内への工作を続けよ。賈詡《かく》は、劉備《りゅうび》と周瑜《しゅうゆ》の動向から眼を離すな。劉備は、いまも江夏《こうか》のそばで、孫権に合流してはいないのだな」

「はい。江夏から追い出そうという動きも、孫権にはありません」

「大軍を擁《よう》しながら、神経質すぎるとは思うなよ、三人とも。大軍が負けることもある。それは、いやというほど私自身が知っている」

三人が、頭を下げた。

ひとりになると、曹操《そうそう》は眼を閉じた。

気持の昂《たか》ぶりはある。五千で出発した道だった。きわどいところを、何度も擦《す》り抜けてきた。そしていま、天下を掌中《しょうちゅう》にしかかっている。天が、自分を覇者《はしゃ》として選んだのだ。心の底から、いまはそう思える。

しかし、もう一戦。天が、最後にもう一度自分を試そうとしている。そう思う。そして、覇者らしい戦をしたい。

「許褚《きょちょ》」

声をかけた。耳も眼もなくせ、と言ってあるが、曹操の呼びかけには即座に答えてくる。いつも、どこでも、声が届くところにいるのだ。

「おまえとはじめて会ったのは、どれほど昔になるかな」

許褚は、ちょっと戸惑《とまど》ったような表情をした。兗《えん》州で、青《せい》州黄巾《こうきん》軍に囲まれていた鮑信《ほうしん》の使者として、曹操のところへ来た。頭に黄巾を巻き、百万といわれた黄巾軍の中を抜け、そしてまた戻ったのだ。あの時の戦で、自分は飛躍することができた。しかし、鮑信は死んだ。

「覇道《はどう》というものを、時々考える。人の死を踏み固めて作った道だとな。私は、それを恐れはしなかった。これからも、恐れることなどない」

「はい」

「なぜ、おまえにこんなことを言いたくなるのだろう。いつもそばにいて、私のすべてを知っているからかな」

「恐れ入ります」

「よいのだ。おまえのような者がいてくれるので、私は陣中でもゆっくり眠れる」

許褚《きよちよ》が頭を下げた。

「明日、江陵《こうりよう》の視察にむかう。供《とも》はおまえの軍だけでよい。仕度《したく》をしておけ」

「かしこまりました」

それから、曹操《そうそう》は夜まで、長江《ちようこう》や漢水《かんすい》の地図に見入った。水軍がぶつかるところが、決戦場だろう。夏口《かこう》あたりか。それとも孫権《そんけん》はもっと出てくるのか。

翌朝には、出発の準備は整っていた。

曹操の視察となると、全軍に緊張が走るようだ。河北《かほく》でも、何人もの守将の首を刎《は》ねた。それでいい。軍なのである。

「行くぞ、許褚」

許褚は、ぴたりと曹操のそばについている。

久しぶりに、思いきり原野を駈《か》けた。風が快かった。ほとんど山も丘もなく、どこまでも原野が続いている。

やがて、江陵が見えてきた。漢水の、水の輝きも見えてきた。

ちょっと道をそれ、曹操は百騎ばかりでなだらかな丘陵《きゆうりよう》に駈け登った。

漢水を見て、息を呑《の》んだ。

陽《ひ》の光を照り返して輝く水面《みなも》に、無数の軍船が並んでいた。何十という艦《かん》もいる。

これほどの軍船を、曹操は眼にしたことがなかった。

この軍船で、最後の覇道を進むのだ。

躰《からだ》の中で、血が走り回った。叫び声をあげたい衝動を、曹操はかろうじて抑えた。

江陵に、兵は充満している。それも、壮大な眺めだった。

「見よ、許褚。私の水軍だ。壮観ではないか」

「はい」

いつものように、許褚の返事は短かった。

本書は、二〇〇一年十一月に小社より時代小説文庫として刊行された『三国志　六の巻　陣車の星』を改訂し、新装版として刊行しました。

時代小説文庫
き 3-46

三国志《さんごくし》 六《ろく》の巻《まき》 陣車《じんしゃ》の星《ほし》 新装版

著者 北方謙三《きたかたけんぞう》
2001年11月18日第一刷発行
2024年 4月18日新装版第一刷発行

発行者 角川春樹

発行所 株式会社 角川春樹事務所
〒102-0074 東京都千代田区九段南2-1-30 イタリア文化会館

電話 03(3263)5247[編集] 03(3263)5881[営業]

印刷・製本 中央精版印刷株式会社

フォーマット・デザイン&シンボルマーク 芦澤泰偉

ISBN978-4-7584-4629-7 C0193

http://www.kadokawaharuki.co.jp/[営業]
fanmail@kadokawaharuki.co.jp[編集] ご意見・ご感想をお寄せください。